그 여름날 사진관에서 찍었던 한 장의 사진.
가운데에는 내가 있고,
양옆으로 마이와 아지사이 양이 있다.
오랫동안 함께 지낸 둘도 없는 친구들처럼,
서로 어깨를 맞대고 웃고 있었다.
이날 그대로 영원히 변하지 않은 채
셋이서 함께 있고 싶었다.
두 사람만 먼저 앞서 가버리고 뒤에 남겨진
나는 아직도 그 여름날에서
빠져나오지 못한 채였다.

오우즈카 마이

세나 아지사이

한층 더 몸을 움츠리는 카호 짱.
평소 보던 모습과의 갭이 엄청나.
그 탓인지 괜히
몇 배는 더 사랑스럽게 느껴진다.

이 기분은 뭘까…….
카호 짱을 좀 더 자극해서
귀여운 표정을 이끌어내고 싶어진다고 해야 하나,
부끄러워하는 모습을
조금 더 보고 싶다고 해야 할까…….

정면에는 커다란 전신 거울이 놓여 있어서,
거울을 통해 카호 짱의 새빨개진 얼굴이 적나라하게 비치고 있었다.
머리카락을 풀어 내리고서 고개를 숙이고 있는 카호 짱은
그야말로 미소녀라 저절로 가슴이 두근거렸다.

**게다가 카호 짱은, 그게, 충분히 귀엽다고 생각해.**

**으으…… 고, 고마워…….**
**하지만 그렇게까지 칭찬하지 않아도 괜찮으니까…….**

레나코알라

# CONTENTS

프롤로그 ......... 003

제1장 카호짱이랑 친해지는 건, 무리?! ......... 039

제2장 처음 하는 코스프레는 안 돼, 무리—! ......... 119

미나구치 카호의 이야기 ......... 291

제3장 이런 스테이지, 나한테는 무리—! (※무리가 아니었다) ......... 215

제4장 언제까지나 이렇게 있는 건, 역시 무리? ......... 295

제5장 오우즈카 마이의 이야기 ......... 317

제6장 내가 연인이 될 수 있을 리 없잖아, 무리무리! (※무리가 아니었다) ......... 355

에필로그 ......... 385

Friends?
Lovers?

**본문 컬러, 흑백 일러스트**　　타케시마 에쿠

최고야! 해피—! 하루하루가 너무 행복해!

　하이—! 나는 아마오리 레나코! 한때 아싸였지만 고등학교 데뷔에서 대성공을 거둔 여고생☆

　아시가야 고등학교 1학년이고 학교에서도 톱클래스 그룹 소속이야. 게다가 그룹 친구들 다 여자애들인데도 나를 빼고도 그중 둘이나 나를 좋아한다구☆ 아이참, 레나코 곤란해서 어쩌지! 나를 두고 싸우지 말아 줘~(ㄱㅛㄷ)우엥ㅋㅋㅋ

　이렇게 꿈만 같은 일이 일어나다니, 정말 깜짝 놀랐지 뭐야☆ 나도 참, 아무것도 내세울 게 없는 어디에나 있을 법한 양산형 여자애인데 말이야☆


　——그런 나는 쉬는 시간에 반에서 멀리 떨어져 있는 **후텁지근한 여자 화장실 개인 칸에 틀어박혀 있었다.**

　양손으로 얼굴을 푹 덮었다.

　"……어째서일까…… 그저 하루하루를 열심히 살아가고 있었을 뿐인데…… 내 안에 있는 범상치 않은 인싸의 재능이 개화해 버린 걸까……."

　저주와도 같은 웅얼거림이 화장실 바닥에 뚝뚝 떨어졌다.

　여름방학의 끝. 새 학기가 시작된 지도 1주일 정도 지난 지금—— 나는 이미 매초 한계를 맞이하고 있었다.

인기척이 들리고, 누군가가 화장실에 들어왔다. 그야 학교 화장실이니까 누가 들어와도 이상하지 않은 일인데도 깜짝 놀라 몸을 떨면서 숨을 죽였다.

"학교 귀찮아~ 그냥 계속 여름방학으로 하라고~."

"진심 동감."

모르는 여자애들 그룹이었다. 속으로 안도한다. 한순간 친구들이 나를 찾으러 온 걸지도 모른다는 생각을 했으니까. 자의식 과잉에도 정도가 있다.

"그리고 보니 저번에 타쿠마 녀석이 **오우즈카 마이한테 고백했다나 본데**—."

"뭐어—? 리얼—? 웃긴다."

갑자기 아는 사람의 이름이 튀어나와서 몸이 움찔 굳었다.

거기서부터 이어지는 대화는 띄엄띄엄 귀에 들어왔다.

"그나저나 신도우가 코토 사츠키한테.""어 그 녀석 그런 쪽이었구나.""뭐 이해는 가는데.""세나도 제법.""아—.""인기가.""역시.""그렇지.""다들 좋단 말이지~."

문 너머로 들려오는 즐거운 웃음소리. 아시가야 고교를 대표하는 화려한 미소녀들의 이름 속에는 사람들을 살짝 행복하게 만들어주는 힘이 담겨 있는 걸지도 모른다.

여자애들은 한바탕 신나게 떠들고 나서야 화장실을 나갔다.

나도 안다. 우리 그룹 애들과 나는 사는 세계가 다르다는걸. 아무도 내 이름은 언급하지 않았다. 담겨 있는 힘도 없을 거다. 그런 것쯤 옛날부터 알고 있었다.

잠깐 틈을 두고서 나도 개인 칸에서 나왔다.

세면대 거울에 비치는 아마오리 레나코는 허무한 표정을 짓고 있었다.


교실로 들어간다. 머릿속에 아무런 생각도 없었기 때문에 옛날 버릇대로 존재감을 눌러 죽이고 투명인간처럼 내 자리로 갔더니 누군가가 야호―, 하고 손을 흔들었다.

앞자리에 앉은 아지사이 양이 꾸밈없는 미소를 짓고 있었다.

"어서 와, 레나 짱."

"아, 응⋯⋯."

나도 꾸밈없는 표정으로 끄덕였다가 퍼뜩 정신을 차렸다. 아니야, 이게 아니지.

지금 나는 톱 카스트에 소속된 인싸 여자아이―― 게다가 교내에서 둘째가라면 서러워할 슈퍼 미소녀들한테 고백을 받을 정도로 대단한 녀석이다.

나는 마음속의 자기 자신한테 바디 블로우를 먹여준 다음 활짝 웃는 표정을 만들었다.

"다녀왔어! 이야 깜짝 놀랐지 뭐야. 내 얘기 좀 들어봐. 화장실이 엄청 붐벼서 무슨 45분짜리 대기열이 생긴 놀이 기구마냥 줄을 쫙 서 있는 거 있지! 이래서야 다음부턴 하이패스부터 끊고 가야겠어!"

"뭐야 그게. 이상해."

아지사이 양이 내 얘기에 쿡쿡 웃어줬다. 분명 변함없이 발군의 귀여움을 자랑하고 있을 거라 생각한다. 하지만 나는 아지사이 양의 표정을 볼 수 없었다.

"아니아니 정말이야! 앗, 그래도 그런 화장실도 좋지 않아? 매일 한 사람당 티켓을 한 장씩 배부한 다음 딱 한 번만 우선적으로 화장실에 들어갈 수 있는 거지. 스마트폰 앱으로 토일렛 리더를 찍고서 사용하는 식으로!"

"어—? 사용법이 복잡해 보이네."

"그러면 티켓으로 하자! 매일 교문 앞에서 한 명당 한 장씩 건네주기! 사용하지 않은 티켓은 학교가 끝나면 뭔가 괜찮은 과자랑 교환할 수 있고…… 앗, 그랬다간 아무도 사용하지 않게 되잖아?!"

미소를 유지하면서 입에서 나오는 대로 떠들었다. 말을 하고 나서야 뒤늦게 자기가 무슨 말을 했는지 귀에 들어오는 느낌. 혹시나 무슨 말실수라도 할까 싶어서 안절부절 하면서도 멈출 수가 없었다.

"아하하."

아지사이 양이 또 웃어줬다. 짐작건대 나는 아지사이 양을 즐겁게 해주고 있나 보다. 다행이다. 정답을 정확히 고르고 있는 순간에서만 살아있다는 실감을 느낄 수 있다.

선생님이 들어왔다. "그럼 조금 이따 봐"라며 아지사이 양이 미소와 함께 말을 건네고서 앞으로 돌아앉았다. 교실의 소란스러움이 썰물처럼 빠르게 빠져나간다. 수학 수업이 시작됐다.

세나 아지사이 양은—— 같은 반 친구고, 비유하자면 천사 같은 사람이다.

포근하면서도 화려한 인상. 목소리는 달콤하고 부드럽다. 성격도 그저 상냥하기만 한 게 아니라 심지가 굳은 면도 있고, 대화하면서 지루할 틈이 전혀 없을 정도로 화술이 능숙하다.

아지사이 양은 마치 온 세상 사람들한테서 뽑아낸『이상적인 여자아이』를 전부 섞은 다음 잘 구워낸 팬케이크 같은 근사한 여자애.

나는.

여름방학 때, **그런 아지사이 양한테, 고백을 받았다.**

『좋아합니다. 저랑 사귀어 주세요』라고.

누구나 동경할 법한 직설적이고 왕도적인 고백 멘트였다.

같은 여자라는 점은 다소 평범하지 않은 부분일지도 모르지. 그럼에도 아지사이 양한테 고백을 받는다면 거의 대부분의 사람들은 하늘로 승천하는 기분을 느낄 것이다. 엄청난 행복감에 앞으로의 미래가 장밋빛으로 반짝반짝 빛나겠지.

……그런데도 나는…….

칠판의 실루엣을 멍하니 시야에 담은 채 그날 있었던 일을 떠올렸다.

\* \* \*

해가 저문 공원. 눈앞에는 용기를 쥐어 짜낸 아지사이 양이 있었다.

"네…………."

그렇게 답하고서 몇 초 후에 헉, 하고 정신을 차렸다.

**"아니, 저기!"**

내가 지금 무슨 소리를 한 건가 싶어서 등줄기에 식은땀이 흐른다.

"지금 건 아니고, 그게!"

반쯤 패닉에 빠져서 허겁지겁 외쳤다.

"아지사이 양의 마음은 정말로 기쁘기는 한데! 그런 식으로 생각해 주고 있었다니 전혀 눈치채지 못했다고 할까! 엇, 아니 그게 영광입니다! 몹시도요! 정말 근사한 일이라고 생각하는데요, 하지만! 저는 그 뭐라고 해야 하나!"

속이 텅 비어버린 제비뽑기 기계처럼 이무리 손잡이를 돌려도 제대로 된 말이 나오질 않는다. 나는 점점 초조해져서 시야가 좁아지기 시작했다.

그러자 아지사이 양이 후우— 긴 숨을 토해냈다.

가슴을 누른 채, 마치 지금까지 계속 시간이 멈춰있다 풀려난 것처럼.

"아, 긴장했어."

눈꼬리를 접어 웃는 아지사이 양.

"갑자기 이런 말을 들으면 역시 깜짝 놀라지."

"앗, 아뇨! 기쁩니다! 정말로…… 정말로요!"

"괜찮아. 내가 어리광을 부리고 싶어졌을 뿐이니까. 들어줘서 고마워."

아지사이 양의 미소를 쬐면서 방금 전에 아지사이 양이 했던 고백의 의미를 필사적으로 곱씹었다.

다시 말해. ……다시 말해 무슨 뜻일까.

아지사이 양이니만큼 분명 몰래카메라는 아닐 거라 생각한다. 하지만 몰래카메라가 아니라면 어째서 나를 좋아한다고……? 사귀고 싶다는 소리를…….

나는 멍청하게 우두커니 서 있었다.

부모님 손에 이끌려 은행 창구에 억지로 앉은 것처럼 뭘 어떻게 해야 할지 알 수가 없어서. 나는 곤혹스러움이 극에 달한 나머지 마이를 향해 도와달라는 듯이 시선을 보냈다.

대, 대체 이게 어떻게 된 거야……?

마이는 잠시 동안 아무런 반응도 없이 우리들을 지켜보고 있었지만 헛기침을 한 번 한 다음 대화에 끼어들었다.

"그러니까, 뭐냐……. 다시 말해, 너희들은? 사귀는 걸로?"

"후훗, 그렇게 되는 걸까~?"

아지사이 양의 목소리는 마치 지면에 발을 붙이고 있지 않은 것처럼, 왠지 내가 허둥대고 있을 때 내는 목소리와 비슷했다.

"이 전개는 제법 간 떨어지게 만드는데."

"마이 짱까지 깜짝 놀라게 만들었네."

"그러게. 그래도 아지사이는 멋진 사람이니까. 그만큼 너의 매력이 전해졌기 때문이라고 생각하면 어쩐지 자랑스러운 기분도 들어."

"이것도 저것도 전부 마이 짱 덕분이야."

나는 두 사람이 대체 무슨 소리를 하는 건지 전혀 알 수 없었다. 어째서 두 사람이 저렇게 화기애애한 건지. 그리고 어째서 마이가 그렇게나 침착한 건지.

아니, 왜냐하면 마이는 나를 엄청 좋아할 텐데. 그래서 내가 별생각 없이 고개를 끄덕이기라도 했다간 마이가 제일 먼저 달려드는 게 자연스러운 반응인데……. 어쩌면 이젠 나를 좋아하지 않게 된 걸지도 모르지만…….

아니야. 생각이 정리가 안 돼. 그것보다 일단 지금은 아지사이 양이야.

"앗, 아뇨………… 사귄다는 건……."

이제 와서 손을 뻗어봤자 뱉은 말은 주워 담을 수 없다. 그러니까 인류는 오랜 옛날부터 전쟁을 되풀이하고 있는 것이다.

등에는 땀이 줄줄 흐르고 귀에선 이명이 울린다.

"그게………… ."

뭔가 제안을 받으면 제일 먼저 거절부터 튀어나오는 게 내 습성이다. 게다가 안 그래도 지금까지 계속 마이의 고백을 거절해왔는데 아지사이 양만 예외로 둘 수는 없다. 아무리 그래도 그건 너무 제멋대로다.

연인 같은 건 무리입니다. 계속 친구로 지낼 수 있게 해주세요.

하지만 아지사이 양한테 똑같은 짓을 한다고? 정말로 말하는 거야?

──겨우 나 같은 게?

"시……………………."

"……시?"

아지사이 양이 내 얼굴을 들여다본다. 당장 이 자리에서 사라지고 싶다.

다 죽어가는 목소리로, 말했다.

**"시간을…… 주실 수 있나요……?"**

"시간?"

"네…… 그, 대답을, 돌려드릴…… 시간을……."

진지한 표정으로 나를 물끄러미 바라보던 아지사이 양이 응, 하고 고개를 끄덕였다.

"알겠어."

"…………네, 네에……."

"얼마나?"

"엑?!"

그냥 평범한 질문이었는데도 마치 하느님 앞으로 끌려간 죄인이 된 기분이다.

"사, 삼………… 삼 년……."

"어?"

나도 모르게 최대한도까지 확보하려고 했더니 아지사이 양의 눈이 휘둥그레졌다.

아니, 아니아니!

**"하, 한 달!** 은 어떠실까요."

고백에 대한 대답이 한 달이나 걸리는 것도 제법 긴 기간일지도 모른다. 그런데도 아지사이 양은 나를 배려해줬다.

"으, 응. 알겠어. 레나 짱."

나는 항상 문제가 터지면 뒤로 미룬다. 그래도⋯⋯.

진짜 솔직하게 터놓자면── 아지사이 양이 나한테 고백을 하다니 도무지 영문을 알 수 없었기 때문에 더 이상 이대로 있다간 숨조차 제대로 못 쉴 것 같았다.

계속 아지사이 양의 시선을 받고 있었다면 그대로 질식사했을 거다.

아지사이 양이 나에게 손을 뻗었다.

"아."

내 손가락, 검지를 꼭 쥐는 아지사이 양.

아지사이 양의 손은 살짝 뜨거웠다.

"레나 짱, 나는 진심이니까⋯⋯. 내 마음은 전부 거짓 없는 진심이니까."

전해져 온다. 아지사이 양의 마음이 분명하게.

나도 안다. 아지사이 양은 언제나 올곧고, 당당하고, 훌륭하다. 그저 내가 아지사이 양의 마음을 받아들이지 못하고 있을 뿐이다.

아지사이 양이 미소를 지었다.

"무리하지 않아도 괜찮으니까. 그래도 레나 짱의 대답을 기다릴게."

"아, 으⋯⋯."

나는 무슨 말조차 돌려주지 못했고.

아지사이 양이 자리를 뜨고, 그다음 뭔가 하고 싶은 말이 가득한 표정이었던 마이도 자리를 떠나자 나 혼자 남아서. 손바닥을 내려다보며 중얼거렸다.

"……아지사이 양, 어째서…….."

아지사이 양의 소중한 고백을 보류하다니 나는 벌받아 마땅한 존재다.

나를 비추는 빛, 그리고 거기서 드러난 나 자신의 어둠과 마주하는 날들이 시작됐다.


그리고 일주일이 지나 개학날이 밝았고──.

이제 대답을 내놓기까지 남은 시간은 약 4주.

──나는 여전히 호흡조차 제대로 못 하고 있었다.


* * *


"아……."

아무도 없는 옥상에서 몸을 기댄 채, 나는 이불처럼 축 늘어져 있었다.

바람을 쐬고 있으니까 나도 지구와 하나가 되는 기분이다.

여기선 인간의 생명 따위 보잘 없는 무언가일 뿐.

고민도, 그 어떤 것도 전부 사라져…….

아니, 사라지지는 않지만.

점심시간의 소란스러운 소음은 내가 지금 인간 사회에서 살아가고 있다는 사실을 싫어도 깨닫게 해준다. 그래, 나는 인간이야. 사실은 이불이 아닌 거야…….

옥상 철문이 삐걱거리며 열리는 소리가 들렸다.

"안녕, 여기 있었구나."

뒤를 돌아볼 필요도 없이 목소리만 들어도 알 수 있다.

옥상에 나타난 사람은 오우즈카 마이. 내 옆으로 다가와 나란히 선 마이는 발군의 스타일과 반짝이는 금발 롱 헤어를 가진 현역 모델이다.

학업우수, 뛰어난 운동신경, 눈부신 외모, 게다가 잘나가는 모델이기까지. 그야말로 하늘이 내린 모든 재능을 타고난 마이는 아시가야 고등학교에서 절대적인 지지를 받는 여자애다. 그래서 붙은 별명이 바로 슈퍼달링.

다소 고집스러운 점도 있지만 마이랑 사귀는 사람은 분명 행복하겠지. 말 그대로 의심할 여지 없이.

그런 마이한테 고백을 받고도 고개를 끄덕이지 않는 인간이 있다면 어지간히도 별종이거나 아니면 성격이 단단히 뒤틀려 있어서 당장 죽는 편이 나은 녀석일 거다.

예를 들면── 나 같은 녀석.

"마치 너와 처음으로 알게 됐을 때 같아."

마이의 목소리는 언제나 전자 피아노처럼 선명했다.

"……그러네요."

미소를 지은 마이가 펜스에 팔꿈치를 올리고 턱을 괴자, 예술품에 맞먹는 미모가 내 시야에 들어와서 저절로 가슴이 뛰고 말았다. 나한테는 그럴 자격조차 없는데도.

고개를 푹 수그린다.

"……마이, 미안해."

"응."

시야 끝에 보이는 콘크리트. 입에서 흘러나온 말이 눈물처럼 떨어져 지면을 때렸다.

"뭔가…… 일이 이렇게 되어버려서."

그건 아지사이 양한테 고백받은 일이나, 어중간하게 대답했던 일이나, 마이가 있는데도 애매한 태도를 보였던 일 등, 여러 가지 의미를 함축한 말이었지만.

하지만 그 모든 것들이 너무나 어리석게 느껴져서 뚜렷한 형태를 갖추지 못하고, 애매모호한 말투밖에 쓸 수 없었다.

"이런 일…… 이런 일이라."

탄산이 빠져나오는 것처럼 마이가 훗, 하고 웃었다.

"이런 결과를 예측하지 못한 나에게도 어느 정도 책임이 있다고 느끼고 있는데 말이지."

"그건 아니야!"

확 고개를 들었다.

내 외침에 마이가 깜짝 놀라고 있다. 거북한 느낌에 시선을 피했다.

"아, 아니……. 그야 결국 내가 우유부단한 게 잘못인걸……."

마이랑 같은 눈높이에서 시선을 맞추는 것조차 면목 없게 느껴져서 비척비척 몸을 쭈구렸다.

"그렇게나 마이가 좋아한다고 말해줬는데도 아지사이 양한테 고백을 받고서, 아무리 기세에 떠밀렸다고는 해도 『네』라고 대답하다니…… 최저야……."

"지금 내 입장에서 너희들 편을 드는 것도 웃긴 얘기라고 생각하지만."

마이는 흐린 하늘을 올려다보았다. 지금 마이가 어떤 기분일지 나로선 알 수 없었다.

"만약 내 고백을 받아들인 상태에서 아지사이로 갈아타려고 하는 거라면 확실히 심한 얘기일지도 모르지. 그러나 너와 나는 아직 연인이 아니잖아. 그러면 달리 의리를 저버린 것도 아니겠지."

"그건……."

마이는 이럴 때만 유독 이해심이 넓어서 나는 당혹스러웠다.

우리들의 관계는 그저 레마 프렌드.

서로를 소중히 여기고, 3년간의 고등학교 생활을 통해 앞으로의 길을 정하고, 때때로 키스를 하기도 하는 특별한 관계지만 마이가 말했듯이 연인은 아니다.

그렇지만…….

"……그래선 안 돼."

나는 눈앞의 펜스를 꽉 붙잡았다.

"왜냐하면 나는…… 마이한테 진지하게 생각하겠다고 말했는데……."

잠깐의 틈을 두고서 마이가 말했다.

"진지하게 생각한 결과가 이거라면."

"이런 건…… 결코 **제대로 생각한 결과가 아니야**……."

고개를 좌우로 저었다. 기분이 좋지 않다. 내 안에 있는 이물질을 토해내는 기분으로 입을 열었다.

"마이한테 답을 내놓기 전에 이래서는 안 된다고."

내 목소리지만 지나치게 완고하면서 날카로운 가시가 돋쳐있는 것처럼 들렸다. 나를 걱정해주는 마이한테 할 만한 어조가 아니다.

마이가 후우, 하고 한숨을 쉬었다.

"나랑 아지사이. 둘 중 누가 좋은가. 그냥 단순한 이야기 아닐까."

나는 머리를 감싸 쥐었다.

"모르겠다고…… 좋아한다거나…… 그런 건…… 하나도 모르겠어……."

어째서 마이가 나를 좋아하고, 아지사이 양이 나를 좋아하는 건가. 그런 건 도저히 모르겠다.

"……그렇지만 나조차도, 자기 자신을 좋아할 수 없는데……."

아지사이 양한테는 결코 할 수 없었던 말.

왜냐하면 내가 자신의 가치를 부정한다면 내 가치를 인정해 준 아지사이 양까지 정면으로 부정하게 될 테니까.

『당신이 사귀고 싶다고 말한 여자애는 지독한 녀석이에요. 저는 그 녀석을 싫어합니다』 같은 소리를 본인한테 말할 수 있을 리가 없다.

그런데 마이한테는 안이하게 속내를 털어놓고 말았다.

마이도 마찬가지일 텐데. 아니. 마찬가지인 정도가 아니라 마이는 누구보다도 가장 먼저 내 가치를 찾아내 줬는데.

"아…….."

내가 시선을 들자 마이는 아무 말 없이 미소를 짓고 있었다.

내 어깨에 툭 손을 올린다.

"나는, 너를 좋아해."

"…………."

마이는 어째서 그렇게 상냥한 걸까. 그런데도 내 마음은 미동도 없다.

아니, 마이의 밝은 빛을 받자 내 그림자만 더욱 도드라졌다.

사실 애초에 뭔가 이상하다. 아지사이 양한테 고백을 받으면 일단 제일 먼저 『우와 기뻐!』라는 생각부터 들어야 하는 거잖아. 그래야 마땅하다고.

나중에 가서야 조금씩 실감이 나기 시작하면서 아아 나는 행복한 사람이야, 라고 생각하는 게 일반적이지 않아? 그런데 계속 이런 식으로 도망칠 생각만 하고 있으니…….

"나는……."

아아, 그렇구나.

이제야 깨달았다.

──나는 누군가에게 호의를 받고 싶은 게 아니야.

누군가에게 특별한 사람이 되고 싶다거나, 친구를 갖고 싶다거나, 가장 소중한 사람이 되고 싶다거나.

그런 주제넘은 바람들은 전부 거짓이었던 것이다.

권유를 받으면 나도 끼워줬으면 좋겠어. 내가 이곳에 있는 걸

허락해 줘. 내가 하는 말을 모두가 들어줬으면 해. 내가 뭔가를 하면 반응을 돌려줘.

그런 바람들, 전부, 다시 말해——.

**——그저 누군가에게 미움받고 싶지 않았을 뿐이었다.**

연인이 되는 게 싫었던 것도 내 내면으로 발을 들인다면, 내 본 모습을 본다면 나를 싫어하게 될지도 모르니까.

아니야. 될지도 모른다가 아니야. 분명 나를 싫어하게 될 거야. 왜냐하면 그 누구보다도 스스로에 대해 잘 아는 나 자신이 자기를 싫어하니까.

그래서 억지로 멀리했다. 몇 번이나 마이를 뿌리쳤다.

거리를 두고 있으면 이런 나 같은 녀석도『사실은 좋은 녀석 아닐까』라는 인상을 줄 수 있어. 그럭저럭 겉모양을 인싸처럼 꾸미고서, 얼버무리고서, 계속 친구 사이로 지낼 수 있어. 내 인간성의 바닥을 들키지 않아도 돼.

그런데도—— 상대방이 멀어지려고 들면 달라붙는다. 가까이 있어주기를 원한다. 주변 사람들을 마구 휘두른다.

『진정한 친구』를 바란다니, 거짓말. 서로의 약점을 마주 볼 수 있는 관계가 좋다고 말했던 것도 상대방은 나를 싫어하지 않을 거라는『보증』을 가지고 싶었을 뿐이었던 거 아니야?

전부전부전부전부, 전부전부전부전부, 자기 자신을 위해서——.

그때.

마이의 손바닥이 내 뺨을 쓰다듬었다.

"아······."

고개를 들자 마이의 단정한 얼굴이 눈앞에 있었다.

눈이 마주치고, 몇 초.

지금 이 순간만큼은 엉망진창이던 머릿속도 생각을 멈췄다.

키스 당하는 걸까 싶었다.

만약 억지로라도 마이가 나를 요구한다면 나도 조금이나마 스스로의 가치를 붙들 수 있을지도 모른다. 이런 상황만 아니었다면 만화 같은 데서 흔히 등장하는『부탁이야, 전부 잊게 해줘······』같은 소리를 하면서 품에 안기는 그거구나! 하면서 조금 감동했을지도 모르지.

하지만 마이는 나를 향해 얼굴을 가져다 대는 일 없이 뺨에 올렸던 손을 뗐다.

"······오늘은 그만두기로 할까."

"마이······."

하고 싶은 게 아니다. 당하고 싶은 것도 아니다. 그런데도 정작 해주지 않으면 혹시 이젠 돌이킬 수 없을 정도로 내가 싫어진 걸까 싶어서 불안해진다.

정말 구제 불능이다.

마이는 슬픈 눈을 하고서 점점 멀어져 간다. 그렇게나 사이가 좋았는데도 지금은 어떤 식으로 마주 웃었는지조차 떠올릴 수 없었다.

옥상 문이 덜컹 소리를 내며 닫힌다.

나는 그대로 주저앉아 무릎을 끌어안았다.

자기혐오에 눈물이 나온다.

"윽…… 우으으…… 으으……."

중학생 레나코가 거 봐라, 라면서 나를 경멸의 시선으로 내려다본다. 어리광도 작작 부려. 처음부터 인싸를 목표로 하는 건 무리였다고. 내 귓가에 속삭인다.

전부 맞는 말이다.

매도를 당한 것도 아니다. 한 대 맞은 것도 아니다. 따돌림을 당한 것도 아니고, 오히려 모두들 상냥하고 나에게 호의까지 보내준다.

아무도 나한테 화내지 않는다.

그런데도 마음이 엉망진창이 되는 나는 정말 정신 나간 쓰레기 같은 인간이다.

마이, 아지사이 양.

정말로 미안해.

두 사람이 생각하는 것처럼 내가 눈부시고, 강하고, 앞을 향해 당당하게 걸어갈 수 있는 애였다면 좋았을 텐데.

꼭 그렇지 않더라도 모두를 마지막까지 완벽하게 속이겠다는 각오와 힘이 있었더라면 좋았을 거야.

이렇게 타인에게 받는 평가만 신경 쓰면서 아무한테도 미움받고 싶지 않다며 남들의 안색만 살피는 비참한 여자가 아니었다면.

미안해, 정말로.

오해하게 만들어서 미안합니다.

"⋯⋯⋯⋯죽고 싶어⋯⋯."

점심시간이 끝났음을 알리는 종소리가 울렸다.

나는 교실로 돌아가지 않은 채, 처음으로 수업을 빼먹었다.


오후 수업을 통째로 빼먹고서 학교에 사람들이 빠져나가 인기척이 느껴지지 않을 때쯤 되어서야 교실로 돌아왔다.

땡땡이라⋯⋯ 나는 결국 불량학생이 되어버렸구나⋯⋯.

안 그래도 학교가 가시방석이었는데 땡땡이까지 쳤으니 더욱 남들의 시선이 두렵다. 나 같은 쫄보한테 땡땡이는 감당 못할짓이다⋯⋯.

좀도둑이라도 된 기분으로 교실로 돌아오자⋯⋯.

교실 안에는 아무도 없었다.

나는 과장되게 가슴을 쓸어내렸다.

만약 아지사이 양이라도 마주쳤다면 이, 몸 상태가 별로였거든―! 같은 거짓말을 지껄여 더욱 무거운 죄책감을 짊어져야 했을 것이다.

"⋯⋯아지사이 양."

짐을 싸서 집에 갈 준비를 하면서 아지사이 양의 자리를 쳐다봤다.

"⋯⋯어째서 나 같은 애한테."

고민해 봤자 어쩔 수 없는 일이라고 생각한다. 왜냐하면 지금까지 마이한테 『어째서』냐고 수없이 물어봤고, 그때마다 제대로 된 대답을 들었음에도 나는 조금도 납득하지 못했으니까.

하지만 그렇다고, 네, 그럼 생각하는 걸 그만두겠습니다! 라면서 손바닥 뒤집듯 태도를 바꿀 수 없다는 게 인간의 불편한 점이다. 인류가 어서 빨리 버전 업그레이드됐으면 좋겠다.

나는 한숨을 내쉬면서 가방을 등에 맸다.

"집에 가자……."

수업을 빼먹은 죄책감을 가슴에 안고 도망치듯 교실을 나왔다.

혹시 싶어서 조마조마했지만 다행히도 학교에서 집에 연락하지는 않은 모양이다.

나는 저녁 식사 때도 몇 마디 말도 없이 재빨리 식사를 마치고서 방에 틀어박혔다. 여동생이 뭐라고 한 것 같기도 하지만 내 귀에는 들리지 않았다.

목욕도 거르고 그대로 이불을 뒤집어썼다. 정신은 이미 녹초인데도 자꾸 싫은 일들만 떠올라서 계속해서 뒤척이며 밤을 지새웠다.

하룻밤 자고 나면 좀 나아질 거라고 믿으면서 억지로 눈을 감았다. 그리고 이튿날.

내 마음은 치유되기는커녕 곪아서 덧날 지경이었다.

* * *

"엄마…… 오늘 왠지 몸 상태가 안 좋을…… 지도."

"어머 그러니? 학교는 어떻게 할래?"

잠옷 차림으로 거실에 내려온 나는 우물우물 입을 열었다.

"글쎄 쉴까."

시선을 피하면서 중얼거렸다. 슬쩍 기색을 살피니 엄마는 살짝 걱정스러워하는 시선을 보냈지만 그래도 아무렇지도 않은 것처럼 미소를 지었다.

"그래, 고등학교 들어가고 나서부터 열심히 했지. 그러렴. 학교 쉰다고 하루 종일 게임만 하지 말고 얌전히 자도록 해."

"응……."

살짝 고개를 끄덕이고서 축축 늘어지는 발걸음으로 방으로 향했다.

복도에서 마주친 여동생이 고개를 갸웃거리며 "어라? 언니 오늘 쉬어?" 하고 물었다. 나는 아무런 대답도 하지 않고 방에 돌아왔다.

등 뒤로 엄마와 여동생이 나누는 대화가 들려온다.

"언니 또 **땡땡이 증세**가 도진 거 아니야—?"

나도 모르게 움찔했다.

"……윽."

아니 진짜로 몸이 안 좋거든! 이라고 화를 내지도 못하고서 방으로 들어갔다.

체온으로 따뜻해진 이불이 식기도 전에 다시 침대에 누웠다.

스마트폰으로 손을 뻗으려다 주춤했다. 누군가한테 연락이 와 있을지도 모르지만 어제 땡땡이쳤던 게 마음에 걸려서 아직까지 한 번도 확인하지 않았다.

현관문이 열리는 소리. 동생이 "다녀오겠습니다—" 하고 인사하는 목소리. 아빠가 출근하고, 엄마가 집안일을 하는 소리가 문 너머에서 들려온다.

나는 이불 속에 누워 밖에서 들려오는 소리들을 멍하니 듣고 있었다.

"아⋯⋯."

벌벌 떨면서 가느다란 실 하나에 의지해 미궁 속을 헤매고 있다가 도중에 실이 뚝 끊어지는 바람에 갈 곳을 잃어버린 듯한 심정이었다.

아니아니 그렇지 않아, 라며 내 안에 있는 누군가가 허세를 부렸다.

어쩌다 보니 조금 지쳤을 뿐이고 이쯤이야 하루 쉬면 회복된다니까. 내일부터는 씩씩한 얼굴로 학교에 갈 테니까.

호들갑이야. 다른 애들이 뭐라고 할지도 모른다면서 벌벌 떨기는. 내가 수업을 빼먹은 정도야 아무도 신경 쓰지 않는데 말이야.

그보다 나는 진짜로 몸 상태가 안 좋다니까. 엄마가 말했듯이 지금까지 열심히 노력하느라 피로가 쌓였을 뿐.

내일부터는 다시 원래대로.

원래대로 돌아올 거야.

"⋯⋯응."

커튼을 쳐서 창문으로 들어오는 햇빛을 막은 방 안에서 머리까지 이불을 뒤집어썼다.

하지만 이미 알고 있어.

등교 거부를 했던 중학교 시절에 처음 학교를 빼먹었을 때도,

이런 식으로 왠지 모르게 내키지 않아서 하루 안 갔던 게 계속 이어졌을 뿐이라는 사실을.

나는 어느샌가 잠이 들었고, 눈을 떠보니 밖은 이미 해가 저물고 있었다.

눈을 비비면서 침대를 나왔다.

"따분해……."

꿈은 꾸지 않았다.


학교에서 보내는 하루는 밀도 높고 1분 1초가 꽉꽉 차 있는데. 집에서 쉴 때는 눈 깜짝할 사이에 시간이 지나가지. 이게 바로 상대성이론이라는 걸까. (?)

세수를 하고 샤워를 마친 다음 식탁에 멍하니 앉아서 저녁밥을 기다렸다.

스마트폰이 없으니까 할 게 없어서 심심하다. 어쩔 수 없이 저녁에 하는 교육방송을 시청했다. 미래가 창창한 소년 소녀들이 즐겁게 떠들고 있다. 저 중에 몇 명이나 내년, 내후년에도 계속 방송에 나올 수 있으려나…… 싶은 칙칙한 생각이 자연스레 머릿속에 떠오른다.

엄마는 계속 "몸 상태는 어때?" "내일은 학교 갈 수 있겠어?" "병원에 갈 걸 그랬네" 하고 이런저런 말을 건넸지만 나는 적당히 건성으로 대답했다.

여동생이 집에 돌아왔다.

"다녀왔습니다ㅡ. 우와, 시체 같은 얼굴을 하고 있네."

"……."

내가 아무런 대답도 하지 않자 여동생은 코웃음을 치고서 자기 방으로 향했다.

저녁 식사 때까지 방에 틀어박혀 있을 걸 그랬네, 싶었다. 여동 생의 인싸 오오라를 접했더니 싫어도 저절로 학교 친구들을 떠올 리게 된다.

실내복으로 갈아입은 여동생이 거실로 나와 스마트폰을 만지 작거리며 자리에 앉았다.

"있잖아, 언니."

"……뭐야."

"음…… 아니, 아니다. 아무것도 아냐. 그렇게 뚱하니 있으니 우와— 짱 못생겼다 싶었을 뿐이야."

"뭐?"

나는 지금 몸 상태가 안 좋다는 걸로 되어 있는데 어째서 갑자 기 이런 말을 들어야 하는 건가. 미간을 찌푸리며 돌아보았다.

여동생은 여전히 틱틱대는 태도로 화제를 바꿨다.

"아, 그러고 보니 여름방학 때 우리 집에 놀러 왔던 애들 있잖 아? 걔들이 왠지 언니 앨범 사진을 보고 싶다는 말을 꺼냈거든. 사진을 어디다 뒀더라. 아빠 방에 있었나?"

"뭐야 그게. 절대로 못 보여주는데."

"아니아니, 찾아보면 한 장 정도는 그럴싸한 사진이 있잖아. 아 무리 옛날 언니 사진이라도 유치원 때나 아기 때 사진은."

"그러니까 **싫다고!**"

쾅 하고 탁자를 손으로 내리쳤다.

내가 생각했던 것보다 훨씬 큰 소리가 났다.

싸늘해진 거실에 밝은 TV소리가 울려 퍼진다.

여동생이 나를 차가운 눈으로 본다.

나 같은 건 조금도 무서워하지 않는 시선을 마주하자 피가 차게 식는 느낌이었다.

"시끄럽잖아. 싫으면 싫다고 말하면 그만인데 일일이 탁자 내려치지 말라고."

"……아."

주춤주춤 손을 거두면서도 미안하다는 말을 할 수 없었고.

내가 할 수 있는 건 무슨 일인가 보러 온 엄마를 지나쳐서 거실을 나가는 것밖에 없었다.

——하지만 이날 여동생이 앨범 얘기를 꺼내지 않았다면 나는 그 사실을 눈치채지 못했을 테고, 어쩌면 내가 사회로 복귀하는 것도 몇 년은 늦춰졌을지도 모른다.

그걸 여동생 덕분이라고 말하고 싶지는 않지만!


한발 앞서 미리 아빠 방에서 앨범을 챙긴 다음 책상 위에 툭 던졌다.

나는 의자 위에 앉아 양 무릎을 감싸 안았다.

"싫다고 항상 말하고 있잖아……. 하루나가 무신경할 뿐이잖아……."

머릿속으로만 여동생이 했던 말을 끊임없이 반박하는 영양가 없는 시간.

"어째서 다들 그렇게 불쑥 다가오는 거야……. 그러지 말아 줘……. 그냥 내버려 둬, 나 같은 애는 아무래도 좋잖아……."

신음했다.

나는 책상 서랍에서 한 장의 사진을 꺼냈다.

셋이서 함께 찍은 사진이다.

아지사이 양이 선물해 준 그 여름날, 사진관에서 찍은 한 장의 사진. 사진 속의 나는 서투르게나마 즐겁게 웃고 있었다.

가운데에는 내가 있고, 양옆으로 마이와 아지사이 양이 서 있었다. 오랫동안 함께 지낸 둘도 없는 친구들처럼 서로 어깨를 맞대고 웃고 있었다.

이날 그대로 영원히 변하지 않은 채 셋이서 함께 있고 싶었다. 하지만 분명 마이와 아지사이 양은 강한 사람들이니까 아무리 변하더라도 달라진 자기 자신을 긍정할 수 있을 것이다.

겁쟁이에, 여전히 제자리걸음만 하는 건 나 혼자뿐. 두 사람만 먼저 앞서 가버리고 뒤에 남겨진 나는 아직도 그 여름날에서 빠져나오지 못한 채였다.

사진을 손가락으로 쓰다듬었다. 손끝이 찌릿한 열기를 머금었다.

그때 방문을 노크하는 소리가 있었다.

"언니, 들어갈게."

"어?!"

허둥지둥 들고 있던 사진을 앨범 밑에 숨겼다.

여동생은 침략자마냥 거침없는 발걸음으로 내 방에 밀고 들어왔다. 나는 비명을 질렀다.

"서슴없이 불쑥 들어오잖아?! 방금 막 그런 일이 있었는데 참 뻔뻔스럽기도 하지! 기억력이 5분도 못 가는 거야?!"

"알 바 아닌데. 아빠 방에 앨범이 없었으니까 보나 마나 언니가 몰래 가로챘겠다 싶어서."

나는 내 자식이라도 되는 것처럼 앨범을 끌어안았다.

"싫다고 했잖아! 이미 몇 번이나!"

"그래도 정상적으로 찍힌 사진도 몇 장 정도는 있잖아? 언니가 싫어하는 이유는 아싸인 걸 들키기 싫어서 그렇잖아. 그러니까 한번 찾아나 보자고."

"한 장도 없거든! 나 같은 건 태어났을 때부터 항상 쓰레기였어!"

"뭐어?"

여동생이 낮게 깔린 목소리로 혐오감을 드러냈다. 히익.

"언니가 쓰레기였던 건 중학교 때잖아."

"사람을 쓰레기 취급하지 마!"

"자기 입으로 말해 놓고는……."

하루나가 내 앨범을 빼앗았다.

"됐으니까 내놔."

"아앗!"

진심으로 덤벼봤자 체력 차이로 상대가 안 된다는 걸 알고 있기 때문에 나는 하루나의 소맷자락을 애처롭게 쥐었다.

"내, 내가 납득한 사진이 아니면 안 되니까…… 만약 한 장도 없으면 꼭 포기해 줘…… 그게 최소한의 조건이야…… 이 부탁을 들어주지 않으면 여기서 앨범을 태워버릴 거야……."

"그렇게까지 필사적일 일이야? 아니, 뭐 일단은 알겠어……."

하루나가 침대에 앉아서 앨범을 넘겼다.

아마오리 집안의 사진 대부분은 아빠가 카메라에 푹 빠져 있던 시절에 찍었던 것들이다. 그 밖에도 아직 부모님이 스마트폰을 사주지 않았을 때 하루나나 내가 디지털카메라를 빌려서 찍었던 친구들의 사진도 남아있었다.

"아, 이거 어때?"

"싫어! 왠지 바보 같아!"

"그러면 이거라든가."

"헤어스타일이 이상하지 않아?!"

"어휴 귀찮아……."

"하루나가 고르는 방식에 악의가 있어서 그래!"

나는 혈안이 되어서 앨범을 뒤적였다.

없는 건가? 한 장도? 내가 인싸 중의 인싸로 보일만한 사진은 진짜로 없는 건가? 기적의 사진은 없는 건가?!

"있잖아, 언니."

"뭔데?!"

"오늘 학교 땡땡이쳤지."

"어?!"

나는 해적 룰렛 장난감처럼 튕겨 오르듯이 고개를 들었다.

"아, 아닌데~? 배, 배가 아파서 있지, 만약을 대비해 쉬었을 뿐인데요~?"

참 알만하다고 말하는 듯한 여동생의 시선.

으윽……. 뭐야, 나는 그렇게 속이 빤히 들여다보이는 거야……?

"무슨 일이 있었는지는 모르겠고, 언니가 얼마나 학교를 빼먹든지 내 인생에는 하등 아무런 영향도 없을 테니 궁극적으로는 진짜 아무래도 좋기는 한데."

너무 말이 심하지 않아?!

"그래도 뭐, 언니가 인기 있는 사람들이랑 어울려 다니면 나한테도 좋은 영향이 온다는 건 깜짝 놀랄 일이었거든."

"……뭐야 그게."

하루나의 표정을 살폈다.

여동생의 덤덤한 표정에선 어떤 마음으로 그런 말을 한 건지 읽어낼 수 없었다.

내 여동생인데 치사해. 좀 더 감정을 표정에 드러내 줬으면 한다.

"나는 딱히 하루나를 위해서 고등학교 데뷔를 한 게 아닌데."

"그거야 알지만 그래도 열심히 특훈에 어울려줬으니까 그만큼의 대가 정도는 청구해도 괜찮지 않겠어? 나중에 벌어서 갚는 식으로."

"……그건 그럴지도……?"

실제로 여동생은 이것저것 도와줬다.

"미용실에 혼자서는 못 가겠는데 엄마가 데려가 주는 건 창피하다고 떼를 쓰니까 내가 같이 가주기도 했지. 옷도 그렇고, 화장 도구도 내가 골라줬지. 지금 생각해 보면 작년까지 초등학생이었던 여동생한테 그걸 물어보나? 싶은 느낌이지만."

"뭐어 그것도 그렇지……."

세세하게 따져보면 그 밖에도 얼마든지 있다.

하루나가 이렇게 뭐든 서슴없이 말하게 된 이유는 내가『내 말투에 안 좋은 점이 있으면 지적해줘!』라고 부탁했기 때문이다. 덕분에 횡설수설하는 것도 고쳤고, 상대방이 흥미 없는 주제를 가지고 주절주절 끊임없이 떠들어대는 버릇도 조금은 나아졌다.

직접 입 밖으로 말하기는 부끄럽지만 자질구레한 부분들까지 함께해 줬다는 점은 고맙게 생각하고 있다.

하지만 내가 여동생한테 제일 고맙게 생각하는 점은.

"그러니까 여기까지 와서 언니가 또다시 방에만 틀어박히게 되면 사실상 내가 손해 보는 거나 마찬가지잖아. 언니한테 투자한 시간도 날리는 거고. 알겠으면 내일부터는 학교 가기다."

"따, 딱히 땡땡이친 거 아니거든! 몸이 나으면 간다고! 말 안 해도 내일부터는 갈 생각이었고……."

말이 채 끝나기도 전에 여동생은 잠금이 풀린 채 방치되어 있던 내 스마트폰을 덥석 쥐었다.

"앗, 야 인마!"

"우와, 메시지가 엄청 쌓였잖아. 봐봐, 마이 선배도 아지사이 선배도 걱정하고 있어.『괜찮아, 내일은 학교 갈 거니까』라고 보내둘게."

"잠깐! 뭘 멋대로! 바보야, 그만둬!"

나를 향해 스마트폰을 휙 던져준다.

화면을 보자 우와, 진짜로 답장 보내놨어…….

"아무리 그래도 이건 선 넘는 짓이잖아…… LINE인데……."

"오히려 고맙다는 인사를 받아야 할 참인데. 언니가 못하는 일을 손쉽게 대신해 준 거니까."

"하물며 생색까지 내다니…… 우와, 부모 얼굴 좀 보고 싶네……."

마이, 아지사이 양…… 거기다 카호 쨩한테까지 메시지가 와 있었다. 나는 반 친구들의 이름을 보고서 침울해졌다.

다들 정말로 상냥하다.

친구들이 나한테 상냥하게 대해준 만큼 보답해 줄 수 있는 사람이 되고 싶다. 전혀 실천하지 못하고 있지만…… 그래도 그런 사람이 되고 싶다는 마음만큼은 진짜다…….

"이렇게 됐으니 내일 학교에 갈 수밖에 없겠네."

하루나는 허리에 손을 척 올리고서 득의양양하게 말했다.

나를 배수의 진으로 몰아넣은 주제에 뭐냐고 그 표정은.

"너무 스파르타식이야……."

"아닌데. 나는 후배들한테는 훨씬 엄격하게 굴지만 언니한텐 한없이 무르다고. 게다가 이 정도쯤이야 여유롭게 해낼 수 있잖아. 나랑 같은 유전자를 보유하고 있으니까."

이 녀석은 언제나 나한테 봐주는 게 없다. 내 퇴로를 차단하고 도망갈 곳을 없앤 다음 어쩔 수 없이 앞으로 나아갈 수밖에 없는 상황에 몰아넣는다. 그래서 나도 반쯤은 체념해서 이렇게 된 이상 해낼 수밖에 없다는 생각이 들게 된다.

결코 내 입으론 말할 수 없지만 내가 여동생한테 가장 고맙게 여기는 점이 이거다.

조금 더 상냥하게 대해줘도 괜찮지 않을까 싶긴 하지만!

"앗, 이걸로 하면 되겠네!"

거리낌 없이 내키는 대로 행동하는 하루나는 침략자는커녕 약탈자였던 모양이다. 방금 전에 앨범 밑에 숨겨놨던 테이블 위에 놓인 사진에 손을 뻗었다.

마이랑 아지사이 양이랑 내가 함께 찍힌 그 여름날의 사진.

"그건."

옛날 사진이 아닌데…….

나는 손을 뻗으려고 하다가, 멈칫했다.

"……응, 뭐. 괜찮아, 조심히 다뤄줘."

여동생이 가져간다면 그걸로 충분하지 않을까, 하는 생각이 들었던 것이다.

그 사진은 너무나도 아름다워서 내가 갖고 있기엔 몸 둘 바를 모르겠으니까.

"고마워, 언니!"

운동하는 애답게 상큼발랄한 인사를 남기고서 여동생이 방을 나갔다.

자기 볼일을 마치자 뒤도 안 돌아보고 사라졌다. 학교를 땡땡이친 나랑은 인생의 농도가 다르다.

어휴 쟤는 정말이지…….

침대 위에서 자세를 고쳐 앉고 별생각 없이 앨범에 손을 뻗었다. 하루나가 마구잡이로 넘긴 페이지를 되돌려 다시 처음부터 살펴봤다.

그립다. 나도 초등학생 때는 그럭저럭 애들이랑 잘 지냈었지.

옛날 친구들이 사진에 담겨 있다. 개중에는 내가 인싸를 지향하는 계기가 된 애도 있었고, 이름도 잘 기억이 안 나는 애도 있는 등, 다양했다.

이 친구들도…… 지금 나처럼 무언가에 고민하거나, 부딪히거나, 열심히 살아가고 있을까.

같이 추억을 이야기하고 싶네. 그 시절 즐거웠던 이야기들을 누군가와 나누고 싶다.

아마 그건 『현재』에서 도피하는 거겠지. 그래도 과거의 내가 있기 때문에 지금의 나도 있는 거다. 가끔은 내 인생을 되돌아보는 것도 좋지 않을까…….

혹시 아직 연락처가 남아있는 애는 없으려나.

고등학생이 된 지금 연락해도 부자연스럽게 생각하지 않을만한 애……. 혹은 나를 부둥부둥 치켜세워줘서 자존심을 충족시켜줄 애……. 후자는 아마오리 쓰렉코라는 애가 있다.

"……아, 이 애."

넘기다가 문득 시선이 멈췄다.

카메라를 향해 조심스럽게 브이 자를 그리고 있는 초등학생 여자애. 당시에 내가 다니던 학원에 디지털카메라를 가지고 갔을 때 찍은 사진이다.

안경을 쓴 그 아이는 소심한 태도로 몸을 움츠리고 있었다. 얌전하고, 상냥한 애였다. 우리들은 항상 좋아하는 만화나 애니메이션을 가지고 신나게 떠들었다. 재밌었지.

학원에선 항상 둘이 함께 다녔고, 남들한테 미움받는 일이나 호감을 사는 걸로 고민하지도 않았다. 그저 하루하루가 눈 깜짝할 사이에 지나갔고 반짝이고 있었다.

"……자고 일어나면 다시 초등학교 시절로 돌아가 있었으면 좋겠다……."

그렇게 되면 학교에선 재미있게 놀고, 학원에 가서 그 애랑 열심히 만화 얘기를 하는 거야……. 배가 아플 정도로 함께 웃고, 학원 선생님한테『똑바로 하렴』이라고 혼나고, 둘이서 반성하는 척을 하면서 메롱 혀를 내민다.

두 번 다시는 돌아오지 않을 과거를 떠올리면서 줄곧 멍하니 사진을 바라보던 나는 문득 기묘한 기시감을 느꼈다.

어라, 뭔가 이거. 본 적이 있는데……?

아니, 옛날에 내가 직접 찍은 사진이니 그야 당연한 소리지만 그런 게 아니라 뭘까 이 느낌. 어디서 본 듯한.

"…………으응?"

앨범을 한참 동안 노려보고 있자니 스마트폰에 메시지 한 통이 도착했다.

스마트폰에 뜬 이름은──.

『레나찡, 기다리고 있을 테니까─!』

──어, 아니, 설마.


"………어?"

옛날에 같이 학원을 다녔던 친구의 이름은, 그래, 분명…….

미나구치 카호.

신기하게도 그 이름은 같은 그룹의 친구, 코야나기 카호와 똑같은 이름이었다.

내가 어째서 게임을 좋아하게 되었는지를 말하자면 두말할 것도 없이 책의 영향이다.

초등학생 시절 나는 책을 읽는 걸 좋아해서 도서관을 자주 이용하는 어린이였다.

그중에서도 일러스트가 붙어 있는 책. 아동문학, 혹은 라이트 노벨을 열심히 탐독했다. 주로 판타지 장르가 많았지.

그러고 나서 판타지 장르 게임을 즐기게 됐고, 게임 세계관에 심취한 나는 동영상 사이트를 보게 됐다가 FPS라는 장르를 알게 되어 전쟁 게임에 몰두하게 됐는데…….

아무튼.

그때 당시 가장 친하게 지냈던 애가 미나구치 양이었다.

학교에선 아무도 알아주는 사람이 없었던 만화 이야기도 미나구치 양이랑은 마음껏 떠들 수 있었다.

어떤 애가 좋다거나, 그 장면이 진짜 멋있었다거나, 때로는 둘이서 만화잡지를 돌려 읽으면서 다음에 이어질 전개를 예상해 보기도 했다.

지금 떠올려 보면 내 16년 인생을 통틀어서 취미 얘기를 나눌 수 있었던 유일한 친구였던 것 같다……. 피차 내성적인 성격이었던 점도 잘 맞아서, 긴장하지 않아도 대화할 수 있었으니까…….

원래는 여름방학 동안만 다니기로 했었는데 반년이나 더 학원을 다녔던 것도 그 애랑 만나고 싶었기 때문이었다.

우리는 굉장히 사이좋은 친구였다.

그런데…… 미나구치 양이 설마 카호 쨩이라고……? 이런 우연이 있을 수 있어?!


"조, 좋은 아침……."

나는 최대한 눈에 띄지 않으려고 조심스럽게 교실로 들어갔다.

하지만 아직 등교한 애들이 얼마 없는 시간이라서 본의 아니게 주목을 모으고 말았다. 히익! 남들의 시선!

하지만 그런 사람들의 시선을 막아주는 것처럼 두 사람이 다가왔다. 항상 둘이 세트로 다니는 하세가와 양과 히라노 양이다.

"좋은 아침이에요, 아마오리 양—!"

"어제 학교를 쉬셔서 걱정했어요. 몸은 괜찮으세요?"

"앗, 응."

먼저 말을 걸어준 게 기쁜 나머지 나도 모르게 『헤헤헤』하고 천박한 웃음이 나올 것 같아 황급히 표정을 관리했다.

"두 사람 다 고마워. 이제 몸은 괜찮아졌어."

"그런가요. 요즘은 환절기라 컨디션 관리가 쉽지 않으니까요—."

"그래도 아마오리 양이 없으면 우리 반의 밝기가 반쯤 줄어드는 느낌이라 건강해지셔서 정말 다행이에요!"

"반쯤 줄어든다니 과장이 심해. 기껏해야 1/3 정도겠지."

두 사람 다 내 말에 아하하, 웃어줬다. 기쁘다.

좋아좋아, 예쁘고 가련한 최상위 계급 여자를 훌륭하게 연기하고 있어. 하세가와 양과 히라노 양이 나를 치켜세워준 덕분에 사람들의 시선도 무섭지 않아졌다……. 고마워…….

"안녕—! 레나찡!"

그럴 때 뒤에서 뭔가 묵직한 게 달려와 등에 매달렸다. 꾸엑.

앞으로 푹 고꾸라지면서 뒤를 돌아봤다. 감귤계의 상큼한 향기를 풍기는 미소녀의 얼굴이 코앞에 있었다. 그러면서 나를 꼭 껴안고 있어!

"카, 카호 짱, 좋은 아침."

"응!"

보고만 있어도 사람들의 기운을 북돋아주는 순백의 미소가 눈부셨다.

이틀 만에 마주하는 카호 짱의 미소는 진정한 미소녀의 광채를 뿜어내고 있었다. 저절로 뻣뻣하게 굳어버리려는 걸 견뎌낸다. 카호 짱의 스킨십에 일일이 허둥댔다가는 일상생활이 불가능해지니까…….

하세가와 상이 어버버버 말을 못 이으며 입가에 손을 올렸다.

"**퀸텟** 중 두 사람의 조합을…… 눈앞에서……!"

"엥?"

"미소녀 농도가 고밀도를 이루는 이런 공간에 제가 존재하는 걸 견딜 수 없어요……! 그러면 아마오리 양, 코야나기 양, 건강하시길! 되도록 오래오래 행복하고 건강하게 살아주세요!"

하세가와 양과 히라노 양은 살랑살랑 손을 흔들면서 샤사사삭 자리를 떠났다. 카호 쨩이 "또 보자—"라면서 마주 손을 흔들어 줬다. 힐링 타임 종료!

배낭처럼 등에 매달린 카호 쨩을 업은 채 중얼거렸다.

"……퀸텟은 대체 뭐야."

"왠지 요즘 들어 우리들을 그렇게 부른다나 봐—."

스마트폰을 꺼내 검색해 봤다. 퀸텟은 듀오, 트리오, 콰르텟에 이어 오중주를 뜻하는 단어인 모양이다.

"처음 들었어. 우리들 그룹이 다섯 명이라서 그런가?"

"거기에 더해서 마이마이네 회사 이름이 퀸 로즈잖아?"

"응. 아, 아하—? 그런 거구나?"

원래 철자는 Quintet이지만 그걸 『Queentet』이라고 바꿔 부르는 건가? 뭐야 그거 엄청 멋지잖아.

카호 쨩이 내 등에서 내려와서 브이 자를 그린 손을 눈가에 대고 포즈를 취했다.

"앞으로는 『퀸텟의 아마오리 레나코입니다—♡ 키랏☆』이라고 인사해야겠네!"

"나도 퀸텟의 말석에는 들어가 있는 건가…….."

분수에 넘치는 대우에 몸 둘 바를 모르겠다.

카호 쨩이 킥킥 웃는다.

"레나찡을 제거하면 퀸텟의 자리가 비게 될 거라고 생각하는 사람도 조금은 있을지도?"

"음험한 권모술수가 판치고 있잖아…….."

내 몸을 감싸 안았다.

교실 뒤편에서 카호 짱이랑 대화를 나누는 사이에 점점 교실에 사람들이 늘어났다.

"아, 레나 짱이다. 안녕—."

"안녕, 아마오리."

"와, 아지사이 양, 사츠키 양. 그리고 오우즈카 양도."

"안녕, 레나코. 좋은 아침."

마침 얘기가 나왔던 퀸텟이 한 자리에 모였다.

어디선가 『오오~……』 하고 감탄하는 소리가 들린다. 여름방학이 끝난 뒤로 한층 더 평판이 퍼져나간 덕분인지 다른 학년에서도 구경하러 올 정도로 파워 넘치는 면면들. 나는 황송한 마음에 한발 물러나 있지만.

아지사이 양이 웃으면서 양손을 모았다.

"어쩐지 모두가 모이는 건 오랜만인 것 같아서 즐겁네."

마지막 『—네』는 나를 가리키고 있었다. 새 학기가 시작되자 그룹에 함께 있기 불편해서 슬쩍 자리를 피하던 나를 맞아주는 배려심이 담긴 『—네』였다.

"으, 응."

고개를 주억거렸다. 지금은 우연히 아지사이 양의 마음 씀씀이를 깨달았을 뿐이지만, 내가 모르는 사이에도 언제나 아지사이 양은 나를 배려해주고 있다. 천사가 여신이 되는 날도 멀지 않았을지도 모른다.

"아마오리, 나중에 세나한테라도 노트를 보여달라고 해."

"그러네—. 아, 그런데 나 오늘은 고문 수업이 없어서 노트를 안 들고 왔어."

"그럼 내가 보여줄게! 나는 항상 학교에 두고 다니니까!"

"자랑스럽게 말할 말이 아니야, 카호."

"아하하…… 아지사이 양, 카호 짱, 고마워. 사츠키 양도."

친절하게 돌봐주는 친구들에게 합장하며 인사했다.

다들 상냥하게 대해주고 있어. 하루 좀 쉬었다고 부스럼 취급하지도 않아. 역시 내 불안은 자의식과잉이었다.

"……."

다만 멤버 중에 마이만은 평소와 분위기가 다른 것 같았는데……. 그건 아마도, 어쩔 수 없는 일.

내가 수업을 빼먹었던 건 마이랑 옥상에서 대화를 나눈 직후였으니까…… 어쩌면 그게 마음에 걸려서일지도 모른다.

물론 그건 사실이기 때문에 『아무것도 아니야! 괜찮아!』라고 위로해 줄 수도 없어서 가슴 어딘가에 가시처럼 남았다.

"그럼 수업 시작하기 전에 보여줄게."

"아, 네, 감사합니다."

아지사이 양의 말로 대화가 마무리되고 다들 자리에 앉았다.

그렇다. 학교를 땡땡이쳐서 MP(멘탈 포인트)를 조금 회복했지만 결국 근본적인 문제는 아무것도 해결되지 않았다.

하루라도 빨리 어떻게든 해야 한다는 거야 알지만……. 끙끙대고 고민하는 것도 MP를 소모하는지라.

솔직히 지금 내가 품고 있는 문제는 내 인간력으로는 도저히 극복할 수 없는 문제다. 그럼에도 어떻게든 극복하고 싶다면 스테이터스를 풀 회복해서 모든 걸 운에 맡기고 보스전에 도전하거나, 아니면 착실하게 인생 경험을 쌓아서 레벨을 올리는 수밖에 없다.

그리고 후자를 고를만한 시간적 여유는 없기 때문에…….

적어도 멘탈을 최대한 진정시켜 놔야지. 그러지 않으면 또 어제처럼 녹초가 되어버릴 거야……. 여동생 덕분에 땡땡이는 하루 만에 끝났지만 다음번엔 다시 등교 거부가 재발해도 이상하지 않다. 나는 내 허접함을 믿고 있어!

좋아, 그렇다면.

"있잖아, 카호 짱."

"왜앵?"

고문 수업 노트를 건네주러 온 카호 짱을 향해 우물쭈물 입을 열었다.

"그게 있지…….."

"?"

고개를 갸웃거리는 카호 짱.

혹시나 카호 짱이 내가 알던 미나구치 양이라고 치고……. 만약 내 고민을 들어주고 동료가 되어준다면…… 혼자서는 쓰러트릴 수 없는 곤란과도 맞서 싸울 수 있을지도 모른다.

동료를 모으는 건 RPG의 기본이니까……. 오로지 나한테만 이득이 되는 이야기지만!

아니, 그보다 딱히 고민 상담은 할 수 없어도 괜찮아. 옛날 추억담을 나눌 수만 있어도 그걸로 만족이고, 무엇보다 카호 짱이랑 훨씬 더 친해질 수 있다면 기쁘니까……

카호 짱은 내 중학교 시절을 모를 테고 말이지! 나한테는 메리트밖에 없어!

그렇기는 한데.

나는 카호 짱을 물끄러미 바라보았다.

이목구비 곳곳에 낯익은 옛날 모습이 남아있는 것 같기도 한데…… 하지만 초등학교 시절 그 애는 훨씬 더 소심한 느낌이었다. 적어도 자기가 귀엽다는 사실을 알고서 정확한 각도로 고개를 갸웃거리며 『왜앵?』 같은 소리를 하지는 못했다.

지금 눈앞에 있는 누구보다도 인싸인데다 분위기 메이커인 카호 짱과는 닮은 구석을 찾을 수 없다.

어쩌지, 일단 한번 질러봐……? 만약 다른 사람이면 사과하면 그만이니까……

그러자. 잃을 것도 없어. (그래봤자 밤에 이불킥을 하는 정도)

"있잖아, 그게…… 여기서 말하기는 뭣하니까, 으음, 점심시간은 어때……?"

"좋—아."

나는 어리둥절해 하는 카호 짱한테 다짜고짜 부탁했다.

"뭔데뭔데—? 설마 고백?"

카호 짱이 장난꾸러기처럼 웃는다.

아지사이 양이 화들짝 놀라서 "엑?!" 하고 뒤를 돌아본다.

마이랑 아지사이 양한테 고백을 받아 놓고 카호 짱한테 고백을 한다니 정신 나간 여자잖아! 아닙니다—!!

점심시간. 나는 카호 짱을 학교 뒤편으로 불러냈다.

"엇 뭐야? 이런 장소로 불러내다니, 설마 진짜 고백?"

"아니라고요!"

뺨에 손을 올리고서 설레는 표정을 짓는 카호 짱에게 빽 소리 쳤다.

아우 진짜, 말을 꺼내기가 쑥스러워졌잖아!

카호 짱은 그룹 멤버들 중 유일하게 긴장하지 않고 대화할 수 있는 애다.

언제나 솔선해서 웃음을 주기도 하고, 놀림당하는 캐릭터를 맡아주기 때문에 남들을 자기 페이스로 끌어들이는 솜씨가 뛰어나다는 생각이 든다.

그건 다시 말해 카호 짱과 대화할 때는 『정답』을 알기 쉽다는 뜻이다. 콩트나 만담에는 대본이 정해져 있는 것처럼 카호 짱과 대화할 때 주고받는 말들은 으레 정해져 있다고 해야 할까.

그래서라고 말하기는 뭣하지만…… 정형화된 범주 밖에 있는 말들을 입 밖으로 내려니까 카호 짱이랑 대화할 때도 마찬가지로 긴장을 하게 된다는 사실을 실감하는 중이다.

으으. 하지만 귀중한 카호 짱의 시간을 빌리고 있는 입장이기도 하니…….

여기서는 딱 잘라 물어보는 수밖에…… 없어!

"이, 있잖아, 카호 짱, 이거."

나는 주머니에서 사진을 꺼내서 카호 짱한테 보여줬다.

**"카호 짱, 맞지?"**

"……"

카호 짱은 여전히 웃고 있었다.

하지만 그건 평소랑 다르게…… 마치 가면 같은 웃음이라…….

엇, 어엇?

당황하는 나를 두고서 카호 짱은 지면에 떨어진 돌을 집었다.

"인류 역사상 가장 오래된 무기가 뭔지 알아? 레나찡."

무슨 일…… 무슨 일이야?!

"그건 말이지, 땅에 굴러다니던 돌이야. 인류는 수많은 돌을 던져서 자신들보다도 훨씬 큰 흉악한 동물들을 쓰러트릴 수 있었어."

"카, 카호 짱……?"

카호 짱이 한 걸음, 한 걸음씩 천천히 다가온다. 인류의 역사를 등에 지고 있기 때문일까, 작은 체구가 평소보다 두 배, 세 배는 커 보였다.

"그래, 마침내 나를 협박하려고 드는 거구나, 레나찡……. 그렇다면 나는 인류가 쌓아 올린 지혜를 무기로 힘껏 발버둥 치기로 할게……. 레나찡을 살려 보내지 않겠어……."

"아, 아니!"

"문답무용! 절멸시켜주마!"

카호 짱이 달려들었다! 보스를 쓰러트리기 위해서 레벨 업을 하고 싶다고 말은 했지만 이런 의미는 아니었는데?!

치켜든 오른 손목을 붙잡고 필사적으로 저항했지만 카호 짱한테 떠밀려서 지면에 나동그라졌다. 쓰러진 내 위에 카호 짱이 올라탔다.

히이이이이익! 사냥 당한다!

"그게 아니라니까안!"

나는 힘껏 외쳤다. 인류 최고의 지혜! 그래, 바로 말과 대화야!

**"나는 그저! 순수하게! 한 번 더 그 아이랑 대화가 하고 싶어서!"**

카호 짱이 우뚝 움직임을 멈췄다.

"요즘 힘든 일들이 이것저것 많아서! 그러다 우연히 앨범에서 사진을 발견해서⋯⋯ 그래서, 그게, 함께 추억담을 나눌 수 있으면 기쁘겠다 싶어서⋯⋯ 정말 진짜로 그것뿐이라⋯⋯."

카호 짱이 나를 가만히 내려다보았다.

"⋯⋯정말로?"

"저, 정말로!"

어디까지 믿어줄지 알 수 없었지만 나는 필사적으로 말을 쏟아 냈다.

"그래도 미안! 옛날 일을 꺼내 드는 건 그다지 기분 좋은 일은 아니지⋯⋯. 내가 멋대로 발을 들이밀어서 정말로 미안⋯⋯."

그야 나도 갑자기 옛날에 아싸였던 걸 폭로 당하면 완전 범죄를 계획하게 되겠지.

어떤 게 밟아서는 안 되는 지뢰인지도 모르면서 정말 경솔했다.

"미안⋯⋯. 이번 일은 더 이상 꺼내지 않을 테니까⋯⋯ 물론 누군가한테 말하지도 않을 테니까⋯⋯. 그러니까 카호 짱도 잊어주세요⋯⋯."

카호 짱은 살짝 한숨을 쉬었다.

돌을 휙 던지고서 깔고 앉아 있던 내 몸 위에서 비켰다.

……사, 살았나……?

카호 짱은 손바닥에 묻은 흙을 툭툭 털었다.

그리고서 지면에 벌러덩 쓰러져 있는 나를 향해 손을 내밀었다.

"쌓인 얘기들도 있겠지."

"카, 카호 짱…………?"

카호 짱은 입꼬리를 말아 올리면서 어른스럽게 웃었다.

"오늘 방과 후는 어때?"

"카호 짱……!"

나는 카호 짱이 내민 손을 덥석 붙잡았다.

"응, 응!"

인류 역사상 가장 오래된 지혜로 인류 역사상 가장 오래된 무기를 물리칠 수 있었다.

옛날부터 인류가 걸어온 다툼과 화해의 역사를 간접 체험했다. 역사적인 업적이었다……. 잘은 모르겠지만 아무튼 그래…….

그리고── 우리는 3년이라는 공백을 다시 메우기 위해 방과 후, 근처에 있는 패밀리 레스토랑에 가게 되었다.


학교를 마치고 들린 패밀리 레스토랑 테이블석. 마주 앉은 카호 짱의 얼굴을 멍하니 바라보았다.

생각해 보면 나는 옛날부터 사람 얼굴을 마주 보고서 대화하지 못하는 애였다. 그래서 카호 짱의 얼굴도 어렴풋이만 기억하는 거겠지. 왠지 갑자기 몹시 미안해졌다.

"이야— 그렇지만 말이지. 레나찡이 정말로 나를 완전히 잊어버렸을 줄이야. 역시나 역시 충격이었단 말입죠."

"미, 미안."

진심을 다해 사과했다. 일방적인 내 잘못이기 때문에 머리 숙여 사과할 수밖에 없다.

"그렇지만 카호 쨩, 그 시절과는 전혀 분위기가 달라졌으니까…… 게다가 그땐 안경이었고…… 렌즈를 끼고 있으면 못 알아본다고……."

"무슨 흔해 빠진 만화 설정도 아니잖아."

카호 쨩이 입에 감자튀김을 집어넣으면서 바로 태클을 걸었다.

"내가 기억하는 미나구치 양은 뭔가 좀 더 이렇게."

"수수하고 음침한 안경캐?"

"그게 아니고! 얌전한 애였어! 조용하고!"

카호 쨩이 아하하 웃었다.

단지 미나구치 양은 좋아하는 화제를 얘기할 때면 안경 안쪽에서 눈동자가 반짝반짝 빛이 났고, 나는 그걸 보는 게 좋았다.

"뭐, 애초에 성도 달라졌으니까—."

"아, 그건, 응, 그러네."

조심스럽게 고개를 끄덕거리는 나에게 카호 쨩이 『별거 아니야』라며 손을 내저었다. 부모님이 이혼하고 아빠가 다른 사람과 재혼했을 뿐이라면서.

내가 "그렇구나!" 하고 어색하게 맞장구를 쳤더니 카호 쨩은 쿡

쿡 웃었다.

"그보다 나는 한눈에 『아마오리 양이다─!』하고 알아봤는데 말이야─."

"으…… 미, 미안합니다. 하, 하지만 알아봤다면 말해주지!"

"이야~ 완전히 잊어버린 눈치인데 내가 먼저 말을 꺼내기도 힘들지 않아?"

그건 그래.

"뭐, 눈치채지 못하면 못한 대로 상관없다고 생각했거든. 같은 그룹에서 다시 한번 친구가 되는 것도 괜찮겠지 싶어서. 오히려 반년이나 지난 시점에 말을 걸길래 『이제 와서냐!』하는 심정이었다고."

"면목 없습니다……."

그렇지만, 그렇지만…….

고개를 푹 숙인 채로 쥐어 짜내듯이 대답했다.

"카호 쨩은 그 시절보다 뭔가, 굉장히…… 그게, **귀여워졌으니까**……."

"읏…… 응…… 뭐, 뭐어 그렇지? 그런 거라면 어쩔 수 없넹."

연신 헛기침을 하는 카호 쨩. 내 말을 믿어주지 않는 걸까 싶어서 불안해……!

그냥 대충 주워섬기듯이 칭찬한 말이라고 여긴다면 오히려 나쁜 인상을 줄 것 같아서 나는 더욱 자세하게 말을 덧붙이기로 했다.

"카호 쨩은 외모도 굉장히 귀엽고 이목구비도 단정하다고 할까, 머리부터 발끝까지 반짝반짝해서 아이돌 같다고 해야 하

나…… 피부도 머리카락도 공을 들인 티가 나는 데다 몹시 세련
됐고, 센스도 있고, 대화하면 재밌고, 목소리도 예쁘고…….”

“자, 잠깐 타임!”

카호 짱이 황급히 말을 막았다. 얼굴이 살짝 붉어져 있다.

“아…… 미안, 나 혼자서 떠들어서!”

“아니, 그건 괜찮은데…….”

한층 더 헛기침을 하는 카호 짱.

고개를 옆으로 돌리고서 부끄러움을 감추려는 것처럼 살짝 중
얼거렸다.

“이건 그냥 **인싸 코스프레**를 하고 있을 뿐이니까…….”

“어?”

“아무것도 아냐아냐.”

카호 짱이 슬쩍 화제를 바꿨다.

“그보다 레나찡은 하나도 달라지지 않았지.”

“엑?! 그, 그런가요?”

저도 모르게 가슴을 눌렀다. 카호 짱은 화려한 나비처럼 인싸
로 탈바꿈했는데 나만 그 시절 그대로……? 그건 좀…… 아니 상
당히 쇼크일지도…….

카호 짱은 웃으면서 말했다.

“그 시절에도 인기인이라 항상 반에서 중심이었다고 얘기했었
잖아.”

나가 죽을까 싶었다.

“아, 아하하하하하! 내가 그런 소리를 했던가?!”

"응. 매일 반에서 남자애들 여자애들한테 둘러싸여서 레나찡이 새로운 놀이를 잔뜩 가르쳐주고 그랬지. 떠들썩하고 즐거워 보여서 레나찡네 학교가 부러웠는데."

어느 쪽이지?! 사실 다 알면서 놀리는 건가?! 아냐, 이건 진짜 믿고 있는 거네! 정말로 나를 인싸라고 생각하고 있어! 기쁨과 괴로움이 교차로 밀려온다!

"이야 그런 일도 있었죠!"

설명할 필요도 없겠지만 카호 쨩한테 얘기했던 것들은 하나부터 열까지 날조다. 과거의 내가 사신의 낫을 들고서 나를 쫓아온다. 이 길에선 결코 뒤를 돌아봐서는 안 돼…….

하지만 그렇구나. 카호 쨩은 나를 인싸라고 인식하고 있었던 건가……. 사츠키 양, 듣고 있냐. 네가 지나치게 예리했을 뿐이지 나는 확고하게 인싸로서 완성되어 있다고……. 카호 쨩의 눈이 옹이구멍이라서 그런 건 아니라고 생각해!

이리하여 나는 최소한 카호 쨩한테만큼은 평생 진실을 전하지 않겠다고 맹세했다. 다른 누군가가 아닌 바로 나 자신을 위해서.

카호 쨩은 어딘지 쓸쓸한 표정을 지으며 나에게 물었다.

"있지, 레나찡은 이제 만화나 애니메이션은 안 봐?"

"그렇지 않아!"

나는 지금도 실시간으로 챙겨보고 있는 만화 이름을 줄줄이 나열했다. 용돈 대부분은 게임에 투자하기 때문에 만화는 스마트폰 앱으로 읽을 때가 많다. 그리고 애니도 아예 안 보게 된 건 결코 아니다.

"그보다 카호 짱이야 말로 이젠 흥미가 없어진 거 아니었어?"

"응? 왜?"

"그야……."

너는 모든 애들과 사이좋게 지내는 인싸니까…….

목 끝까지 올라온 말을 눌러 삼켰다. 아무리 그래도 이건 편견일지도 모른다. 아지사이 양도 마법소녀 애니메이션을 챙겨보니까.

카호 짱이 웃는다.

"좋아해, 무진장 좋아해! 오히려 그 시절보다 훨씬 더 좋아졌거든!"

그런 카호 짱의 눈동자는 옛날처럼 반짝반짝 빛나고 있었다.

"그러면 요즘 푹 빠져 있는 작품 같은 건."

"어디 보자 이번 분기는——."

그렇게 잠시 동안 추억 이야기는 미뤄두고서 애니 작품 얘기로 신나게 떠들었다.

평소 같으면 도저히 할 수 없는 대화다. 작품의 이 부분이 좋다. 이 캐릭터가 좋다. 이 대사가 불타오른다. 그런 대화를 서로 주고받으면서 상대방의 이야기에 맞장구를 치며 공감했다.

시간 가는 줄 모를 정도로 재밌어서 내 멘탈이 점점 충전되고 있었다.

새 학기가 시작되고 처음으로 순수하게 즐겁다고 느낄 수 있는 시간이었다…….

싫다, 감격에 복받쳐서 눈물이 나올 것 같아…….

"고마워, 카호 짱……."

"엑?! 뭐가?!"

훌쩍, 코맹맹이 소리를 냈다.

"나, 요즘 이런저런 힘든 일들이 있어서 계속 녹초가 되어 있었거든…… 카호 짱이랑 다시 만날 수 있어서 정말 다행이야……."

"아아, 응, 그런 말을 했었지……. 그래서 무슨 일이 있었어?"

"그건……."

카호 짱은 자기 가슴을 탕탕 두드렸다.

"자자, 다 털어놔 봐. 우리 사이에 뭘."

마치 명탐정처럼 검지를 슥 세웠다.

"진부한 말이지만 남한테 털어놓으면 마음이 가벼워질지도 모르잖아? 나는 진지한 인생 상담은 잘 못하는 타입이지만 옛 절친인 인연으로서 자, 얼마든지 들어줄 테니까. 이것도 다시 만난 걸 축하하는 셈 치고."

"카호 짱…… 하지만."

당연하지만 내가 주저하는 이유는 바로 카호 짱이 마이를 좋아하기 때문이다.

그런데 내가 마이한테 고백을 받았다는 소리를 하면 카호 짱은 분명 기분이 좋지 않겠지. 그래서 차마 입을 떼지 못하고 있었더니 카호 짱이 나를 가늘게 뜬 눈으로 응시했다.

"하항— 뭐, 어쩔 수 없는 거지. 이제는 둘 다 고등학생이 됐으니 그 시절과는 모든 게 달라졌다는 뜻인가요. 하아아. 서운하지만 이런 게 인생이라는 거겠지요."

"그, 그런 게 아니라!"

허겁지겁 양손을 내저으며 부정했지만 카호 짱은 테이블에 턱을 괴고서 완전히 토라진 표정이다. 어, 어떡하지……!

"듣고 나서 후회해도 모르니까요?!"

"아니 그걸 정하는 건 나잖아."

그러네!

정신을 차려보니 나는 전부 털어놓고 있었다.

"그게…… 있지, 나 **여름방학에 아지사이 양한테 고백을 받아서!**"

"……엥?"

"그뿐만 아니라 사실은 **그보다 훨씬 전에도 마이한테 고백을 받아서**……."

"……………하?"

나는 양손으로 얼굴을 덮었다.

"둘 중에 누구 한 사람을 골라야 한다니 나한테는 무리라고……. 왜냐하면 마이도 아지사이 양도 나한테는 과분한 사람인걸……. 나 같이 이렇게 평범하고 수수하고 딱히 다른 사람한테 인상을 남기지도 못하는 여자는 두 사람에게 어울리지 않아……."

카호 쨩은 잠시 동안 몸을 부들부들 떨면서 아무런 말도 없었다.

내 지나친 우유부단함에 어처구니없어 하는 걸지도 몰라.

"뭐…… 뭐…………."

카호 쨩이 신음했다. 그 모습은 분화 직전의 활화산을 떠오르게 했다.

"응?"

되물었다.

그리고 그 직후였다.

# "뭐야 그게!"

잠시 후, 나는 철푸덕! 땅바닥에 내팽개쳐졌다.

"카, 카호 짱?! 갑자기 왜 그래?! 미쳤어?!"

패밀리 레스토랑에서 끌려 나와 연행된 곳은 근처에 있는 하천 부지.

하루에 두 번씩이나 바닥에 내팽개쳐지다니 이게 가능해?!

저녁노을을 받아 빛나는 카호 짱이 짱돌을 집었다.

"레나찡, 돌이라는 건 오랜 옛날부터."

"아니 그건 이제 됐으니까!"

주위를 둘러보니 개를 산책시키던 사람들이 지나가다 말고 멈춰서, 갑자기 여고생이 벌이는 기행을 구경하고 있다. 나는 황급히 일어나서 카호 짱과 마주 섰다.

카호 짱의 표정은 역광 때문에 잘 보이지 않는다.

"방금 전 얘기, 지금이라도『전부 거짓말이었습니다!』라고 솔직하게 고백하면 딱밤으로 용서해 주겠어."

카호 짱이 슬금슬금 다가온다. 무진장 무서운데요!

"용서해 주니 마니의 문제가 아니라! 전부 사실이라고! 애초에 카호 짱이 얼마든지 말해보라고 채근하니까 털어놓은 건데……."

"대체 뭐냐고!"

한 걸음씩 묵직한 위압감을 뿜으며 나가온 카호 짱한테 멱살을 잡혔다. 히익!

"나에 대해서 떠올렸다 싶더니 이젠 자랑?! 자랑을 하고 싶었던 거냐! 저 말이종, 너무 인기가 많아서 곤란해용― 이거냐?! 리얼충이냐!"

"아, 아니거든!"

"어차피 나 같은 애랑은 사는 세계가 다르다고 말하고 싶은 거?! 하여튼 상류 계급 여자는 이래서! 살면서 이렇게까지 우습게 보인 적은 없단 말입니다요!"

친구의 진심 어린 분노에 벌벌 떨었다. 지금까지 이 정도나 되는 분노와 마주해본 적이 없었다. 카호 짱의 지뢰를 정통으로 밟는 바람에 몸이 움츠러든다.

하지만, 그래도—— 이대로 입 다물고 있을 수는 없다.

"이…… **인기 많다고 자랑할 리가 없잖아!**"

카호 짱을 퍽 밀쳐냈다.

"그딴 짓 하는 녀석은 누구보다도 내가 제일 싫어하는걸! 나는 진심으로 난처해서!"

"네에, 네에, 그거 참 곤란하시겠죠! 디저트로 초콜릿 케이크랑 딸기 쇼트케이크가 있어서 둘 중에 뭘 먹을지 고민돼—♪ 같은 거지?! 나는 설탕물이나 마시라는 거냐?! 아앙?!"

"그치만 어쩔 수 없잖아! 상대방이 나를 좋아하게 된 거니까!"

여름의 잔향과 시끄럽게 맴맴 우는 매미 소리. 거기에 지지 않을 정도로 큰 목소리로 외쳤다.

"마이도 그렇고, 아지사이 양도 그렇고, 나보고 좋아한다고 그러는걸! 영문을 모르겠다고! 대체 왜 나인지 이유를 모르겠어! 내가 가장 모르겠다고!"

아무에게도 털어놓을 수 없었던 본심을 두서없는 말로 토해냈다.

"나조차도 나 같은 애랑은 사귀고 싶지 않은데! 걔네들이 그런 소리를 하는걸! 그러니까 곤란한 거잖아! 두 사람한테…… 상처 주고 싶지, 않으니까…….”

고개를 수그리고서 주먹을 꽉 쥐었다.

떨리는 입술을 깨문다.

뚝뚝 떨어지는 눈물이 멈추지 않는다.

“……레나찡.”

기분 탓일까, 카호 짱의 목소리도 상냥해서.

나는 눈물 가득한 눈동자로 카호 짱을 마주 보았다.

“카호 짜——.”

눈앞에 **불꽃이 튀었다.**

“아얏?!”

카호 짱한테 박치기를 당했다.

이마를 감싸 쥐고서 주저앉아 끙끙거렸다. 다른 의미로 눈물이 나온다!

눈앞에는 마찬가지로 주저앉은 카호 짱이.

“알까보냐—!”

그렇게 외치는 바람에 나는 이젠 금붕어처럼 입만 뻐끔거릴 수밖에 없었다.

“알, 알까보냐라니…… 내 사정을 다 들었으면서…….”

“들었어! 전부! 전부 들었어! 전부 듣고 난 다음에 이젠 전—부 다 부러워! 뭐야 그게! 그냥 알아서 고르면 되잖아! 더 좋아하는 쪽을!”

“그, 그렇지만 한 쪽을 고르면 다른 사람이 슬플 테니…….”

"그러면 아 짱을 고르라고! 그럼 상처받은 마이마이는 내가 위로해 줄 테니까! 자, 해결!"

"그건! 그렇게 하는 건 아니라고 생각하는데!"

"그러시겠지! 결국에는 그냥 자기가 인기 많다는 사실을 어필하고 싶을 뿐이잖아! 이게, 이게, 이 녀석!"

"우왓, 잠깐, 그만."

엎치락뒤치락 하다가 밀려 넘어져서 엉덩방아를 찧었다.

바닥에 부딪힌 엉덩이가 욱신욱신 뜨겁다.

"옛날부터 자기만 특별하다는 듯한 얼굴 하고서! 결국 모두에게 사랑받고는! 거 좋으시겠습니다, 뭐든지 잘 풀리는 인생 이지 모드라서! 거 참 부럽네요!"

"아냐── 아니라고!"

이번에는 내가 카호 짱을 밀쳐 넘어뜨리고서 올라탔다.

이건 완전 싸움이다. 내 인생 첫, 드잡이질을 동반한 싸움이었다.

"뭐 하나 잘 풀리는 거라고는 없어! 그래도 나는 나름대로 열심히 노력해서! 그래서, 그래서 지금의 내가 있는 거야! 아무것도 모르는 주제에!"

"알 리가 없잖아! 언제나 실실 웃어놓고! 그냥 다른 사람한테 좋은 인상을 줘서 아무한테도 미움받지 않고 싶을 뿐이잖아! 웃겨!"

"──윽!"

나도 모르게 손을 크게 들어 올렸다.

"아무한테도 미움받고 싶지 않은 게 뭐가 나빠?! 그치만 나는 딱히 연인을 갖고 싶다는 소리는 한 마디도 안 했는걸! 그런데 상대방이 고백해온 거잖아! 나는 계속 지금 이대로! 모두가 즐겁게 지낼 수 있으면 그걸로 충분했는데도!"

카호 짱이 눈을 꽉 감았다.

하지만 나는 그 손을 휘두를 수 없었다.

내 밑에 깔린 카호 짱이 나를 힐끗 노려본다.

"……웃겨."

"………………………."

나는 그저 고개만 푹 수그렸다.

무슨 더러운 넝마라도 되는 것처럼 나를 확 뿌리쳤다. 카호 짱은 일어서서 흥, 하고 코웃음을 치고서.

"간다."

그렇게 말하고 가방을 손에 든 채 자리를 떠났다.

나는 잠시 동안 그 자리에 주저앉아 있었다. 뜨거워진 몸을 두드려 주는 저녁 바람이 서늘해서 여름의 끝을 느꼈다.

집에 돌아오자 흙투성이가 된 나를 보고 엄마는 깜짝 놀라셨다.

얼굴에 눈물 자국이 뚜렷하게 남아있는데도 나는 끝까지 우겼다.

"넘어졌어."

＊ ＊ ＊

다음 날, 나는 죽어도 학교에 가고 싶지 않았다……. 이젠 마음이 불편하다고 할 수준이 아니야……. 선을 넘기는커녕 아예 선

위에서 좌우 반복 뛰기를 하는 격이다…….

하지만 그렇다고 오늘 학교를 쉰다면 그건 결과적으로 내 패배를 인정하는 꼴이라고 해야 하나, 카호 짱의 말에 굴복하는 게 된다. 아무리 그래도 그건 열불이 치솟았다.

떨어지지 않는 발을 질질 끌면서 포복 전진을 하는 심정으로 등교했다.

침울한 마음으로 수업 준비를 하고 있었더니 나보다 뒤늦게 카호 짱이 나타났다.

"안녕—!" 하고 반 애들한테 기운차게 인사하는 카호 짱은 이마에 커다란 반창고를 붙이고 있었기 때문에 반 애들한테 질문 공세를 받고 있었다.

하지만 그런 친구들의 질문도 전부 웃음으로 바꿔버리니, 정말 내 친구였던 미나구치 양의 모습은 전혀 찾아볼 수 없었다.

카호 짱은 카호 짱대로 굉장히 노력했을 거라 생각한다. 외모랑 말투도 새롭게 바꿨을 테고. 커뮤니케이션 능력은 나랑 비교도 할 수 없을 정도니까.

그렇게 착실하게 노력을 쌓아가고 있었는데 촌티 풀풀 나는 내가 그만 소리를 지껄였으니 저도 모르게 폭발한 걸지도 모른다.

……나는 모처럼 뭐든지 털어놓을 수 있는 친구가 생겼다고 생각했는데…….

…………아니, 하지만!

이번만큼은 내가 먼저 사과하지 않을 거야!

잘못한 건 저쪽이니까! 나에 대해서 아무것도 모르는 주제에 그렇게 일방적으로!

……그야 나도 좀 더 신중하게 말을 골랐으면 좋았겠지만……. 으으으…….

속만 태우면서 하루를 보냈다. 점심시간이 되어서 함께 밥을 먹던 도중에도 나랑 카호 짱은 눈조차 마주치지 않았다.

가끔씩 말이 겹쳐질 때는.

"흥." "흥흥."

둘 다 고개를 휙 돌렸다.

그렇다. 나는 강철 같은 의지로 카호 짱에게 화해 신청을 먼저 하지 않을 거다……. 상대방이 먼저 사과하기 전까지는 결코……!

설령 식사를 마치고 나서.

"있지, 레나 짱…… 카호 짱이랑 무슨 일 있었어?"

이렇게 아지사이 양이 소매를 잡아당기면서 걱정스럽게 묻는다고 해도!

나는 마음을 굳게 먹었어! 저런 녀석 내 알 바 아니야!

그렇게 마음을 먹어도 정작 내 입에서 나오는 말은 "어, 그게, 응. 뭐 이것저것 있었거든─! 하하하─!" 같은 소리였지만!

이번만큼은 나도 화났다고, 카호 짱!

\* \* \*

그런 신경전이 이어진지 며칠이 지난 어느 날, 방과 후.

MP 회복을 위해서 카호 짱이랑 대화를 시도했던 일이 오히려 일상생활을 더욱 거북하게 만들어서 멘탈이 시시각각 갈려나간다. 불어나는 이자를 갚는 데만도 벅찬 사채를 떠안게 된 심정이다. 아무리 여관에서 숙박을 해도 제 MP가 회복될 기미가 안 보이는데요…….

신발장을 향해 터덜터덜 걸어갔다.

그리고 거기서 놀라운 광경과 마주치게 됐다.

그건 바로——.

"——이제 됐어! 사 짱은 바보!"

화가 나서 소리를 지르는 카호 짱의 모습이었다.

카호 짱은 비교적 희로애락이 뚜렷한 편이지만 화를 낼 때도 장난스러운 분위기지, 지금처럼 진심 어린 분노를 드러내는 경우는 아주 드물었다. 나랑 싸웠을 때는 둘째 치고서라도.

게다가 마주하고 있는 상대는 사츠키 양이다. 스캔들을 목격한 기분으로 나도 모르게 복도 모퉁이에 숨었다.

"됐으면 이만 갈게."

"이 수전노!"

"그건 고용주 측에서 할 말이 아니야."

숨어서 살펴보자 신발장에서 카호 짱과 사츠키 양이 마주 보고 있었다. 펄펄 화를 내는 카호 짱과 『오늘은 바람이 세게 부네』정도로만 생각하는 것처럼 무덤덤한 사츠키 양——.

앗, 이런 사츠키 양이랑 눈이 마주쳐버렸다.

"아마오리."

"아, 저기, 헤헤헤…… 안녕."

친구들이 왜 싸우는지도 알 수 없는 상황에서 한창 싸우는 도중에 마주치다니, 결코 마주하고 싶지 않은 상황 랭킹을 매기면 최상위 랭크다. 나는 모습을 드러내면서 가능하면 지금 당장 투명인간이 되고 싶었다.

사츠키 양이 선뜻 입을 열었다.

"그렇지, 아마오리한테 물어보면 어때?"

"뭐어―――?!"

카호 쨩이 비명을 질렀다. 나도 비명을 지르고 싶었다.

애초에 사츠키 양은 우리들이 냉전 중인 것도 뻔히 알고 있을 텐데 저렇게 태연하게! 저는 온 힘을 다해 사양하겠습니다!

"잘은 모르겠지만 사츠키 양의 대타라니 절대로 무리인데요?!"

"뭐 그건 맞는 말이지만."

"알면서 그런 소릴 해?!"

코토 사츠키는 오우즈카 마이와 수위를 다툴 정도로 미인이라 밤낮을 가리지 않고 여기저기 매력을 발산하고 다니는 인재지만, 안타깝게도 마이와 비교하면 인간관계에 전혀 노력을 기울이지 않기 때문에 의외로 혼자 다닐 때가 많다.

넘칠 정도로 뛰어난 스펙을 오로지 자신만을 위해 쓰는 사람이다. 저만큼이나 일관된 태도를 보여주면 그저 멋있다는 말 밖에는 할 말이 없다.

"그럼 뒷일은 맡길게, 아마오리."

"아니, 잠깐만 기다려주세요! 그럴 수가, 우리 둘만 남기지 말아 줘!"

황급히 신발을 갈아 신으려고 했지만 카호 짱이 나를 가로막았다.

"……레나찡."

"아니, 잠깐, 그게…… 카호 짱, 비켜줬으면 하는데……."

친구랑 싸우게 된 상황이 익숙하지 않은 나로서는 어떤 태도를 취해야 할지도 알 수 없어서 작은 목소리로 우물거릴 수밖에 없었다.

이럴 때 『비켜』 혹은 『저리 가』 같은 소리는 못 해……. 왜냐하면 뭔가 무례한 느낌이 들잖아……. 아니, 상대한테 화를 내는 중인데 예의고 무례고 없겠지만!

카호 짱은 턱에 손을 올리고서 뭐라뭐라 중얼거렸다.

"레나찡이라…… 하지만, 으음…… 이젠 그럴 수밖에 없을지도…… 하지만 레나찡이라면…… 가능, 가능하려나…… 음, 제법……."

"저기……."

그리고 카호 짱은.


그 자리에서 머리를 박았다.


"제가 잘못했습니다앗—!"

"에엑—?!"

"제가 하나부터 열까지 전부 잘못했습니다! 죄송합니다용서해

주세요두번다시는무례한소리를하지않겠습니다레나찡정말로미
안해리얼지송전면적으로제죄를인정하겠으니까요—!"

빠르게 두다다 쏟아지는 말들에 내 감정이 도무지 쫓아가질 못
한다.

"아니."

"——미안합니다!"

"그게."

"——용서해주세요!"

내가 뭐라고 입을 열려고 할 때마다 카호 짱이 머리를 박고서
제압 사격마냥 사과를 날려댄다.

이건 사과를 빙자한 폭력 아니야······?

그보다 신발장 앞에서 머리 박고 절이라니, 다른 학생들이 봤
다간 안 좋은 소문이 돌 게 분명하잖아! 참아줘!

"카호 짱, 괜찮으니까 고개 들어. 어서!"

"용서해 주시는 건가요? 힐끔."

"그건."

"힐끔힐끔."

"어휴 정말! 용서할게, 일단 용서할 테니까! 아무튼 어서 일어나!"

"해냈다—!"

카호 짱은 슈퍼마리오에 버금가는 점프력으로 폴짝 뛰어서 내
팔을 꼭 안았다. 만면의 미소가 코앞에 있다. 응, 외모는 귀여워!

"고마워, 레나찡! 다시 옛날처럼 사이좋게 지내자—! 과거는 물
에 흘려보내는 거야!"

"이 녀석⋯⋯."

이를 갈고 있었더니 커다란 눈동자로 내 얼굴을 들여다본다. 눈에 눈물을 매단 미소녀의 치켜 올려보기 공격이다. 큭, 강해⋯⋯.

"⋯⋯혹시 아직 화났어?"

"그야 뭐⋯⋯."

카호 짱이 비장한 얼굴로 다시 머리를 박으려고 해서 황급히 팔을 잡아당겨 말렸다.

"그만, 그만해 그만! 화 안 났으니까! 전혀!"

"레나찡은 상냥하다냥. 쓰담쓰담냥."

"이 요망한 암고양이가⋯⋯."

찰싹 붙어서 몸을 비비는 카호를 보며 신음했다. 인생에서 이런 단어를 말해보는 건 처음이었다. 전교생의 여동생으로서 귀여움 받는 카호 짱한테 이런 소리를 하게 될 거라곤 상상도 못했다.

설마 이런 식으로 화해하게 될 줄이야⋯⋯. 아니 여전히 화근은 사라지지 않았지만.

피로가 밀려온다. 혹시 나는 미소녀한테 엄청 약한가⋯⋯?

"있지, 레나찡."

"뭡니까⋯⋯."

카호 짱은 내 팔을 안은 채로 마치 비밀스런 거래라도 제안하는 것처럼 입가에 손을 대고 소곤거렸다.

"──화해의 증표로 **꼭 좀 도와줬으면 하는 일**이 있다냥."

"⋯⋯어?"

아지사이 양에 대한 일, 마이에 대한 일, 그리고 자신의 일.

내 머릿속을 한계까지 어지럽히는 고민들에 짓눌릴 것만 같은 나에게 던져진 카호 짱의 말은 마치 벗어날 수 없는 거미줄 같아서——.

과연 이건 하늘로 올라가는 실인 것인가, 아니면 거미줄에 감겨 잡아먹히게 될 것인가. 지금의 나로서는 전혀 알 수 없었다.


이리하여 예상치 못했던 카호 짱과 단둘이서 귀가하는 길…….

"이야, 아무튼 그래서 옛날 고대 그리스에서는 남자애가 남자애랑 연애하는 건 지극히 당연한 일이었거든! 시대가 변하면 시대를 살아가는 사람들의 사회통념도 완전히 달라지는 법이네—!"

"허어."

카호 짱은 아까부터 기운차게 입을 놀리며 무슨 맥락인지 알 수 없는 토막상식을 떠들어댔다. 저번에 싸웠던 일은 결코 화제로 다루지 않겠다는 굳은 결의가 느껴진다.

여전히 뒤끝이 남아있는 건 나뿐인가 보다. 크게 다툰 지 얼마 되지도 않은 사람과는 어떤 식으로 접해야 할지 잘 모르겠다고……. 구시렁구시렁…….

하지만 이대로 으슥한 곳으로 끌려가 또 인류의 가장 오래된 병기가 어쩌구 하는 소리를 듣기는 싫었기 때문에 물어봤다.

"저기, 카호 짱. 저는 그래서 뭘 하게 되는 걸까요……."

"어—? 그걸 묻는 거야? 정말?"

한껏 귀여운 포즈를 잡으며 올려다보는 카호 짱.

그야 포즈도 얼굴도 귀엽기는 한데 말이지…….

"그거야…… 아무것도 묻지 말고 이 007가방을 어디어디 역까지 옮겨달라는 소리를 듣기라도 하면 난처하니까……."

카호 짱은 턱 밑에 브이 자를 그린 손을 가져다 대고서 다시 한번 반짝이는 귀여운 미소를 선보였다. 얘는 다른 타입의 미소들을 여러 개 보관해두고 있구나……!

"괜찮아! 하나도 수상한 거 없어Yo! 뭐어? 이렇게나 수상하지 않다고? 우와 대단해! 싫을 정도로 수상하지 않지용!"

"진짜로 수상하지 않은 일이라면 오히려 수상하지 않다고 밑밥을 깔수록 역효과라고 생각하는데……."

"그냥 아주 쪼—금 맨살을 드러내기만 하면 돼. 1mm 정도. 진짜 아주 쪼오오금."

"갑자기 급한 볼일이 생각나기 시작했으니까 먼저 갈게!"

"엑—?!"

카호 짱이 손을 붙잡았다.

"제발— 부탁이야—!"

비통함과 간절함이 담긴 목소리에 내 발이 우뚝 멈췄다.

"사 짱한테 거절당하는 바람에 이젠 부탁할 사람이 레나찡밖에 없단 말이야—!"

카호 짱이 버림받은 강아지 같은 눈으로 바라본다.

윽……. 이게 아시가야 고교 여동생의 해줘해줘 광선……?!

공포로 다른 사람을 지배하는 사츠키 양과는 달랐다. 죄책감이라는 글자가 붙어있는 볏짚을 창으로 푹푹 쑤시는 느낌이다. 안 그래도 타인의 권유를 거절하지 못하는 성격인데…….

카호 짱은 남한테 어리광을 부리는 법을 알고 있어……!

"모처럼 레나찡이랑 고등학교에서 다시 만나게 되어서 나는 기뻤는데…….."

"으윽……."

좋아하는 사람에게 솔직하게 좋아한다고 말하지 못하는 초등학생 여자애처럼 손가락을 꼼지락 꼼지락거리면서 카호 짱이 나를 응시했다.

"그런 식으로 계속 삐쳐있는 건 싫은걸……."

"먼저 토라졌던 건 누가 봐도 카호 짱인데……."

하지만 3연속으로 머리 박고 사과까지 했는데도 (그게 진심 어린 사과가 아니었다고 할지라도!) 용서하지 않으면 남은 방법은 머리를 빡빡 미는 수밖에 없을 테고, 만약 카호 짱이 어느 날 민머리가 돼서 학교에 오기라도 했다간 나는 견딜 수 없어서 3층 창문에서 뛰어내릴 것이다.

나는 싸움에 익숙하지 않기 때문에 어떻게 화해해야 좋을지도 잘 알 수 없었고, 더욱 고집을 부리고 싶은 마음과 이제 그만 편해지고 싶다는 마음이 충돌했다.

아아, 이것도 용기를 내야 하는 일일지도 모르겠네…….

나랑 카호 짱은 서로 다른 객체다. 모든 의견이 일치하지는 않는다. 하지만 어디까지 인정하고, 어디까지 용서할 것인가를 정하는 것도 사람과의 사귐에 필요한 일이겠지.

카호 짱이 화를 냈고, 나도 화를 냈고, 카호 짱은 사과했다. 그러니까 이번 일은 비긴 거다. 허울 좋은 소리에 불과할지도 모르지만 인간관계라는 건 서로에 대한 인정과 계약으로 돌아가고 있는 거나 마찬가지니까.

　싸움과 화해……. 의외로 심오하다…….

　나는 떠나가라 한숨을 쉬었다.

　"알겠어, 카호 짱…… 저번 일은 화해하고 잊자……."

　"해냈다―! 고마워, 레나찡! 마이마이를 차고 나면 꼭 가르쳐주기다!"

　"그건 아직 어떨지 모르겠는데!"

　이거 제대로 화해한 거 맞나? 여전히 카호 짱의 눈빛은 방심할 수 없는데……!

　"그보다 카호 짱이야말로…… 그게, 이제 화가 풀렸어?"

　"음― 다소 앙금은 남았지만 전부 털어놓고 나니 시원해진 것도 있으려나. 이건 진심이야. 아무튼 지금은 이쪽 일이 훨씬 더 중요해! 그러니까 레나찡 좋아 좋아 정말 좋아―!"

　이 녀석…… 컴퓨터 기계음보다도 성의 없는 억양으로 사랑을 속삭이다니……. 그때 못 때렸던 따귀를 지금 날려줄까……?

　속으로 그런 생각이 들었지만 실제로 할 수도 없는 노릇이라 진절머리를 내며 물었다.

　"……그래서 뭘 하면 되는데."

　"그건, 먼저 하겠다고 약속하면 가르쳐주겠다냥!"

　"아니, 그렇지만……."

　"있지있지 부탁이야, 레나찡. 부탁이야부탁이야, 손해 보는 짓은 안 시킬 테니까, 응? 제발 나를 버리지 말아 줘, 레나찡! 부탁이야부탁이야부탁이야부탁이야."

"으응…… . 하, 하지만 맨살을 드러낸다니 나로선…… ."

흔들리는 눈으로 망설이자 카호 쨩은 최후의 비장의 카드를 꺼내들었다.

"알겠어! 돈! 돈 낼 테니까! 마지막까지 도와주면 돈 낼게! 돈이 뭔지 알지?! 돈만 있으면 사고 싶은 건 뭐든지 다 살 수 있다고! 나라조차도!"

"돈……!"

"게다가 마지막까지 도와주면…… ."

손가락 세 개를 세운다. 아니, 그런데…… .

"3천 엔이라."

여름방학 때 온천여행을 하는 바람에 저축한 돈을 거의 다 써 버렸기 때문에 돈을 준다는 건 고마운 일이긴 하지…… . 신작 게임 구입 자금으로 돌릴 수도 있고…… .

카호 쨩의 표정이 달라졌다. 마치 자기 소굴로 유인하는데 성공한 여우처럼.

"3만."

**"3만 엔?!"**

내 눈이 휘둥그레졌다. 어떻게 된 거야?!

카호 쨩이 갑자기 사무적인 어조가 되어 속삭였다.

"당일 즉시 지급. 그날 바로 주머니에 들어오는 금액입니다."

이거 분명히 위험한 일이다!

"돌아갈래요!"

"어?! 잠깐!"

유감이겠지만 그런 미끼에는 낚이지 않아! 나는 하이퍼 소시민이라서요!

나는 카호 짱의 제지를 뿌리치고 달렸다.

"돈은 중요하거든—?!"

저도 안다고요!

하지만 돈보다도 내 멘탈이 소중하다고요! 더 이상 내 고민거리를 늘리지 말아주세요!


카호 짱과 헤어진 뒤, 왠지 모르게 집까지 달음박질쳐서 돌아왔다.

현관문을 돌파해 내 방까지 맹렬한 기세로 골인. 가방을 휙 내던지고 반쯤 슬라이딩하는 기세로 달려가 껴안았다.

내 평생의 반려.

아무런 망설임도 없이 이 아이를 좋아한다고 큰 목소리로 외칠 수 있는 유일한 존재.

플레이스테이션 4를.

"아아, 플포 군, 다녀왔어!"

꼭 껴안자 무기질적인 플라스틱 재질 몸체가 나를 반겨준다.

인간은 무서워. 무슨 짓을 해올지 알 수 없는 데다 인간의 마음을 이해하기 힘드니까.

"하지만 플포 군만큼은 나를 배신하지 않아……. 플포 군만큼은 언제나 내 곁에 있어 줄 거지……."

뺨을 비볐다. 콘솔 본체 외장은 단단하고, 안에 있는 섬세한 기판과 드라이브를 소중하게 지켜주고 있다. 믿음직스러운 녀석이다.

만약 나도 게임기였다면 이럴 때 스스로의 존재가치를 두고 고민하지 않고 좀 더 많은 사람들을 즐겁게 해줄 수 있었을 텐데.

잠시 그러고 있었더니.

"언니, 슬슬 밥 먹으래——."

나를 부르러 온 여동생이 활짝 열려 있는 문 너머에서 우뚝 발걸음을 멈췄다.

"…………."

그리고서 아무것도 못 본 척하기 시작했다.

눈물을 흘리며 게임기를 껴안고 있는 여자가 자기 가족이라는 사실을 인정하고 싶지 않은 걸지도 모른다.

이제 내 마음을 이해해 주는 건 아플 때나, 건강할 때나 항상 한결같이 내 곁에 있어주는 플포 군뿐이다.

"고마워, 플포 군…… 아아, 따뜻해…… 전원을 켜뒀으니까……."

나는 오늘 밤 그를 안고 자기로 했다.

꼬마 아이가 인형을 안고 자는 거랑 똑같은 거다. 딱딱하고 거친 몸통에서 느껴지는 이물감이 솔직히 말해 거슬—— 어흠, 침대 면적을 꽤나 차지하지만…….

그래도 그 이상으로 든든하게 내 마음을 지켜주고 있으니까.

자고 일어나면…… 부디 게임 세계의 주민이 되게 해주세요…….

그곳에는 인간관계도, 나를 속박하는 굴레도 없어…… 나는 그 세계에서 세상에 단 한 사람뿐인 전설의 검을 소유한 사람이고, 절대 무적의 유니크 스킬을 보유하고 있고, 많은 동료들이 나를 의지하지만 결코 무리를 짓지 않고서 스스로의 힘만으로 온갖 보스들을 베어버린 살아있는 전설, 리빙 레전드……

그런 하찮은 꿈을 꾸면서 잠들었다.

다음 날, 눈을 떴더니 내가 잠결에 발로 차서 떨어진 걸로 추정되는 플레이스테이션 4가 바닥을 뒹굴고 있었다.

**"플포 군?!?!?!?!"**

전원이 켜지지 않는다.

완전히 망가졌다…………….

"어째서."

나는 눈물을 뚝뚝 흘리면서 그의 시체를 품에 안았다.

"어째서 이런 일이 벌어진 거야?! 누가, 누가 좀 도와줘! 그를 구해줘──!"

여동생이 아침 훈련을 하러 가다 말고 살짝 방문을 열고서 엉엉 우는 나를 훔쳐보며 질린듯한 목소리로 중얼거린다.

"어쩌다 이렇게 되어버린 거야, 언니……."

\* \* \*

"레나 짱 좋은 아침. 오늘은 일찍 왔네──."

교실에 도착하니 지금 막 온 아지사이 양이 밝은 미소로 맞아주었다.

아무 생각도 없이 등교했더니 평소보다 빨리 왔을 뿐이지만…….

나도 아지사이 양 앞에서만큼은 씩씩한 모습을 보여주겠다고 결심했기 때문에 마찬가지로 밝은 미소를 지으며 손을 흔들었다.

"좋……은 아…… 치임……."

"레나 짱?! 어? 눈이 퉁퉁 부었는데 무슨 일이야?!"

씩씩한 모습을 보여줄 수 없었다. 대실패다.

"있잖아, 응…… 괘, 괜찮아, 나는, 씩씩해…… 괜찮습니…… 훌쩍."

더듬거리는 동안 다시 눈물이 터졌다. 가방도 내려놓지 못하고 힘없이 의자에 앉았다. 아지사이 양이 걱정스러운 표정을 짓게 만들었다…….

"레나 짱……. 왠지 요즘 들어 많이 힘들어 보이네……."

눈치챘나……?

그야 저번에는 학교를 빼먹고서 침울해 했고, 그다음은 카호 짱이랑 치고받고 싸웠고…… 그리고 이번일이 쐐기가 되었다.

MP를 회복하고 싶었는데 점점 줄어만 간다. 내 평온은 어디로…….

"무슨 일인지 들어줄게……."

"아뇨, 정말로 별 일 아니에요……. 내 게임기가 망가져서 전원이 안 켜지게 되어서……."

말해놓고 보니 진짜로 별일 아니었다. 게임기가 망가졌다고 울어? 초등학생 남자애야? 그게 제일 충격이야. 리얼 스릴 & 서스 펜스라는 느낌.

내 말에 아지사이 양이 『어? 뭐야 그게ㅋㅋ 바보 아니야? ㅋㅋㅋ』하고 경멸의 눈빛과 함께 폭소를 터트리지 않을까 했는데.

"그렇구나…… 큰일이네……."

내 말에 공감해 주면서 같이 슬퍼해줬다……. 으으, 슬퍼하게 만들어서 미안합니다……. 어깨를 움츠리고서 한껏 쪼그라들어 있었던 바로 그때.

갑자기 아지사이 양의 손이 움직였다.

그리고서 내 머리를 상냥하게, 쓰담쓰담 쓰다듬어줬다.

"어……?!"

"앗, 아, 저기."

내 반응이 생각보다 컸기 때문인지 아지사이 양이 황급히 손을 뒤로 빼고서 고개를 돌렸다. 귀가 새빨개져 있다.

"미, 미안, 나도 모르게……."

"으, 응……."

교실에서 머리를 쓰다듬어줘서 깜짝 놀랐다……. 아니, 그래도 시무룩한 친구를 위로하기 위해서 머리를 쓰다듬는 정도는 그리 이상한 일도 아닌가……?

아냐! 아지사이 양은 나를 좋아해! 그렇다면 이것도 그런 호의에서 나온 행동…….

조, 좋아해……? 아지사이 양이 나를 좋아해……? 큰일 났다, 어쩌지, 어질어질하다. 아무 말도 없이 고개를 푹 숙였다.

"혹시 괜찮다면…… 다음에 우리 집에 올래?"

"엇, 그, 그건."

아지사이 양이 뺨을 빨갛게 물들이면서 손을 가슴 앞에 모았다.

"아, 그게 이상한 의미가 아니라……. 예를 들어 디스크만 가지고 오면 우리 집에서 놀 수 있잖아? 그러니까."

"아, 그런 뜻……. 하지만 다 깨는 데 몇십 시간은 걸리는 게임을 아지사이 양네 집에서 계속하는 건 너무 미안하니까……."

"아, 그렇구나. 그렇지. 게임할 때마다 오는 것도 큰일인걸. 미, 미안."

"아니…… 전혀 그렇지는."

오히려 그런 합법적인 이유로 아지사이 양네 집에 놀러 갈 명분을 손에 넣게 되면 큰일이다. 아지사이 양 집에 틀어박히게 돼. 그건 이미 사귀는 거나 마찬가지잖아!

"제안해 줘서 정말 고마워…… 나도 또 아지사이 양네 놀러 가고 싶고……."

그건 거짓 없는 진심이다. 아지사이 양은 살짝 부끄러운 듯이 눈을 피하면서 "응……"이라고 대답해 줬다.

……뭐, 뭐지 이 느낌. 입안의 침이 묘하게 새콤달콤해……!

아지사이 양은 가만히 정면을 바라보면서 입을 열었다.

"그래도 뭔가…… 다행이다."

"어? 다행?"

"앗, 레나 짱의 게임기가 망가진 건 정말 안타까운 일이지만……그게 아니라."

허둥지둥 손을 내저은 다음 아지사이 양은 가슴에 올린 손을 꼭 쥐었다.

"레나 짱, 내 앞에서는 항상 무리해서 밝은 모습을 보여주니까……
오늘처럼 다시 자연스럽게 대화할 수 있게 돼서 다행이다 싶어서."

"그건…………."

나는 할 말이 없었다. 아지사이 양은 전부 다 꿰뚫어보고 있었다.

확실히 나는 아지사이 양이 환멸 할까 봐 무서워서 계속 무리
했다. 과도하게 허세를 부렸다.

잘 되고 있는 줄 알았는데 그렇지 않았어……?

그러면 엄청 눈뜨고 못 볼 꼴이었던 거 아닐까.

"……죽을 수밖에 없어……."

"어?!"

아지사이 양이 창백해졌다. 헉, 지금 내가 무슨 소릴 한 거지?
아니, 아닙니다. 살 거예요!

"그게, 저기! 내 모습이 그렇게 이상했어……?"

"그, 그렇지 않아. 그냥 열심히 하고 있구나, 하고 내가 멋대로
생각했을 뿐이라 전혀 이상하지 않았어!"

고개를 절레절레 젓는 아지사이 양. 나는 남의 마음을 헤아릴
줄도 모르면서 말속에 숨겨져 있는 뉘앙스만 (자기 멋대로) 상상
하는 여자.

열심히 한다 = 자기 분수에도 걸맞지 않은 짓을 하고 있다.

멋대로 생각했을 뿐 = 주변 사람들도 다 눈치채고 있다.

이상하지 않다 = 이상한 정도가 아니라 엄청 이상하다.

괴로워…….

쿡쿡 쑤셔오는 위장을 손으로 누르면서 아지사이 양의 안색을 살폈다.

"저기요…… 아지사이 양은 최근의 저랑 지금의 저 중에서…… 어느 쪽이 좋으신가요?"

"어? 그건 그러니까, 둘 다 좋으려나. 레나 짱이 하고 싶은 대로 하는 게 최고라고 생각하니까. 아마…… 무리하고 있는 이유는 나 때문일 테고."

그러면서 아지사이 양이 자조하는 것 같은 웃음을 지었다.

그리고 그건…… 변명의 여지조차 없어서 입을 다물었다.

"미안해. 갑자기 그런 소릴 하는 바람에 놀라게 해서."

아직 사람이 얼마 없는 이른 아침의 교실에서 아지사이 양이 사랑스럽게 뺨을 붉혔다.

그런 소리라는 게 뭘 말하는지는 하마 가죽만큼이나 둔감한 나조차도 안다.

아지사이 양이 고백해줬던 걸 말하는 거다.

고개를 좌우로 흔들었다.

"아, 아니야…… 기뻤는…… 걸?"

"후훗, 고마워. 힘껏 용기를 내서 말한 거라서 그렇게 말해주니 안심돼."

"……있잖아."

나는 아지사이 양을 곁눈질하면서 물었다.

"왜…… 나야?"

"어?"

"아니, 그렇지만…… 나는 저기, 나 같은 애니까."

눈을 내리깔았다.

굳이 이유를 듣고 싶어 하는 건, 스스로에 대한 자신감이 바닥을 치기 때문이다. 어차피 들어봤자 납득하지도 못하는 주제에. 나는 스스로의 이런 부분이 특히 싫었다.

그런데 아지사이 양은 내 물음에 진지하게 고민해줬다.

"사람의 성격은 레고 블록 같은 거지."

"으, 으응……?"

아지사이 양이 양손의 검지를 들어 허공에 사각형 블록 모양을 그렸다.

"레고는 여러 가지 모양이 있잖아? 딱 맞게 들어가는 블록이 있으면 아닌 것도 있지. 아마 내 블록은 많은 사람들과 잘 맞는 모양을 가지고 있겠지만 다르게 말하면 그저 흔해빠진 모양에 불과하다는 뜻일 거야."

더듬거리며 얘기하는 아지사이 양의 말에 귀를 기울였다.

"레나 짱의 레고는 살짝 찌그러져 있어서 많은 사람들과 맞물리지 못할 수도 있지만 나는 레나 짱과 맞물렸을 때 만들어지는 모양이 가장 좋았어."

"그건 다시 말해…… 상성 같은 거?"

"응. 그러니 누가 더 좋고 나쁘고가 아닌 거야. 나는 레나 짱의 모양을 좋아하니까."

나는 말문이 막혔다.

아지사이 양은 분명 그렇게 믿고 있겠지만 나는 누가 더 좋고 나쁘고가 확실하게 존재한다고 생각한다.

실제로도 만약 내가 여전히 아싸였다면 아지사이 양과 알고 지낼 수도 없었다. 아지사이 양이 위고, 내가 압도적으로 바닥. 어느 누가 봐도 명백한 사실이다.

그러니까 내가 아지사이 양한테 맞춰야 하는 게 당연한 거고……

안 돼, 또 다시 머릿속이 엉망진창이다.

"있잖아, 아지사이 양."

"응?"

나는………… 아지사이 양을 실망시키고 싶지 않아서 계속 친구인 채로 있고 싶어.

목구멍까지 치솟은 말은 결국 입 밖으로 나오지 못했다. 말하지 않아서 다행일지도 모른다.

아지사이 양의 말을 부정해서 그녀에게 상처를 주지 않았으니까.

"……고마워."

"응. 천만에."

마음이 담기지 않은 감사 인사에 통학로에 핀 꽃처럼 활짝 미소 짓는 가련한 아지사이 양.

나는 역시, 아지사이 양을 좋아한다.

아지사이 양의 마음을 알게 된 뒤부터는 『와— 좋아해—!』 『내 최애—!』 같은 식으로 옛날처럼 무책임한 소리를 할 수는 없게 됐지만……. 상냥하고 배려심 깊은 아지사이 양을 좋아하게 되는 건 당연한 일이다.

하지만.

마찬가지로 마이도 좋아하고 사츠키 양도 좋아한다. 카호 짱도. 카호 짱도……? 으음, 뭐, 그래, 카호 짱도.

나로서는 그 마음들 사이에 어떤 차이가 있는지를 모르겠다.

그런 것도 모르면서 마이나 아지사이 양 둘 중에 한 명을 선택하고── 다른 한쪽에게 상처를 줘야만 한다니.

분명 잘못한 사람은 아무도 없을 텐데 어째서 이런 일이 벌어지게 된 걸까.

"레나 짱……."

내가 아무런 말도 없이 고개를 수그리고 있는 바람에 또 아지사이 양에게 걱정을 끼쳐버렸다. 그래서 역시 억지로 밝은 척 행동할 수밖에 없다. 아아, 이 무슨 악순환…….

그 뒤, 예상대로 내 텐션은 들쭉날쭉했고, 아지사이 양은 눈치채지 못한 척 평범하게 대해줬다. 아지사이 양한테 부담을 주고 있다는 사실이 정말 한심했다…….


수업을 마치고 집에 돌아갈 준비를 하는 우리에게 다가온 건 놀랍게도 남자애들이었다! 나, 남자다! 아니 남녀공학에 다니면서 무슨 소리를 하는 거냐 싶지만…….

"여어, 세나, 아마오리."

"잠깐 시간 돼?"

우리에게 말을 건 사람은 시미즈 군과 후지무라 군이었다. 남자어다……!

"응, 무슨 일이야—?"

외국어를 통역하는 통역사처럼 아지사이 양이 대답을 해준다. 아마 티 나지 않게 나를 감싸주는 거겠지. 덕분에 살았어…….

"아니 그게 실은…… 왠지 이런 건 말하기 힘드네."

"그렇지……."

"뭔데뭔데."

남자애들이 얼굴을 마주 보았다.

"어디서부터 이야기해야 하나……. 아 그래, 나랑 시미즈는 원래 주니어 사커를 했는데 거기에 카이도라는 남자애가 있었거든. 엄청난 피지컬을 자랑하는 수비수였어. 나랑 그 녀석은 라이벌 사이였지만 어느 날 스키 합숙에 갔다가 같이 조난을 당하는 바람에 생사의 경계를."

"다른 학교 남자애가 세나를 소개해 달라고 그랬거든."

"헤에— 그렇구나."

아지사이 양이 입가에 손을 올렸다. 나는 조난당해서 어떻게 됐는지가 궁금해졌다…….

"우리랑 같이 찍은 인스타 사진이 있었잖아? 그걸 보고 신경이 쓰였대. 다음에 다 함께 놀러 가는 건 어떨까."

"음—."

기본적으로 이런 권유를 받으면 집안일이 있지 않는 한 아지사이 양은 거절하지 않는다. 지금 나한테도 같이 권유를 하고 있는 걸지도 모른다는 가능성은 머릿속에서 차단했다.

참고로 아지사이 양이 다른 학교 남자애들과 돌아다니는 점에
질투를 하는지 어떤지를 묻는다면 조금의 질투도 없다. 당연하
다. 아지사이 양은 지구의 기적이 낳은 보석이다. 오히려 내가 곁
에 있는 쪽이 아지사이 양한테 손해라고 생각하니까.

턱에 손가락을 대고서 잠깐 생각한 아지사이 양은 양손을 모아
미안하다는 포즈를 취했다.

"지금은 좀 그럴 기분이 아니라서."

별일이다.

거절당한 남자애들은 딱히 크게 아쉬워하는 기색도 없이 "응,
그렇구나"라며 끄덕였다.

"그럼 뭐, 적당히 거절해둘게. 미안 갑자기 이런 소리 해서."

"아니야, 나야말로 미안해."

"신경 쓰지 마, 카이도는 피지컬뿐만 아니라 멘탈도 튼튼해."

두 사람은 그 말과 함께 자리를 떠났다. 카이도 군은 뛰어난 선
수인가 보다.

손을 흔들어 배웅한 아지사이 양이 후우, 한숨을 쉬었다.

"거절해버렸어."

"으, 응."

혹시 싶은 생각이 들어서 우물쭈물하는 나를 보고서 아지사이
양이 웃었다.

"아, 이건 레나 짱을 위해서 거절한 게 아니야. 나도 지금 하고
싶은 것들이 이것저것 있거든. 있잖아, 못하더라도 괜찮지 않을
까, 하고 포기했던 일들을 조금씩 해보고 싶다는 생각을 하던 참

이야."

"그, 그렇구나."

"응. 그런 거야."

방긋방긋 웃으면서 말하는 아지사이 양은 귀여웠지만 내 눈에는 너무 눈부셨다.

나와는 격이 다르다는 걸 여실히 보여주는 듯한 느낌이었다.

"아."

그때 교실을 나가는 여자애의 뒷모습이 눈에 들어왔다.

가방을 등에 메고 벌떡 일어섰다.

"미안, 아지사이 양. 나 먼저 갈게. 내일 보자."

"아, 응. 내일 봐, 레나 쨩."

인사도 대충 하고서 교실을 나왔다. 종종걸음으로 복도를 달려서 앞서 나간 여자애의 뒤를 쫓았다.

퀸텟 중에서 지금 내가 유일하게 별다른 부담 없이 대화가 가능한 미소녀. 부랴부랴 뛰어와서 자기 옆에 나란히 선 나를 힐끗 보더니 고개를 살짝 갸웃거렸다.

"볼일이라도? 아마오리."

"아, 그게…… 같이 갈까 해서."

"상관은 없는데."

사츠키 양은 흥미 없다는 표정을 지으면서 고개를 돌렸다.

『애초부터 너를 그렇게까지 좋아하지 않았는걸.』

사츠키 양한테 들었던 말이다. 떠올려 보면 남들에게 미움받고 싶지 않았던 나로서는 함께 있을 때 가장 마음 편한 상대는 사츠키 양이었을지도 모른다.

누구에게나 평등하게 차갑게 대하는 사츠키 양은 어떤 의미로는 누구에게나 상냥하게 대하는 아지사이 양과 정반대다.

차갑게 대한다는 사실을 알고 있기 때문에 괜한 기대를 하지 않는다. 언제까지나 변함없이 친구로 있을 수 있다.

나 같은 건 하찮은 잡초처럼 여기는 표정에 묘하게 진정된다.

"세나는 괜찮아?"

"윽."

전혀 진정되지 않았다. 헤드 샷에 버금가는 데미지를 입었다.

"어, 어디까지 알고 계시는 건가요, 사츠키 양⋯⋯."

"중요한 부분은 몰라. 흥미도 없고. 단지 네가 아무데나 못된 짓을 저지르고 다니는 몹쓸 인간이라는 점은 어쩐지 알겠어."

"그냥 하루하루를 근근이 살아가고 있을 뿐인데요⋯⋯?"

"어쩔 수 없어. 그저 존재하는 것만으로도 주변에 민폐를 끼치는 쓰레기는 어디에나 있으니까."

"그런 자식이 있다고요?! 용서할 수 없네!"

분개하는 나를 향해 차가운 시선이 날아와 꽂힌다. 아프다.

교문을 지나 역으로 향하는 길을 걸었다. 나는 어깨를 축 늘어뜨렸다.

"저기⋯⋯ 그래서 저는 실제로 어떻게 해야 좋을까요⋯⋯?"

"내 알 바 아니지만⋯⋯ 그렇지."

진심으로 아무래도 좋다는 표정이다. 그래도 거기서 멈추지 않고 뒷말이 이어지는 게 바로 사츠키 양. 역시 나의 친구⋯⋯.

"하고 싶은 대로 하면 되는 거 아닐까. 어차피 누군가를 선택하는 순간, 혹은 아무도 선택하지 않더라도 선택받지 못한 사람은 슬퍼할 테니까."

"……윽."

사츠키 양이 한 말은 나도 계속 생각했던 점이다…… 하지만 사츠키 양의 입으로 딱 잘라 말하는 걸 들으니 마치 그게 이 세상의 진실인 것처럼 느껴져…….

"정말 내 알 바는 아니지만 말이지. 나는 너랑 세나 사이에 무슨 일이 있었는지 모르니까. ……정말이지 이 녀석이고 저 녀석이고. 나는 고객 지원 서비스센터가 아니라고."

사츠키 양의 눈이 나를 똑바로 응시한다. 무서워.

"역시 그러네요……. 전부 내가 어중간한 탓에…….."

"맞아. 하지만 네가 처음부터 마이를 선택했다면 세나는 자기 마음을 솔직하게 입 밖으로 내는 것조차 못했을 테니까. 누군가의 정답은 다른 사람에게 있어서 불행이야. 네가 승리해서 나랑 마이가 패배했던 것처럼 말이지."

"그, 그건 만약 졌다면 제가 지금쯤 엄청난 꼴을 당했을 텐데요?!"

"내가 이겼으면 지금쯤 네가 고민할 일도 없었을 테지만."

"엑?!"

아무렇지도 않게 선뜻 말한 대사에 두근거렸다.

사츠키 양이 이겼을 경우, 나는 사츠키 양과 사귀게 될 뿐만 아니라 장래에 결혼하기로 되어 있었다.

아침은 사츠키 양의 모닝콜로 잠에서 깨어나고, 시험 전에는 열심히 공부를 배우고, 밤에는 함께 욕조에 들어가고, 야한 느낌으로 몸을 씻겨주거나 그랬겠지…… 정말 터무니없는 이야기다…….

확실히 마이냐 아지사이 양이냐 하는 선택지로 고민할 일은 없었겠지만…….

"그건 그것대로 또 다른 고민이 기다리고 있었을 거라 생각해요……."

"그렇지. 바로 그런 거야."

사츠키 양이 기품 있게 머리카락을 넘겼다.

"인생이란 결단하는 것. 신이 아니니까 미래는 알 수 없어. 그렇게 선택한 길을 어떻게든 걸어갈 수밖에 없지. 설령 후회하게 될 걸 알고 있다 해도."

많은 뜻을 함축하고 있는 말을 듣자 등에 멘 가방이 한층 더 무겁게 느껴졌다.

"……사츠키 양은 어른이네요……."

"딱히. 나도 너와 똑같아. 후회하면서 지금까지 살아왔는걸. 마이와 같은 학교에 오면 분명 후회할 거라고 알고 있었는데도 다른 선택지를 고르지 못했듯이……."

사츠키 양의 눈동자에 원한이 깃든 게 보여서 이 이야기는 더이상 깊이 파고들지 않는 길을 골랐다. 바로바로 실천이다.

"인간관계라는 건 어렵네요……."

사츠키 양은 가방에서 필기도구를 꺼냈다.

"그러네. 지금 네가 놓여 있는 상황을 그림으로 그려보도록 할까."

"그림으로?!"

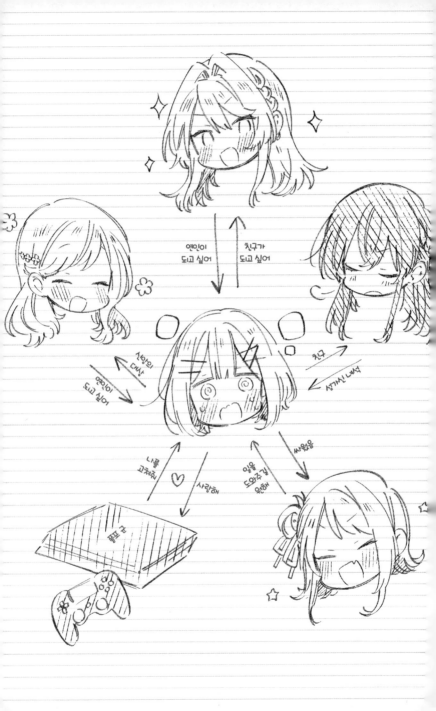

걸으면서도 능숙한 손놀림으로 메모를 적던 사츠키 양이 이상하다는 듯이 미간을 찌푸렸다.

"뭐야, 이 플포 군은."

"제 마음의 버팀목입니다. 지금은 망가진 상태지만⋯⋯."

"그래⋯⋯."

그 이상 깊이 추궁하지 않았다. 사츠키 양 나름의 배려일지도 모른다.

"아 사츠키 양 여기 틀렸잖아요. 저를 향한 사츠키 양의 감정은 『서로를 몹시 소중히 여기는 진정한 베스트프렌드』 아닌가요?"

"너의 그 후안무치한 뻔뻔함을 왜 다른 사람에겐 발휘하지 못하는 건지 이해하기 힘든데."

사츠키 양이 탁 하고 수첩을 덮었다.

"나는 너보고 지금 당장 대답을 내놓으라고 말하진 않을 거고, 애초에 네가 답을 내놓든 말든 아무래도 좋지만⋯⋯ 그래도 바로 대답이 나오지 않는다면 조금쯤은 빙 돌아가더라도 괜찮지 않을까."

"빙 돌아간다."

"서바이벌 모드에서 마지막까지 살아남기 위해서는 먼저 무기를 수집할 필요가 있잖아? 멀리 돌아가는 길처럼 보여도 그게 지름길일 때도 있는 거야."

"사츠키 양이 내가 알아들을 수 있도록 게임으로 예시를 들어주고 있어⋯⋯! 굉장히, 지금 엄청나게 우정을 실감했어요! 기뻐! 확실히 그러네요! 나는 지금보다 레벨을 올리고 싶어! 온갖 고난과 역경에 맞설 수 있도록! 사츠키 양을 지킬 수 있도록!"

"나보다 우선해서 지켜야 할 것들이 있잖아. 사회규범이나 도덕 같은 거."

사츠키 양의 격려를 받자 조금 기운이 났다.

하지만 돌아가는 길이라. 뭘 해야 되는 걸까. 산에 들어가서 폭포 수행을 할 수도 없는 노릇이고. 여자력을 갈고닦기 위해서 새로운 메이크업에 도전할까……? 내가?

"자, 그러면 이야기는 잘 들었으니까."

"어?"

사츠키 양이 손으로 가리키는 곳을 보니 역 앞에서 나를 기다리는 여자애가 한 명.

"어―이!"

**카호 짱이었다.**

잠깐, 어?!

"그럼 뒷일은 부탁할게, 카호."

"나한테 맡겨! 좋아, 그럼 가볼까, 레나찡!"

"어떻게 된 거?! 사츠키 양, 저를 팔아넘긴 건가요?! 사츠키 양, 우리들은 장래를 약속한 영원한 친구인데! 영원한! 사츠키 양―?!"

사츠키 양은 뒤도 돌아보지 않고 걸어가 버렸다. 나는 카호 짱한테 팔을 붙잡혀서 역으로 질질 끌려갔다. 사츠키 양은 바보―!

카호 짱이 내 옆에 나란히 걸으며 싱글벙글 웃고 있다.

"이렇게 억지로……."

"내 부탁을 들어줘서 고마워, 레나찡!"

"아뇨…… 저도 마침 돈이 필요했을 뿐이라……."

이것도 저것도 전부 플포 군이 망가졌기 때문이야……!

망가진 플포 군은 수리를 맡길 수밖에 없는 모양이다. 점심시간에 조사해 보니 부품만 교환하면 끝날지, 메인보드까지 통째로 들어내야 하는지에 따라 수리비가 엄청나게 차이가 난다고 한다. 적어도 내 용돈 가지고는 어림도 없다…….

그래서 필요해, 돈이 필요해…… 흑흑…….

설마 싶기는 하지만 내가 자는 사이에 플포 군을 망가뜨린 게 카호 짱은 아니겠지……?! 염동력이나 뭐 그런 걸로……!

"그보다 카호 짱이랑 사츠키 양은 대체 뭐야? 어째서 그런 부부사기단 같은 짓을 하는 거야……. 두 사람은 무슨 관계야……?"

"어— 신경 쓰여~? 나랑 사 짱은 보통 사이가 아니니까."

입가에 손바닥을 대고서 약 올리는 것처럼 니히힛, 웃는 카호 짱. 거들먹거리는 동작에 울컥 열이 받았다.

"시, 신경 쓰이네요……."

왜냐하면 사츠키 양은 내 소중한 친구니까……! 그야 카호 짱도 **어느 정도는** 사츠키 양이랑 친한 사이일지도 모르지만……!

"어쩔 수 없다냥. 그러면 특별히 가르쳐주도록 할까냥?"

카호 짱이 입을 열었다.

"사 짱은 내 아르바이트를 도와주고 있어. 처음에는 밑져야 본전이라는 생각으로 얘기해 봤을 뿐이었지만. 그래도 사 짱도 돈을 벌고 싶어 했으니 서로 윈—윈이었다는 뜻."

그렇구나, 두 사람은 어디까지나 비즈니스 관계라는 뜻이네.

걱정할 정도는 아니었다. 나랑 사츠키 양은 함께 욕조에 들어가서 키스를 한 사이인걸. 아니, 불가항력이었지만!

그런데 그 아르바이트라는 게 이제부터 내가 돕게 될 일인가.

"수상쩍은 아르바이트라고 생각했는데 사츠키 양이 했던 일이라면 뭐, 안심이지……."

"저렇게 보여도 사 쨩은 의외로 상대방이 밀어 붙이는데 약하니까."

"그건…… 그럴지도……?"

사츠키 양은 이러니저러니 해도 남을 잘 챙겨준다. 도와달라고 부탁하면 요청에 응해줄 거라는 신뢰가 있다.

"카호 쨩은 그 약점을 파고든 건가……."

"표현이 너무하지 않아?! 성심성의를 다 해서 부탁했을 뿐이야! 받아들이기까지 100번쯤 거절당했지만."

"너는 멘탈이 무슨 다이아몬드 급이야?"

왠지 카호 쨩 상대로 말할 때는 편하게 툭툭 말하게 되네……. 한번 싸우고 나니 마음의 부담이 줄어든 걸지도 모른다.

아니 그보다 사츠키 양이 100번쯤 거절할 법한 일인 거잖아…… 나는 대체 왜 한 번에 오케이를 한 거지.

"사 쨩은 엄청난 미인이니까. 외모도 좋고, 머리도 좋고, 스타일도 좋으면서 이쁘기까지. 그야말로 신. 내 최애!"

"그, 그 말에는 전적으로 동감이지만…… 카호 쨩의 최애는 마이였잖아."

"흐흥, 레나찡한테 뺏길 거 같다고 최애를 갈아탄 건 아니야.

꽤 전부터야."

싸움의 원인이었던 화제를 아무렇지도 않게 입에 올리는 바람에 살짝 긴장했다. 하지만 카호 쨩은 이미 옛날 일은 잊었다는 표정으로 검은 하이넥 셔츠를 손가락으로 잡아당겨 보여줬다.

"봐봐, 이렇게 입고 있잖아. 사 쨩의 메인 컬러."

"그래서 검은색이야?! 엇, 그건 순 억지잖아?!"

"나는 그런 똑 부러진 미인을 엄청 좋아하거든. 아니 모든 인류가 좋아하지 않을까."

양손을 모으고 말하는 카호 쨩을 보며 나도 모르게 중얼거렸다.

"뭐, 확실히 예쁘지……."

감탄 섞인 한숨. 우리는 무슨 전문가라도 되는 것처럼 마주 고개를 끄덕였다. 뭔가 우리 반 하세가와 양과 히라노 양을 떠올리게 하는 광경이었다.

……이런 대화를 나누고 있으니 옛날로 돌아간 것 같다. 학원에서 좋아하는 캐릭터로 떠들던 시절로.

내가 그런 생각을 하던 타이밍에 카호 쨩이 싱긋 웃었다.

"학원에서도 레나찡이랑 이런 식으로 얘기를 나눴었지."

"엇? 아, 으, 응……."

갑자기 그리운 추억들이 차례로 떠올라서 묘하게 쑥스러웠다.

카호 쨩은 내가 보기에 눈이 부실 정도로 굉장히 귀여운 미소녀가 되어서 나란히 걷고 있으면 긴장할 때도 있지만……. 그래도 얼마 전보다는 훨씬 어깨의 힘을 빼고 자연스럽게 웃을 수 있게 됐다.

어쩌면 싸우면서 솔직한 자기 자신을 드러냈던 건 잘 된 일이었을지도 모른다. 이제 이걸로 나는 숨길 게 없어진 셈이니까.

인생은 모든 일에 다 의미가 있다……. 이제 나도 안 좋은 일까지 긍정적으로 받아들이는데 능숙해졌네……. 안 좋은 일들만 잔뜩 있는 인생 나름의 처세술…….

그렇게 생각하니 마음이 평온해진 것…… 같기도 하다. 카호 짱을 향해 물었다.

"그래서 우리는 지금 어디로 가고 있나요?"

"음, 우리 집―."

"카호 짱네 집이라…….

이걸로 마이 그룹 멤버 전원의 가택 방문을 달성했네. 처음엔 마이. 그 다음은 사츠키 양과 아지사이 양네 집에 가봤고, 마지막은 카호 짱네 집이다.

"여자애 집에 찾아가는 거라 긴장하고 있는 건 알고 있습니다요. 자자자, 긴장하지 마시고."

"아니 오히려 긴장이 안 되는데…….

"어째서냐고! 긴장하라고! 아, 그럼 오늘 우리 부모님 늦게 오셔."

"부모님이랑 마주치지 않아도 된다니…… 다행이야…….

"호랑이를 100마리쯤 키우고 있어!"

"그건 긴장이랑 다른 거잖아?! 죽잖아!"

그런 대화를 왕왕 떠들고 있는 사이에 카호 짱네 집에 도착했다.

우리 집이랑 비슷한 크기의 단독주택. 마당이 넓었고, 제일 먼저 눈에 들어온 건 커다란 개집이었다.

"카호 짱네 집은 개를 키워?"

"응─. 요즘은 아직 더우니까 집 안에 있어. 겨울에는 추워서 불쌍하니까 집 안에서 길러. 아빠가 재혼한 뒤로는 새엄마한테만 푹 빠져 있어서 모케코가 나를 신경 써주는 유일한 가족이야."

"무거워……."

우리 집은 강아지든 고양이든 길러본 적이 없어서 다른 집 애완동물이 어떤지는 아는 게 없다. 내가 길러본 애완동물이라고 해봤자 기껏해야 포켓몬스터 정도다. 그건 애완동물이 아니다.

"어, 저기, 실례하겠습니다."

"자자, 들어와."

현관에는 신발들이 어지럽게 흩어져 있었다. 카호 짱한테서 형제자매 이야기는 들어본 적이 없는데 보아하니 외동딸인 것도 아닌가 보다. 재혼 상대의 가족인 걸까.

"이쪽이야."

강아지 모양 슬리퍼로 갈아 신고서 카호 짱이 손짓하는 대로 2층으로 올라갔다. 남의 집 냄새가 난다.

복도를 지나 카호 짱의 방에 들어갔다.

방 구석에 재봉틀이 놓여 있는 게 인상적이다. 카호 짱, 재봉틀 다룰 줄 아는구나. 잘 보니 수납공간에 옷감이 놓여 있기도 하고, 선반에 재봉도구가 쌓여있는 광경들이 방 이곳저곳에 보였다.

이건 또 이것대로 여자애 방이라는 느낌이 물씬 풍긴다.

카호 짱이 사샤샥 옆으로 다가와서 올려다보는 시선으로 눈을 빠르게 깜빡거린다. 커다란 눈동자가 고양이 같았다.

"어때? 지금 단둘인데? 두근두근해?"

아니 그런 동작은 솔직히 취향에 직격이라고 해야 하나, 귀엽기는 한데!

"왜 그렇게 집요하게 나를 두근거리게 만들려고 하는 거야?!"

"그러는 편이 정신적으로 우위에 설 수 있지 않을까— 해서."

"생각보다 뚜렷한 이유가 있었네?! 그런데 속셈이 시꺼매!"

카호 짱이 혀를 쏙 내밀며 웃는다. 행동 하나하나가 귀여워서 열 받는다. 저런 행동들이 전부 잘 어울린다고 해야 하나, 대체 어디서 그런 기술을 익힌 거야? 시간과 정신의 방에 들어가서 귀여움을 수련했어?

그런데 그때 갑자기 카호 짱이 스마트폰을 꺼냈다.

"앗, 미안. 잠깐 쌓인 메시지에 답장 좀 해도 될까? 너무 쌓아두면 나중에 답장하기 힘들거든. 벌써 999개나 쌓였네."

"하루 만에?! 많지 않아?!"

그게 너무 쌓인 게 아니라고? 나는 겨우 10개만 쌓여도 답장하기 힘들어, 답장 귀찮아, 싶은 생각이 드는데…….

"으랴아아아아압, 하고 빨리 끝내버릴게."

격투게임 플레이어처럼 양 손가락을 빠르게 움직인다. 메시지는 훔쳐보지 않으면서 슬쩍 어떻게 하나 봤더니 내 키보드 타이핑 속도보다도 월등히 빠른 손놀림이었다.

"자, 끝."

"너무 빠르잖아?!"

침대 위로 스마트폰을 휙 던지는 카호 짱. 인생의 스피드가 나랑은 천지차이다. 분명 탑재되어 있는 엔진부터 다른 거겠지……
카호 짱은 스포츠카, 나는 장난감 차…….

"음─, 뭐."

카호 짱은 잠깐 생각하는 기색이더니 쯧쯧쯧, 하고 손가락을 좌우로 저었다.

"대충대충 답장했지만 별 수 없지! 지금은 오직 레나찡만의 카호 짱이니까."

약삭빠르긴…….

"그, 그렇게 마구잡이로 귀여움을 남발한다고 정신적인 우위에 설 수 있을 거라 생각하면 크나큰 오산이야!"

"호오─?"

내가 소리치자 카호 짱이 슬금슬금 거리를 좁혔다.

자, 잠깐!

거기서 멈추지 않고 카호 짱이 다가와 내 가슴에 귀를 딱 갖다 댔다.

가까워! 머리카락에서 향기가 나! 좋은 향기!

"뭐, 뭐야?! 갑자기?!"

"레나찡…… 어디 보자."

가늘게 뜬 눈이 웃음기를 머금고 내 얼굴을 들여다본다.

"두근두근하고 있구먼? 자네."

"안 하거든! 한 적도 없거든! 뭔 소리래─?! 모름지기 살아 있는 사람은 심장이 쿵쿵 뛰는 법이라는 걸 몰랐어─?!"

그러나 여전히 카호 짱은 히죽히죽 웃고 있다. 그러면서 나를 정면으로 응시한다.

버티지 못하고 시선을 피했다. 아니 이건 절대 두근거려서 그런 게 아니라, 나는 사람과 눈을 마주치지 못하는 커뮤니케이션 장애가 있어서……. 참 눈물 나는 변명이네!

"있지 레나찡은 분명 마이마이와 아 짱한테 고백받아서 고민하는 중이라고 그랬지. 다시 말해 그건…… 레나찡은 여자애를 좋아한다는 뜻이네—?"

"——**아니라고!**"

몇 번이고 몇 번이고 몇 번이고 몇 번이고 단호하게 부정했다!

"나는 딱히 여자애를 좋아하는 게 아니라고! 왜 아무도 안 믿어 주는 거야!"

"실제로도 지금 두근두근하잖아."

"카호 짱도 마이가 이런 식으로 밀어붙이면 두근두근할 거잖아?!"

"그야 나는 마이마이를 좋아하는걸. 귀여운 여자애를 좋아하니까 그렇지."

카호 짱이 내 **뺨**을 콕 찔렀다.

"레나찡도 정말 좋아한다냥♡"

"히익."

덧니가 살짝 드러나는 소악마의 미소를 마주하자 저도 모르게 뒷걸음쳤다.

카호 짱은 한층 더 기쁜 기색이다.

"오호라…… 레나찡한테는 돈이나 눈물어린 애원이 아니라 처음부터 미인계를 걸었으면 됐다는 거네……."

"나는 내 자신이 한심해 죽겠어!"

나는 어째서 이런 인간이 되어버린 거야…….

모든 원흉은 마이다. 하지만 이렇게까지 한결같아서야 그냥 처음부터 나한테 그런 경향이 있었다고 밖엔 볼 수 없다.

내가 예쁜 아이를 보고서 두근거리는 건 인싸에 대한 동경이 밑바탕에 깔려 있기 때문이다. 인싸가 나한테 이런 관심을 주다니, 라는 마음의 발로다. 그렇다면 자타가 공인하는 인싸가 된다면 내 이런 체질도 개선되는 걸까. 개선되지 않으면 곤란해!

"마이나 사츠키 양, 아지사이 양은 그렇다 쳐도…… 설마하니 옛날부터 알고 지내던 카호 쨩한테 마저 두근거리다니…… 분해, 젠장 분해……!"

어쩌면 카호 쨩이랑 싸웠을 때 차마 따귀를 날리지 못 했던 것도 카호 쨩의 귀여운 얼굴에 상처가 나는 게 싫어서였을지도 모른다. 10 : 0의 압도적인 패배잖아…….

카호 쨩이 깔깔거리며 웃었다. 남의 마음을 농락하는 악마…….

"두고 보라고…… 언젠가 반드시 복수해 줄 테니까……."

"하지만 나는 레나찡이랑 다르게 바람기가 없으니까 귀여운 애가 있다고 해서 마구잡이로 발정하지는 않는걸."

"야 인마—! 나보고 정말 좋아한다고 말한 주제에—! 이 악녀—!"

"악녀…… 좋은 울림이다냥."

카호 쨩이 여유만만하게 미소 지었다. 두고 보자, 어디 두고 보자고…….

"뭐, 여기서 계속 꽁냥거리는 것도 나쁘지 않지만."

"더 볼일 없으면 그만 돌아갈게!"

"레나찡이 그런 소리를 할 때가 됐으니 슬슬 업무 얘기를 해볼게."

카호 짱이 방을 나갔다. 까닥까닥 손짓하는 카호 짱을 따라 옆 방으로 향했다.

"이 방을 보여주는 편이 훨씬 설명하기 수월하겠지— 싶어서."

문에는 명패가 여러 개 걸려 있었다. 명패에는 이렇게 쓰여 있었다.

## 『금기의 방』『☠』『데스 & 헬』『절대로 들어가지 말지어다』

나는 소리를 질렀다.

"너무 심하잖아!"

이걸 보여주는 게 대체 무슨 설명이 된단 말인가!

"지금 봉인을 풀게!"

카호 짱이 조그마한 열쇠를 꺼내서 열쇠구멍에 끼워 넣었다.

"오억 년 동안 봉인되어 있던 악마를 해방시킬 때가 왔노라⋯⋯."

"캄브리아기에 뭘 봉인한 건데⋯⋯ 고생물의 정점인 아노말로카리스⋯⋯?"

카호 짱이 계속 까불거리니까 나도 끊임없이 태클을 걸게 된다.

젠장, 이것도 계산한 것이냐?! 나는 그렇게나 알기 쉬운 타입인가?! 나를 마음껏 조종하는 게 그렇게나 즐거운 거냐고!

마음속으로 부르짖고 있을 때 카호 짱과 눈이 마주쳤다. 빙긋 미소를 짓는다.

　윽. 사츠키 양과는 다른 의미로 평생 얘한테는 못 이길 것 같다는 느낌이 든다. 포기하지 마 레나코! 초등학교 시절에는 같은 스타트라인에 서 있었잖아!

　"자, 그러면 오픈 더 도어!"

　카호 짱이 호들갑을 떨면서 문을 열었다. 그리고 방 안에는——.

　휘황찬란한 보물고…… 는 당연히 아니었고, 안에는 수많은 행거에 온갖 의상들이 잔뜩 걸려 있었다.

　의상실이다. 여기 있는 옷들 전부 다 카호 짱 거는 아니겠지만 대단하다. 옷을 이만큼이나 많이 가지고 있다니 마치 모델이나 아이돌 같다.

　"나의 사랑스러운 의상들입니다!"

　"앗, 이거."

　아니, 이건 그냥 옷이 아니었다.

　커다란 리본이 달린 원피스 형태의 옷이나 독특한 배색을 가지고 있는 고스로리풍 상하의. 혹은 아시가야 고등학교 교복이 아닌 다른 학교의 교복 한 벌. 꽤 색다른 디자인의 메이드복과 고양이 귀 파카. 줄줄이 늘어선 색색가지 가발들.

　이건…… 코스프레 의상이다!

　"훗훗후, 어때? 굉장하지?"

　"괴, 굉장해…… 어? 이거 수제야? 진짜 굉장해!"

　안에는 총과 검, 갑옷 파츠들도 깔끔하게 진열되어 있다. 마치 코스튬 전문 숍에 들어온 것 같았다.

"헉!"

한창 의상들을 구경하던 중, 오억 년까지는 안 가지만 얼마 전에 봉인해 놨던 기억의 문이 천천히 열렸다. 고고고고고…….

"후냥?"

덜덜 떨면서 카호 짱을 향해 손가락질했다.

**"나기뽀@JK레이어—!"**

"어라라."

뺨에 손을 대면서 싱글벙글 웃는 카호 짱.

"알고 있었어? 이야— 직접 그 이름을 들으니 쑥스럽다냥.  우리 학교 학생 중에 그걸 눈치챈 사람은 레나찡이 첫 · 번 · 째야."

내 쇄골 부근에 검지를 대고 살살 돌린다.『햐앙!』하는 비명이 절로 나오니까 그만둬.

여름방학 때 여행하던 도중에 나는 우연히 사츠키 양이 누군가와 같이 찍은 코스프레 사진을 발견했다. 그 사진이 올라온 트위터 계정이 바로『나기뽀@JK레이어』였던 것이다.

물론 화장과 보정으로 상당히 인상이 바뀌긴 했지만 닮은 구석이야 얼마든지 있었으니까. 무엇보다『코야나기 카호』라서『나기뽀』라니, 심증은 차고 넘친다.

친구가 코스플레이어였다니, 엄청나게 충격적인 사실일 텐데도…….

그런데도 여태까지 까맣게 잊고 있었던 이유는? 물론 제 안의 저장 공간에 남은 여유가 0킬로바이트였기 때문이죠!

의상실에는 책장도 놓여 있었고 책장에는 애니메이션 블루레이와 만화책들이 꽂혀 있었다. 카호 짱은 그중에 한 권을 뽑더니 가슴에 안았다.

"그림을 그릴 줄도 모르고, 글을 쓸 줄도 모르는 내가 작품에 대한 사랑을 표현하기 위한 수단. 그게 바로 코스프레였어. 그러다 보니 완전히 코스프레에 푹 빠졌거든."

"헤에⋯⋯."

"지금 와선 내가 좋아하니까 하는 것도 맞지만, 그뿐만이 아니라 코스프레를 통해 조금이라도 작품을 널리 알릴 수 있으면 좋겠다는 생각이 들어서 하는 거야. 그러다 보니 점점 그만둘 수 없게 돼서 이젠 보다시피 이렇게 됐어."

보라는 듯이 양 팔을 활짝 펼치는 카호 짱. 입가를 긁적이며 말했다.

"훗, 돌이켜 보니 참 멀리까지도 와버렸구나."

"⋯⋯뭔가 대단하네, 카호 짱."

나는 게임을 좋아하지만 그렇다고 게임 대회에 나가고 싶다는 생각을 해 본 적도 없고, 이 게임이 얼마나 재미있는지 사람들이 알아줬으면 좋겠어! 같은 마음도 전혀 없었다.

뭐, 게임이 잘 팔리면 속편이 나오기도 쉬워질 테고, 게임 인구가 늘어나는 편이 훨씬 재밌으니까 할 수 있으면 하는 편이 좋겠지만⋯⋯ 아마 나한테는 무리다.

그래서 자기가 생각한 바를 실천에 옮기는 카호 짱은 대단하다고 생각한다.

"에헤이, 됐어됐어. 부끄럽잖아."

"처음으로 카호 쨩한테 존경심을 느꼈어."

"아니 그 밖에도 뭔가 있었겠지."

찰싹, 때리는 시늉과 함께 태클을 건다.

그건 그렇다 쳐도, 저는 코스프레를 하고 있습니다, 라고 커밍 아웃 하는 건 상당한 용기가 필요할 것 같다. 나는『게임이 취미입니다』라고 말하는 데만도 목소리가 떨리는데.

어쩌면 내가 마이랑 아지사이 양한테 고백받았다고 솔직히 말한 것에 대한 대답…… 이라고 봐도 될까. 내가 그런 생각을 하고 있는 동안 카호 쨩은 행거에 걸린 옷들을 뒤적이고 있었다.

"으음— 음— 어떤 걸로 해볼까나—. 아니, 역시 이거 말곤 없나. 음음."

그리고서 꺼낸 한 벌의 옷. 토끼 귀가 달린 바니걸 메이드다.

얼마 전에 유행했고, 지금도 꾸준히 인기가 있는 애니메이션 의상이다. 타임라인에서 자주 보이기 때문에 잘 알고 있었다. 카호 쨩이 직접 만든 걸까, 대단해.

"어? 혹시 코스프레를 보여주려는 거야?"

자연스럽게 두근두근 설렌다.

얼굴도 귀여운 카호 쨩이 귀여운 의상을 입으면 대체 얼마나 귀여워질까. 무서워질 정도네.

그런데 카호 쨩은 고개를 좌우로 저었다.

"으으응—."

그러면서 방긋 웃는다.

"이건 말이지── **레나찡이 입을 의상**이야."

"엥?"


"에엑?!"

그리고 나는 속옷 차림이 되었다.

"아니, 저기, 이건."

여기는 카호 짱 방이다. 브래지어와 팬티만 입고 있는 나는 어떻게든 카호 짱의 시선을 피해보려고 양손으로 몸을 가리고 있었지만.

카호 짱은 내 주변을 빙글빙글 돌면서 온몸을 핥듯이 빤히 응시했다.

"하아── ……가슴 크다."

한숨까지 섞인 노골적인 감상에 내 얼굴이 확확 달아올랐다.

"뭐야 대체?! 어떻게 된 거야?!"

"늣훗훗후……."

카호 짱이 뭔가 줄처럼 생긴 걸 손에 들고 내 앞에 서서 짝짝 소리를 냈다.

"그, 그걸로 나를 어떻게 할 생각인가요……!"

"그을쎄── 레나찡은 어떻게 해주길 원하냥?"

뒷걸음질 치는 나를 용서 없이 몰아붙인다.

"그, 그만둬…… 그것만큼은 제발, 용서해 줘, 가까이 오지 말아 줘……."

"좋지 아니한가, 좋지 아니한가…… 크흐흐흐."

111

"싫어어어어어!"

카호 짱의 손이 내 허리를 휘감고──.

몇 초 후, 나는 허리 사이즈 측정을 당했다.

"ㅇㅇㅇㅇㅇㅇㅇ…… 그것만큼은 절대로 싫다고 말했는데……."

"호오오, 과연 그렇군. 이거 제법,"

"ㅇㅇㅇㅇㅇㅇㅇㅇㅇㅇㅇ……."

나는 줄자를 쥔 카호 짱이 중얼거리는 말에 눈물을 떨궜다. 자기보다 훨씬 날씬하고 귀여운 반 친구한테 신체 사이즈 측정을 당한다니, 너무 심한 벌이라고!

충격으로 넋이 나가 있는 사이에 엉덩이와 가슴둘레까지 측정당했다. 내 개인 정보가아.

"대체 뭐 때문에 이런 짓을……."

"그거야 당연하잖아. 사이즈를 재서 의상 치수를 고쳐야지. 그 가슴 사이즈면 내 의상을 가슴으로 찢어버리잖아."

"그렇게 가슴 가슴 연발하는 거 그만둬줄래?!"

양손으로 브래지어를 감췄다.

평소엔 『이런 걸 보여드려서 죄송합니다……』싶은 기분이지만, 이렇게 대놓고 강조하면 부끄러워진다. 나도 사춘기 소녀라고.

"그나저나 의상을 고친다는 건……."

"응, 입는 거야. 레나찡이. 이 귀여~운 의상을."

"그렇겠죠……."

아니 나도 어렴풋이 깨닫고는 있었어. ~~샤즈키~~MOON 씨가 나 기쁘 짱과 투샷을 찍어서 올렸던 것만 봐도 이미.

사츠…… 아니, MOON 씨가 자기가 나서서 코스프레를 할 거라곤 생각할 수 없어. 생면부지의 사람일 텐데도 왠지 그런 확신이 있어. 코스프레에 얼마만큼 흥미가 있으세요? 라고 물으면『그러네, 셀로판테이프 정도는 있을까……』라고 대답할 것 같은 게 MOON 씨다.

결국 문츠키 양은 돈 때문에 코스프레를 했던 거다. 그리고 이번에는 볼일이 있다면서 나한테 그 역할을 돌렸다.

꽁으로 3만 엔을 벌 수 있을 리가 없지. 이 정도쯤은 각오했다고……. 괜찮아, 계산대에 서서 처음 보는 사람과 억지로 대화해야 하는 일에 비하면 일억 배는 낫다.

"그런데 내가 그 역할에 뽑힌 이유는 설마 가슴……?"

만약 그렇다면 아지사이 양을 골랐어도 됐던 거 아닌가…… 아니, 아지사이 양한테 노출도 높은 의상을 입히는 짓은 그냥 두고 보지 않을 거지만!

그러자 카호 짱은 아까보다 조금 진지한 태도로 고개를 저었다.

"아냐아냐. 레나찡의 분위기가 내가 생각하는 캐릭터의 이미지에 딱 맞아서 그런 거야."

"캐릭터?"

"응. 봐봐, 음, 예를 들면 긴 흑발 생머리를 가진 쿨하고 키가 큰 여자애가 소악마처럼 짓궂고 깜찍한 여자애 코스프레를 하는 건 역시 안 어울리잖아?"

왠지 모르게 우리 반에 있는 누군가를 콕 집어서 말하는 듯한 예시를 들으니, 그건 그렇지? 하고 절로 고개가 끄덕여졌다.

"뭐, 물론 가슴이 커서 나쁠 건 전혀 없지만. 2D 캐릭터는 기본적으로 가슴이 크니까 가슴이 큰 편이 잘 어울리거든."

나는 자연스럽게 카호 짱의 가슴으로 시선이 향했다. 평평하다.

내 시선에 카호 짱의 눈이 게슴츠레 해졌다.

"레나찡은 왕변태."

"나한테는 서슴없이 그런 소리를 해놓고?!"

젠장, 나를 공격할 타이밍이 생기면 놓치는 법이 없잖아, 이 녀석……!

"가슴이야 만들면 그만이지만. 가슴 패드를 넣거나, 천을 감거나, 실리콘을 쓰면 늘리는 것도 줄이는 것도 자유자재. 가슴은 코스프레의 세계에선 제일 흔한 소품이야."

"아, 그러십니까……."

"평상시에는 항상 부러워하고 있지만! 좋겠다, 큰 가슴! 요거, 요거!"

"히약!"

카호 짱이 내 가슴을 만지작거렸다. 간지러워서 나도 모르게 새된 목소리가 튀어나왔다. 그야 나도 여자애니까요! 엄청 부끄러워!

"이제 적당히 좀 하라고 이 녀석!"

나는 당한 만큼 갚아주려고 카호 짱의 가슴에 손을.

"꺄아~ 레나찡 무서워~."

가슴을 누르면서 그 자리에 풀썩 주저앉아 아양을 떠는 카호 짱한테 손을. 손을…….

"큭……………."

대지 못했다…….

어쩔 수 없잖아……. 나는 여자의 세계에서 스킨십과는 인연이 없었던 여자……. 아지사이 양이 어깨만 두드려도 얼굴이 빨개지는데 장난이라고는 해도 남의 가슴을 만질 수 있을 리가…….

카호 쨩이 입가에 손을 대고서는 속삭였다.

"어~? 아무 짓도 안 하는 거냥~?"

"오, 오늘은 날이 안 좋아서……."

"……후후훗, 레나찡 배짱도 없어♡ 허접♡ 허~접♡"

이, 이 자식…… 언젠가 반드시 혼쭐을 내 주지…….

나를 한참 동안 놀리고 나서 개운해진 카호 쨩이 벌떡 일어섰다.

"네, 그러면 다시…… 만세를 해주세요―."

이번에는 한층 더 꼼꼼하게 몸 여기저기의 치수를 쟀다. 팔죽지, 허벅지……. 날씬한 카호 쨩한테 세세한 치수들을……. 큭.

그리고서 잠시 후, 다시 교복을 입은 나는 방바닥에 툭 주저앉았다. 아아, 괴로운 시간이었다…….

내 프라이버시가 적힌 메모를 손에 들고서 카호 쨩이 흠흠, 고개를 끄덕였다.

"역시 고칠 부분이 많다냥. 뭐, 이 정도면 1주일이면 충분하려나?"

내가 껴입은 여름 옷의 두께가 나를 안심시킨다. 옷은 참 좋지……. 몸을 지켜주는 갑옷이야.

"그러면 1주일 후에 그 의상을 입으면 되는 거네요……."

"응응. 1주일 후에 입고, 거기서 2주 후에 한 번 더. 총 2번. 그게 그대에게 주어진 사명이라네.”

나는 잠깐 생각에 잠겼다.

“……그걸로 3만 엔?”

“그럼요— 그걸로 끝이죠—.”

카호 쨩은 내 시선을 피하면서 휘파람을 불었다.

“분명 거짓말이잖아?! 그 리액션은 아예 거짓말이라고 자백하
는 격이잖아!”

카호 쨩은 조용히 고개를 저었다. 꼬마 여자애를 타이르는 듯
한 어조로.

“있잖아, 레나찡, 잘 들어. 이건 거짓말이 아니야. 나는 레나찡
한테 일부러 중요한 사실을 말하지 않았을 뿐인 거야.”

“그럼 빨리 말해!”

내 흥분을 잠재우는 것처럼 얼굴 앞에 검지를 척, 세웠다.

“레나찡이 해줘야 하는 일은 아주 심플합니다. 빈틈없이 메이
크업을 마치고서 의상을 입을 뿐이야. 나랑 함께 말이지.”

“카호 쨩이랑 함께?”

날씬하고 조그마한 미소녀가 씨익 웃었다.

“맞아, 그리고 덤으로 촬영!”

그리고 일주일 후, 나는 도쿄 외곽에 있는 촬영 스튜디오로 끌
려왔다.

“………………어?”

하지만 나는 이것조차도 여전히 속아 넘어간 상태였다는 걸 눈치채지 못했다.

이제부터 개최될 두 번의 촬영회—— 설마 많은 사람들 앞에서 코스프레 의상을 입게 될 줄이야.

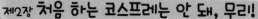

『아시가야는 스마트폰이 어지간하면 OK라서 진짜 럭키라니까.』

『……어?』

세면대에서 손을 씻던 도중에 옆에 서 있던 여자애가 혼잣말 치고는 꽤 큰 목소리로 말했다. 주변에 다른 사람은 없고, 여자 화장실은 완벽한 밀실이다.

그녀── 코야나기 카호는 거울을 보면서 립스틱을 고쳐 발랐다.

밝은 머리카락을 옆으로 묶고 있는 키가 작은 소녀. 조막만 한 얼굴에 좋은 스타일을 가지고 있어서 그런지 보기보다 훨씬 체구가 작아 보인다. 곧게 핀 등줄기가 아주 아름다운 S라인을 그렸다.

고등학교 입학한 지 3일째 되는 날이었다.

『내 친구네 고등학교는 스마트폰 반입 신청서를 내야 한다고 들었거든, 게다가 담임뿐만 아니라 교장선생님 허가까지 필요하대! 그런 주제에 학교에 가면 바로 전용 보관함에 맡긴 다음 학교가 끝나면 꺼내준다나 봐. 어이없지 않아?』

그러면서 여자아이가 내 쪽으로 시선을 돌렸다.

커다란 눈동자가 빛을 반사하는 고양이 눈처럼 반짝반짝 빛났다. 입가에는 사랑스러운 덧니가 살짝 엿보인다.

처음 가까이서 봤을 때의 인상은, 사람들에게 사랑받기 위해서 진화한 집고양이 같은 아이네── 였다.

『그게, 저기.』

119

교실에서는 필사적으로 인싸인 척했지만 갑자기 말이 걸려오자 준비 부족으로 커뮤니케이션 장애가 드러나는 바람에 동공지진을 일으켰다.

『나는 학교에선 스마트폰 잘 안 쓰거든.』

『그렇지 않단 말이지.』

　그 애는 칫칫칫, 하고 손가락을 흔들었다.

　의견을 부정당하는 건 나에게 있어서 가장 커다란 데미지를 입는 순간이다. 그럴 때마다, 앞으로 두 번 다시는 입을 열지 말고 살아야지…… 라는 결심을 하게 되는데(그땐 그랬다는 거야! 지금은 괜찮습니다!) 어째선지 그 애의 말에는 아무렇지도 않았다.

『지금 스마트폰 못쓰면 곤란해! 싶은 타이밍이 있잖아? 어떤 그룹을 등록한다거나 그럴 때. 예를 들면 이런 거야. 우리는 하루 종일 쉬지 않고 물을 마시는 건 아니지만 그렇다고 물 섭취를 금지 당하면 큰일 나잖아?』

　또랑또랑한 목소리로 내가 한마디를 하면 열 마디를 대답해주는 여자애.

『확실히…….』

『즉, 그런 거지. 0이냐 1이냐의 문제는 1이냐 100이냐보다도 훨씬 차이가 커. 아예 차원이 달라. 그런 의미에서 나는 아시가야 고등학교라서 다행이라고 생각한다는 뜻입니다. 전파 감옥에 수용된 친구한텐 미안하지만!』

『전파 감옥이라.』

　화장실에서 나온 뒤에도 그 아이는 나를 따라왔다. 그리고 함께 A반으로 돌아왔다. 왜 따라오지?! 라는 생각을 했지만, 나도 그 아이가 A반이라는 건 이미 알고 있었다.

무엇보다 한 번도 얘기해 본 적 없는 상대랑 이렇게나 대화를 이어갈 수 있는 그 아이의 능력에 계속 압도당한 채였다.

반에 돌아와서 내가 마이와 아지사이 양 그룹에 합류하고 나서도 그 아이는 당연한 듯이 옆에 앉아서 우리 그룹의 대화를 평소보다 훨씬 밝고 명랑하게 만들어줬다.

지금 떠올려보면.

카호 짱은 나를 바로 알아봤었고, 그런데 내가 아무런 반응도 없자, 슬쩍 속을 떠봤던 거라고 생각한다.

……바로 기억해 내지 못해서 미안해. 하지만 카호 짱은 못 알아볼 정도로 귀여운 여자애가 됐는걸.

그리고 이게, 또 하나의 추억.

『있지, 아마오리 양. 이번 주 연재분 봤어?』

여름방학의 학원. 둘이 나란히 앉아서 수업이 시작할 때까지 만화를 펼치고서 굉장히 즐겁게 수다를 나누던 순수한 시절의 추억.

『응! 이건 꼭 미나구치 양이랑 같이 얘기해 봐야겠다고 생각했어!』

『있잖아, 있잖아, 사실은…… 음, 나도 같은 마음이었어, 후후홋.』

나보다 살짝 키가 크고, 안경을 쓰고 있고, 렌즈 너머의 눈동자가 반짝반짝 빛이 나서 굉장히 눈부셨다.

『나는 이 애가 좋아……. 왠지 이 만화는 주인공보다 히로인이 훨씬 멋있지 않아?』

『아마오리 양은 이런 여자애를 좋아하는구나. 그렇구나~』

『어엇, 이상한가?』

『으으응, 아니야 하나도 안 이상해! 나도 이해가 간다고 해야 할까…… 나도 이런 히로인이 되고 싶으니까…….』

　과거와 지금. 두 가지 추억이 머릿속을 오가며 내 마음을 혼란스럽게 했다.

　그건 마치, 인싸와 아싸, 어느 쪽을 겉으로 드러내고서 얘기해야 좋을지 알 수 없어하는 나 자신 같았다.

　그렇지만.

　사실은, 사실은 있잖아, 카호 짱.

　카호 짱이 마이를 좋아한다는 걸 알고 있으면서 마이한테 고백을 받았다는 사실이 너무 미안해서 도무지 솔직해질 수 없지만.

　입으로는 카호 짱한테 불만을 토하고, 아르바이트도 하기 싫은 것처럼 말하고 있지만, 그래도 있잖아, 사실은.

　다시 그때 그 시절처럼 카호 짱과 단둘이서 새로운 무언가를 할 수 있어서, 사실은── 나 굉장히 기뻐.

　…………하지만 이런 아름다운 결말로 끝나도록 놔두지 않는 게 지금의 방심할 수 없는 카호 짱이지만…….

* * *

그곳은 도심에서 조금 떨어진 촬영 스튜디오였다.

들자 하니 원래는 작은 결혼식장이었는데 여기가 사진을 찍기 좋은 장소라는 점을 활용해서 요즘은 개인용 촬영 장소로 대여해 준다고 한다.

토요일. 카호 짱한테 이끌려간 나는 "오오—" 하고 감탄했다.

"굉장하네, 이런 곳에서 사진을 찍는구나."

"이른 아침을 노려 게릴라 촬영을 하는 경우도 있지만 역시 뭐니 뭐니 해도 스튜디오가 제일 마음이 편하다냥."

"헤에~ 헤에~."

생각했던 것보다 훨씬 훌륭하고 깔끔한 외견을 올려다보면서 연신 감탄사를 흘렸다.

"제법이잖아, 카호 짱! 역시 대인기 코스플레이어!"

"호호호, 그렇게 칭찬해 주시어요. 얼마든지 말해줘도 돼!"

"세계 제일의 코스플레이어 님! 전자의 요정! 사진 가공이 훌륭해! 약삭빨라! 성질머리 급해! 툭하면 돈 얘기를 해! 걸핏하면 화내!"

"자네! 칭찬할 거면 마지막까지 칭찬하도록! 정말이지…… 아무튼 간에 오늘은 잘 부탁해."

"으, 응……!"


나는 코스프레에 대해선 까막눈이었기 때문에 최근 일주일 동안 카호 짱이 질린 눈으로 볼 정도로 열심히 공부했다.

먼저 2쿨짜리 애니메이션을 평일 이틀을 활용해 정주행했다. 기본적으론 따끈따끈한 일상계 작품이지만 중간중간 진한 감동을 주는 장면들이 들어가 있어서 굉장히 근사한 애니였다.

다음은 내가 코스프레할 예정인 여자애가 나오는 장면만 몇 번씩 돌려봤다. 이 캐릭터의 주된 말버릇을 반복 연습하면서 마음만이라도 캐릭터로 변신하고자 했다.

표정과 포즈도 거울 앞에서 빈틈없이 체크했다. 이런 연습은 인싸가 되기 위해 특훈을 했던 것과 일맥상통하는 부분이 있어서 연습도 꽤 순조로웠다. 다만 노력이 지나쳤던 탓에 매일 근육통에 시달렸다. 포징이라는 건 꽤 힘들구나…….

통학하는 시간에는 캐릭터에 대한 깊은 해석을 위해 2차 창작을 뒤적였다. 주로 픽시브 소설을 읽으면서 여러 사람들의 해석을 읽고, 내면까지 완벽하게 재현하고자 노력을 기울였다.

카호 쨩은 의외로 질겁하면서 『왜 그렇게까지 필사적으로 해주는 거야……?』하고 어쩐지 기분 나쁘다는 기색으로 물었지만.

나는 『카호 쨩이 다시 보게 만들려고』라고 말하지 않고, 그냥 적당히 『신의 계시를 받아서』라고 대충 대답했다.

어째서 이렇게 열심히 하는지는 스스로도 잘 알 수 없었다. 다만 카호 쨩이 『레나찡 제법이잖아!』라면서 진심으로 나를 인정해주면 뭔가 달라질 것 같은 기분이 들었기 때문이라고 생각한다.

마이나 아지사이 양한테 대답해 줄 생각은 안 하고 뭐 하는 거야…… 싶어서 가끔씩 현실을 마주하면 우울해질 때도 있었지만. 그래도 약속한 기한까지는 아직 시간이 좀 남았으니까. 사츠키 양도 돌아가는 길이 정답이 될 때가 있다고 말해줬으니.

그래서 일단은 부탁받은 일에 온 힘을 다해야겠다고 마음먹었다.

헉, 설마 사츠키 양의 말이 바로 신의 계시……?!

그리하여 일주일은 눈 깜짝할 사이에 지나갔고, 오늘이 되었다.


"코스플레이어 분들은 다들 굉장히 날씬한 사람들인데도 힘이 장사구나……."

참고로 우리 둘 다 캐리어를 끌고 있다. 내 캐리어에는 카호 짱한테 빌린 물건들이 들어있다. 의상이나 메이크업 도구, 소품들까지 있어서 꽤 무겁다.

"체형에 신경을 쓰기 때문에 근육질인 사람이 많아―."

"카호 짱도?"

"훗훗후, 다음에 팔씨름이라도 해볼래?"

"내가 질 것 같아……."

허리에 손을 올리고서 자신만만한 표정을 짓는 카호 짱.

카호 짱이 접수처에 말을 걸어 예약했다는 사실을 전했다. 그러자 대기실처럼 보이는 곳으로 안내받았다. 커다란 전신거울이 있는 작지만 깨끗한 방이다.

여기서 옷도 갈아입고 메이크업도 하나 보다.

참고로 코스프레는 혼자서 하는 코스프레 말고도 팀코라고 부르는 문화가 있다고 한다.

팀코라는 건 예를 들어 A라는 작품이 있을 때, 거기 나오는 주인공과 라이벌 캐릭터를 둘이서 각자 맡아서 연기하는 식으로 폭

넓은 세계관을 표현할 수 있는 수단이라나.

어떤 논리인지는 이해했다. 파판 7도 클라우드 혼자 있는 것보다는 옆에 세피로스를 같이 세워두면 훨씬 다양한 구도를 만들어낼 수 있는걸.

그렇게 돼서 나는 카호 짱이 코스프레 하고 싶은 캐릭터 옆에 나란히 서 있는 캐릭터를 맡게 된 것이다.

그런데 한 가지 신경 쓰이는 점이 있었다.

"그러고 보니 오늘은 촬영을 하는 거지?"

의상을 펼쳐 보는 카호 짱의 움직임이 멎었다.

"으, 으응? 그런데에?"

"누가 찍는 거야? 타이머 기능으로 찍나?"

"아— 뭐— 응. 요정 씨가 찍어주지 않을까냥?"

카호 짱의 눈동자가 뭍으로 나온 생선마냥 흔들렸다. 저기요.

나는 다급한 손길로 카호 짱의 가녀린 어깨를 붙잡았다.

"기다려! 누가 찍는데?! 누가 오는 건데?!"

"콕 집어서 누구라기보다는—."

카호 짱은 자기 머리를 살짝 콩☆하고 때리면서 장난기 가득한 웃음을 지었다.

"오늘은 **촬영회**거든."

"촬, 영…… 회?"

나는 한 글자 한 글자를 곱씹었다.

"뒤에 『회』가 붙는다는 뜻은 다시 말해 두 사람 이상의 사람들이 모여든다는 뜻이지."

"단둘이서 하는 좌담회도 회가 붙잖아!"

"듣고 보니 그러네! 그건 그래!"

나는 어질어질한 눈으로 끄덕였다. 어깨를 붙잡은 손을 놓지 않은 채, 카호 짱의 얼굴을 뚫어지게 쳐다보았다.

"그래서, 실제로는……?"

"오늘이랑 다음주, 이렇게 두 번 있고, 다양한 사람들이 엄청나게 잔뜩 오지요☆"

"나 갑자기 급한 볼일이 생각났어!"

후다닥 도망치려고 했더니 카호 짱이 내 허리에 태클을 먹었다.

"으억!"

"여기까지 왔으면 그만 포기하라고! 아무런 고생도 없이 돈을 벌 수 있을 거라 생각했다면 오산이니까!"

"하지만 이런 말은 한 마디도 못 들었는걸! 처음에 똑바로 설명해주지 않은 카호 짱이 나빠!"

"레나찡은 적당히 방긋방긋 웃어주기만 하면 충분하니까! 나머지는 전부 내가 알아서 할 테니까! 자자, 빨리 갈아입어!"

"무―리―! 남들 앞에서 사진을 찍힌다니 아무리 해도 무리―!"

소리치면서 아등바등 발버둥을 쳐봤지만…….

"그렇게나 열심히 연습했잖아?!"

그 말에 이리저리 발버둥 치던 움직임이 뚝 멈췄다.

으윽…… 맞아, 나는 요 일주일 동안 노력하고, 또 노력해서…….

괴로웠던 지난날을 떠올렸다. 사진이라니 완전 쥐약이었던 내가 최선을 다해 사진발을 잘 받는 각도를 연구하느라 계속해서 셀카를 찍었던 나날들을…….

그 모든 노력들이 내 손발을 묶는 족쇄가 되어 꽉 붙잡았다.

"나는 카호 짱이랑 단둘이서 찍는 걸로 충분했는데……."

"어머나."

카호 짱이 입가에 손을 올리고서 깜찍하게 놀라는 표정을 지었다.

"레나찡이 그렇게나 나를 좋아좋아 정말 좋아인 줄은 몰랐다냥. 그럼 나를 위해서☆ 열심히 해 줘☆"

"너를 위해서 하는 게 아니라고……!"

단지 여기서 도망쳤다간 카호 짱이 평생 동안 나를 바보 취급할 거라는 점은 알고 있다. 아무리 그래도 그건 열 받아…… 큭.

결국은 그 점이었다. 고집이 수치를 이긴 것이다…….

으으으으…….

"하지만 나 같은 게 사진에 찍힌다니 카메라맨 분들에게 실례라고 해야 하나 무례하다고 해야 하나…… 그 비싼 렌즈에 금이라도 가면 어쩌지……."

"으음— 지나친 자학이 가히 범죄적이다냥……."

카호 짱이 팔짱을 끼고서 뭔지 모를 소리를 했다.

"어쩔 수 없지. 이럴 땐 칭찬은 고래도 춤추게 한다 작전으로 갈까."

다 들리는데요…….

"있잖아, 레나찡. 확실히 말해두겠는데 그대는 세계적인 레벨로 봐도 충분히 귀엽습니다. 보는 순간 껌뻑 죽는 여고생입니다."

"에엑……?"

"진심을 담아『거짓말하네』라고 생각하는 그 표정이 열 받는다냥."

내가 목표로 삼고 있는 건 극히 평균적인 양산형 여자.

그런 사람한테 엄청 귀엽다는 소리를 해 봤자 우쭐하기는커녕 황송할 따름이다.

그렇지만 확실히 여동생은 귀여운 얼굴이니까, 이론적으로는 같은 유전자를 보유하고 있는 내 얼굴도 나름 귀엽다고 할 수 있는 건가……?

그렇지만 그렇지만! 여자애의 귀여움은 헤어스타일과 표정과 동작과 분위기와 메이크업이 8할을 차지하는걸! 음침한 아싸의 오오라를 풍기는 데다 근본부터 귀엽지 못한 나는 귀여운 여자애라고는 결코 말할 수 없는 거 아닐까!

그렇지만 그렇지만 그렇지만! 지금 나는 아싸에서 탈출하기 위해 열심히 노력을 거듭했으니까…… 마이나 아지사이 양도 나보고 귀엽다고 해줬고…… 아니, 그건 이상하게 생긴 마스코트를 보고『귀여워~』라고 하는 거랑 비슷한 부류겠지만…….

"어휴— 진짜!"

생각의 모래 늪에 푹 빠져서 헤어 나오지 못하는 나를 카호 짱이 확 끌어올려서 빼냈다. 카호 짱은 지갑에서 5엔짜리 동전을 꺼내더니 거기다 실을 칭칭 감았다.

"레나찡, 이걸 봐봐."

"저기, 어……?"

카호 짱이 습—하— 심호흡을 한 다음 진지한 눈빛으로 5엔 동전을 흔들었다.

"당신은 점점 자기가 귀엽다는 생각이 듭니다…… 당신은 점점 자기가 무진장 귀엽다는 생각이 듭니다아…….

"고전적인 수단에도 정도가 있지!"

어설프게 따라한 최면술은 나한테 아무런 효과도 주지 못했다. 그야 당연하지!

준비를 마치고서 시간에 딱 맞춰 스튜디오로 나가자 접수처에 사람이 서 있었다. 오늘의 카메라맨 분들이다.

세 사람. 다들 여성이었다. 살짝 안도했다. 사실 거짓말이다. 완전 긴장돼.

"와— 다들 와줘서 정말 고맙습니다냥! 미하루 씨, 에마 씨, 퍼맨 씨!"

코스프레 의상으로 갈아입은 카호 짱—— 이름하야 나기뽀 짱이 양손을 흔들면서 밝게 인사했다. 그 모습을 본 세 분은 환성을 질렀다.

"꺄아! 나기뽀 짱, 귀여워! 굉장히, 굉장히 귀여워!"

"새로운 의상을 처음으로 공개하는 날을 몹시 기대하고 있었습니다! 우와 백억점!"

"아아아아 죽을 만큼 귀여워서 감사합니다, 태어나주셔서 정말 감사합니다…… 아아아아 신이시여…… 나기뽀 씨 좋아해요…….

텐션이 어마무시했다…….

실제로도 지금 나기뽀 짱은 진짜로 애니메이션 속에서 튀어나온 요정처럼 사랑스러웠다. 평소의 카호 짱도 물론 귀엽지만 그거랑은 느낌이 완전 다르다.

이번에 우리가 코스프레하는 캐릭터는『애니멀메이드!』라는 인기 애니메이션 작품에 나오는 메이드다.

상냥한 세계관 속에서 여자아이들의 이야기가 펼쳐지는 이 작품은 동물 코스프레를 한 메이드들이 잔뜩 등장하는 업계물이다.

거기 등장하는 의상들이 말도 못하게 귀여워서 남녀를 불문하고 세간에서 대히트를 쳤다. 의외로 뜨겁고 눈물 나게 하는 스토리도 화젯거리였다.

카호 짱은『애니멀메이드!』에 등장하는 주요 등장인물 4명 중에서 달콤한 애교로 홀린 듯이 돈을 내게 만드는데 능숙한 고양이 귀 메이드를 연기하고, 나는 자기가 가장 귀엽다고 믿고 있는 살짝 정신이 불안정한 소악마 타입 토끼 귀 메이드다.

내 성격이랑 가장 동떨어져 있는 캐릭터 아닌가……? 싶은 생각도 들었지만 비주얼만 놓고 보면 우리 퀸텟 중에선 내가 제일 닮았다는 느낌이 든다…….

그런데 괜찮으려나……. 내가 입으면 캐릭터에 대한 모독 아닐까……. 저 언니들한테 혼나지는 않겠지.

머뭇거리고 있었더니 나기뽀 짱이 내 소개를 해줬다.

"여기 있는 애는 이번 팀코 멤버! 내 친구야."

"레…… **레나코알라**입니다, 아무쪼록 잘 부탁드립니다!"

아무렇게나 생각난 닉네임을 대고서 고개를 푹 숙여 인사했다.

그러자 방금 전에 신이 나서 떠들던 모습과는 다르게 언니들은 완전 딴 사람처럼『잘 부탁합니다』라며 예의바르게 고개를 숙였다. 사회인 느낌이 물씬 나는 어른스러운 오오라에 한껏 압도당했다.

"좋―아 그러면 스튜디오 대여비도 아깝고 하니까 당장 시작해 볼까―!"

나기뽀 짱이 씩씩하게 주먹을 치켜들자 주위의 언니들도 조심스레 "오―" 하면서 주먹을 치켜 올렸다.

사전에 들은 설명대로라면 오늘 온 사람들은 항상 촬영회에 지원해 주는 귀한 손님들이라고 한다. 돈 씀씀이가 좋을 뿐만 아니라, 매너도 좋고 품위가 있어서 내 데뷔전에는 안성맞춤인 사람들이라나.

아니, 오히려 그렇게 때문에 더욱 실례되는 행동이 있으면 안 되는 거 아닐까……?

나는 따끔따끔한 긴장감을 느끼며 가동성이 나쁜 피규어처럼 우두커니 서 있었다.

엄청 큰 렌즈가 달린 카메라를 멘 여성 두 분은 나기뽀 짱을 둘러싸고서 꺅꺅 소리를 지르며 즐겁게 촬영을 시작했다.

그리고 남은 한 분이 나한테 말을 걸었다.

"굉장히 귀엽네요. 저 리나뿅이 최애거든요. 리나뿅이 온다는 말을 듣고 이거 꼭 참가해야겠다 싶었죠!"

리나뿅은 내가 코스프레한 토끼 귀 메이드 캐릭터 이름이다.

"아, 아뇨, 저기……."

"레나코알라 씨, 리나뿅 의상이 잘 어울려서 그야말로 이미지 그대로예요. 그 의상은 직접 만드신 건가요?"

입만 어버버버버 하고 있었더니 나기뽀 짱이 멀리서 나를 구원해 줬다.

"걔 의상도 내가 만들었어─! 그렇지, 레나코!"

"네, 네에."

"와─ 그러시군요. 나기뽀 짱은 어느 이벤트에 오더라도 항상 새로운 의상을 가져오니 정말 활동력이 대단하죠. 그래서 저도 따라다니는 게 신나고 즐거워서."

기품있게 후후후, 웃는 언니. 여자 아나운서처럼 청초한 모습인데도 목에 걸린 바주카포 카메라가 마치 전장에서 귀환한 것 같은 분위기를 내고 있어서 무서웠다.

"레나코알라 씨는 이미 계정을 가지고 계시나요?"

"아뇨, 저는 아직 계정이 없어서⋯⋯."

"그럼 진짜 말 그대로 초보자네요─. 감격스럽네. 즐거운 촬영회를 만들어봐요."

언니는 방긋 웃으면서 카메라를 향했다. 나는 메두사와 맞닥뜨린 것처럼 웃었다.

"부, 부디 살살 부탁드리겠습니다⋯⋯⋯⋯."

괜찮아괜찮아괜찮아괜찮아.

집에서 그렇게나 열심히 연습했어.

혼자서 대체 몇백 장이나 찍었는지 몰라. 내가 찍든 남이 찍어주든 그게 그거야. 괜찮아. 가슴을 펴, 레나코. 아니 레나코알라. 그래, 지금 나는 코스플레이어니까 캐릭터에 몰입하는 거야.

리나뽕은 이럴 때 달콤한 미소를 짓는다.

『귀여운 나를 확실하게 필름에 담아서 보물로 만들어 주세요♪』

그러면서 남자애든 여자애든 가리지 않고 전부 매료시킬법한 포즈를 취한다.

지금 나는 리나뽕이니까⋯⋯!

"에, 에헤헤⋯⋯ 이, 이런 느낌일까요⋯⋯."

하지만 내 포즈는 자신감이라곤 눈곱만큼도 찾아볼 수 없고, 쑥스러워하는 기색이 한가득이다.

언니는 친절하게 "좋네요— 찍을게요—"라면서 찍어주셨지만⋯⋯⋯⋯.

지금 내 포즈가 최악이라는 걸 누구보다도 내 자신이 잘 알고 있다.

아무리 『아하하, 긴장하고 계시네요— 조금만 더 릴랙스해도 괜찮아요—』라고 부드럽게 말해줘도 나아지지 않는다.

나 같은 게 카메라에 찍히고 있다는 시점에서 이미 다 끝장이다.

나를 찍어주던 언니랑 교대해서 두 번째 사람, 세 번째 사람이 와도, 그리고 나기뽀 짱과 투 샷을 찍을 때가 돼도, 전혀, 한결같이, 시종일관 최악이었다.

나기뽀 짱이 일단 휴식하자는 말을 꺼내서 스튜디오 구석에 있는 의자에 앉아 풀이 죽어있었다.


"처음 하는 촬영은 역시 긴장하게 돼죠."

"엇? 저, 저기."

언니가 따뜻한 밀크티가 담긴 페트병을 건네줬다. 달력상으론 아직 여름이지만 노출도 높은 의상을 입고 있느라 몸이 차가워져 있었기 때문에 꼼꼼한 배려에 감탄이 나왔다.

"가, 감사합니다. 촬영은 괜찮은가요?"

나는 하다못해 분위기가 더 다운되는 걸 막으려고 붙임성 있는 웃음을 지으며 말했다. 지금은 나기쁘 짱이 혼자서 촬영회를 이어가고 있다. 주변을 둘러싼 언니들도 굉장히 즐거워 보인다.

"네, 저도 계속 카메라를 들고 있었더니 조금 피곤해서요. 옆에 앉아도 될까요?"

"그거야, 물론. 여기 앉으세요……."

리나뿅이었다면 이런 상황에서 귀여운 미소를 지으며『귀여운 나를 독점할 수 있다니 운 좋은 사람이네』라고 말했겠지.

하지만 지금은 나랑 어울려줘서 송구할 따름이다…….

"요즘 나기쁘 씨는 연달아 성숙한 미인 분을 데려오셨는데, 오늘은 두 사람 다 귀여운 타입이셔서『애니멀메이드!』가 굉장히 잘 어울린다고 생각했어요."

"성숙한 미인…… 그거 혹시 MOON 씨인가요?"

"아, 역시 아는 사이셨군요. 맞아요, 맞아, MOON 씨. 그분도 코스프레는 익숙하지 않은 느낌이었지만 뭐라고 해야 하나, 존재 감이라고 할까? 주변을 확실하게 사로잡는 느낌이 마치 프로 같았어요."

"하하…… MOON 씨는 굉장한 사람이니까요……."

그야 사츠키 양이라면 갑자기 낯선 자리에 던져지더라도 순식간에 주변의 시선을 확 낚아채겠지.

아니 어쩌면 마이랑 어울리면서 모델 일을 해 본 적 있을지도 모른다. 그만한 미인이니까 수요도 있었을 테니.

"죄송합니다. 오늘은 제가 와서…….."

"아, 전혀 그렇지 않아요. 레나코알라 씨한테는 레나코알라 씨만이 할 수 있는 코스프레가 있잖아요? 그걸 볼 수 있어서 좋았어요."

그런 게 있으려나……. 전 인류의 하위 호환인지라…….

아냐, 안 되지 안 돼! 또 분위기를 망치게 돼! 뭐라도 얘기해야지!

"저, 저기, 언니는 옛날부터 나기뽀 씨의 팬이셨어요?"

"오옷, 고인물의 마인드를 자극하는 좋은 질문이네요—. 그 말대로예요. 당시엔 중학생 코스플레이어였던 나기뽀 씨에게서 빛나는 무언가를 찾아낸 뒤부터는 계속 쫓아다니고 있거든요—."

"역시 나기뽀 씨는…… 그, **대단**한가요?"

언니는 잠시 내 질문의 의도를 가늠해 보는 것처럼 보였지만.

"음— 그러네요, 아주 대단하다고 생각해요. 언제나 직접 의상을 만들고, 메이크업도 매일 연구한다는 걸 느낄 수 있으니까요. 카메라맨에게 응대할 때도 정중하고 팬들이랑 교류하는 것도 능숙해서…… 그리고 무엇보다도 작품 자체를 정말로 사랑한다는 게 전해져와요."

"아하…… 그렇군요."

스튜디오에 선 나기뽀 짱은 아이돌처럼 존재감을 뽐내고 있다. 옛날엔 내 옆에 나란히 있었기 때문에 더더욱…… 상당히 차이가 벌어졌구나, 싶은 생각을 하게 된다.

그거야 당연한 소리지. 카호 짱이 노력하는 동안 나는 아무것도 안 하고 있었으니까.

"그저⋯⋯."

언니는 나와 마찬가지로 나기뽀 짱을 바라보면서 작게 입을 열었다.

"요즘은 왠지 생각이 많아진 것처럼 느껴져요. 이번 촬영회도 상당히 아슬아슬할 때까지 팀코 멤버를 찾았던 모양이고⋯⋯. 우리들은 옛날처럼 나기뽀 씨 솔로 촬영회로 해도 괜찮았는데."

"⋯⋯그 말은?"

"아, 아뇨, 저 혼자만의 생각일 뿐이지만요! 아하, 아하하하! 파인더로 나기뽀 씨를 가만히 관찰하고 있다 보면 내면까지 들여다보이는 듯한 느낌이 들 때가 있을 뿐이라! 좀 기분 나쁜 소리죠! 아하하하⋯⋯."

"⋯⋯⋯⋯⋯."

만약 저 말이 진짜라고 치고.

카호 짱이 뭘 고민하고 있는지 내가 물어봤자 가르쳐주지는 않겠지. 사람들의 카메라 앞에 서는 것조차 똑바로 못하는 나 같은 애한테는.

나는 때때로 착각한다. 나 말고 다른 사람들은 모두 성실하게 살면서 항상 노력하고 고민거리 따위는 아무것도 없겠지, 이런 식으로.

하지만 그건 아니다. 아지사이 양도, 사츠키 양도, 물론 카호 짱한테도 고민이 있고, 다들 괴로운 마음을 안고서 앞으로 나아가고 있는 거다. 아마 마이도.

"있잖아요, 언니……. 이번 일은 정말 죄송합니다. 뭐 하나 잘한 게 없어서. 하지만……."

나는 가슴에 손을 대고 언니를 똑바로 바라보았다.

"다음번에는 제대로, 그게, 다음이 있을지 없을지는 아직 모르겠지만…… 저기, 찍어주실 수 있도록 노력할 테니까…… 저, 열심히 할 테니까!"

언니는 조금 깜짝 놀란 표정으로 나를 보았다.

그리고서 미소를 지어주었다.

"바로 지금 그 표정이에요. 아주 좋았어요. 찍었으면 좋았을걸."

이렇게 2시간 분량의 촬영회는 눈 깜짝할 사이에 끝났다.

나기뽀 짱은 마지막까지 반짝반짝 빛이 나서 아주 귀여웠다.

* * *

"정말로 죄송합니다……."

"으음—."

촬영을 마치고 스튜디오를 빠져나온 우리는 전철을 타고 카호 짱의 방으로 돌아왔다. 그리고.

──나는 카호 짱에게 엎드려 사과했다.

"다들 풋풋한 레나코알라 짱을 보고서 훈훈한 미소를 지었는데."

"하지만 그건 운 좋게 그런 상냥한 분들을 만났을 뿐이지, 본래 촬영회라는 업무 내용을 성실히 수행하지 못하였으므로……."

"으음— 이상한 부분에서 쓸데없이 성실하네."

카호 짱은 의자 위에 책상다리를 하고 앉아서 턱을 괴었다.

"나도 설마하니 그 정도일 거라고는 생각하지 못했으니까 내 책임이기도 하고…… 이건 다음 주까지는 어떻게든 개선해야 하겠군요."

"네……."

미안합니다무리입니다저한테는무리입니다(※무리였다!) 라면서 우는소리를 하는 거야 쉽지만 언니한테 그런 선언을 해버렸는 걸……. 분위기 때문에 얼떨결에 반드시 노력하겠다고…….

"하지만 다음 주 까지라니…… 저는 16년 인생 동안 항상 낯가림을 해왔는데요……."

그걸 겨우 7일 사이에 어떻게 해결하는 건 불가능해……. 기억상실이라도 겪지 않는 한…….

카펫 위에 무릎을 꿇고 앉아서 카호 짱을 올려다보았다.

"카호 짱은 어떻게 지금의 카호 짱이 된 거야?"

"내 경우엔……."

쓴웃음을 짓는다.

"역시 처음에는 무지 긴장했었지……. 어디가 어딘지도 모르는 상태로 옷을 갈아입고서 두근거리는 심장으로 자리에 서서…… 몇 장인가 사진을 찍혔고, 대충 그런 느낌이었다냥."

"그렇구나."

"아는 사람이라고는 한 명도 없었고, 불안했고……. 그래도 뭐, 나는 처음으로 밖에서 코스프레를 하고 있다—! 라는 마음으로 불타오르고 있었으니까 잔뜩 흥분해서 텐션으로 극복했다는 느낌이지. 그래서 업무의 일환으로 코스프레를 하고 있는 레나찡한테는 해당 사항이 없겠네."

"으……."

나도 분명히 코스프레로 텐션이 올라가 있었을 텐데…… 그걸로는 안 될 정도로 내가 가진 문제가 컸던 거겠지…….

"그래도 왠지 모르게 레나찡한테 뭘 해줘야 좋을지 알 것 같아."

"어? 정말로?"

"효과가 있을지 없을지는 모르겠지만. 그래도 할 수 있는 만큼은 해보자."

나는 열심히 고개를 세로로 끄덕였다.

이번처럼 꼴사나운 모습은 보여주고 싶지 않아. 카호 짱이 불쌍한 눈으로 보는 것도 분한 데다, 무엇보다도 나 자신이 한층 더 싫어질 것 같단 말이야!

그러니 착각이라도 좋으니까 나도 해낼 수 있다는 걸 스스로에게 느끼게 해주고 싶어!

"알겠어! 내가 할 수 있는 일이라면 뭐든지 할게!"

"오옷, 뭐든지 하겠다는 말까지 할 줄이야……. 그러면 나도 전력을 다해 레나찡한테 마법을 걸어줄게!"

"마, 마법……?!"

카호 짱은 귀엽고 사랑스러운 마법사였어……?

"나는 수단과 방법을 가리지 않는 여자."

"무서워."

"괜찮아, 괜찮아."

그러면서 카호 짱은 엄지와 검지로 작은 틈을 만들었다.

"아주 쪼—금만 레나찡의 뇌를 망가뜨려볼 뿐이니까."

"무서운데요?!"

뭐든지 하겠다고는 말했지만 아무거나 하겠다고는 말 안 했어! 후유증이 남을 만한 건 단연코 NG인데요?!

카호 짱은 가늘게 뜬 눈으로 씨익 웃었다.

"이름하야…… 레나찡 마개조 계획!"


그날 밤, 카호 짱한테 음성파일 하나를 받았다.

첨부된 파일에는 주의사항들이 몇 개 첨부되어 있었다.


『반드시 헤드폰으로 들을 것. 자기 전에 들을 것. 마음을 차분히 가라앉히고 방을 어둡게 한 다음 그대로 잠이 드는 게 베스트!』


뭘까, 뭔가 불안한 느낌이 들어…….

그래도 괜찮아. 고등학교 입학한 이래, 자기평가가 최저점을 찍고 있는 쓰레기 같은 나라도 음성 파일을 듣는 것쯤이야 할 수 있으니까.

밥을 먹고, 목욕까지 마치고, 잘 준비를 끝낸 나는 침대에 누우면서 귀에 헤드폰을 꼈다.

음성 파일은 20분 정도. 과연 뭐가 흘러나올까…….

두근두근 하면서 재생했다.

그리고 갑자기—— 달콤한 속삭임이 들려온다.

『레—나찡♡』

반사적으로 정지 버튼을 누르고 벌떡 일어났다.

어, 뭐야.

지금…… 뭔데?

심장이 벌렁거린다. 녹아내릴 정도로 사랑스러운 목소리를 뒤집어썼더니 충격이 장난이 아니었다. 그저 자기 이름을 불러준 것만으로도 사람이 이렇게까지 동요할 수 있단 말인가.

어디 보자…… 이거 분명 카호 쨩의 목소리지……?

나는 침을 꿀꺽 삼켰다. 각오를 다진 다음 천천히 다시 한번 재생 버튼을 눌렀다.

『괜찮아, 레나찡♡ 레나찡은 굉장히 귀여우니까♡』

『뭘 입어도 다 잘 어울려♡ 세상에서 제일 귀여워♡ 모두들 레나찡을 바라보기만 해도 두근두근해버려♡』

『나도 레나찡을 엄—청 좋아해♡ 아니, 나뿐만이 아니야♡ 남자애든 여자애든 모두 다 레나찡의 포로야♡』

『있지, 레나코♡ 귀엽고도 귀여운 레나코♡ 자자, 몸에서 힘을 빼♡ 다들 레나코를 정말 좋아해♡ 몹시 좋아해♡ 사랑해♡ 레나코는 모두가 좋아하는 인기인이야♡ 자 숨을 들이마시고, 내쉬고, 들이마시고, 내쉬고…… 이렇게 심호흡을 잘 하다니 참 장하

**네♡ 귀여운 레나코♡ 착한 아이 착한 아이♡ 나도 레나코가 완전 좋~아♡』**

그런 음성이 줄줄이 이어졌다.

나는 어두운 방 안에서 정자세로 누워 헤드폰을 쓴 채로 두근거리는 가슴과 함께 식은땀을 흘렸다.

이거! **최면 음성**이다!

이튿날인 월요일. 나는 이제 막 등교한 카호 짱이 교실에 들어오자마자 붙잡았다.

"잠깐, 카호 짱! 뭐야 그거!"

"응? 음성파일인데 잘 들어봤어?"

"들었어…… 주의사항대로 자기 전에."

"그렇구나. **레나찡 참 잘했어요♡**"

"윽!"

나는 귀를 막으며 몸을 젖혔다.

뭐지 지금……. 귀부터 뇌까지 찌릿찌릿 전기가 통하는 듯한 감각이…….

카호 짱은 히죽히죽 웃으면서 『오오, 통한다 통한다♡』라며 사악한 표정을 짓고 있다.

"뭐, 뭐냐고 정말이지……. 아니, 그런 건 어떻게 만든 거야."

"빠르게 파박 녹음해서 살짝 목소리에 가공을 넣은 정도야. 인터넷 방송을 해볼까 했던 시기도 있어서 적당히 기자재도 갖춰났

었거든."

"뭐든 다 할 줄 아는구나, 카호 쨩……."

카호 쨩이 내 어깨를 탁탁 두드렸다.

"자, 그렇게 됐으니 등교할 때랑 하교할 때, 그리고 자기 전에 매일매일 꼭 챙겨 들어."

"갑자기 할당량이 늘었어!"

"아이디어가 떠오르면 신작도 녹음해서 보내 줄 테니까. 응?"

카호 쨩이 대체 무슨 생각인지는 잘 모르겠지만 그런 음성 파일을 매일 듣는다고 딱히 뭐가 달라질 것 같지는 않은데…….

거기다 음성 파일을 통해 칭찬 좀 받았다고 갑자기 자존감이 높아질 리가 없잖아. 그런 녀석이 있다면 그건 너무 단세포지…… 뇌를 망가뜨린다더니 과장이 심해…….

뭐, 카호 쨩이 낸 아이디어니까 계속 하긴 할 거지만……. 평소에 듣던 음악 대신 카호 쨩이 속삭이는 음성 파일을 들으면 그만이니까…….

내가 미묘한 표정을 짓고 있었기 때문인지 카호 쨩이 엄지를 척 세우면서 웃었다.

"자— 걱정하지 말고, 나를 믿어! 믿음이 없으면 효과도 없어지는데? 어디 복창해 봐. 내가 하는 말들은 전부 진실. 카호 님은 신입니다. 이렇게."

"아무리 그래도 거기까지 맹신하는 건 무리인데요?!"

이리하여 내 일상은 순식간에 카호 쨩한테 침식당하고만 것이었다.

＊ ＊ ＊

그렇게 화요일, 수요일, 목요일이 지나가고…….

"파일도 많이 늘어났네……."

한밤중. 나는 언제나처럼 침대에 누워서 스마트폰에 연결된 블루투스 무선 이어폰을 귀에 꽂은 상태로 주르륵 나열된 파일 목록을 바라봤다.

**레나찡 슈퍼 아이돌 편**은 아이돌이 된 내가 팬인 카호 짱에게 열렬한 응원을 받는 스토리다. 효능은 자존감 향상.

**코스플레이어 레나찡 편**은 코스프레를 시작한 지 한 달 된 카호 짱이 전설의 코스플레이어인 나한테 마구마구 칭찬을 쏟아내는 스토리다. 효능은 역시 자존감 향상. 카호 짱은 창작에도 소질이 있는 거 아니야?

**애완동물 레나찡 귀여워해주기 편**은 문제작이다. 주인인 카호 짱이 펫이 된 나를 우쭈쭈 어르고 달래준다. 그냥 살아만 있어도 칭찬이 쏟아지고 사랑해 주니까 자존감도 쭉쭉 상승한다. 이 시점부터 카호 짱의 폭주가 살짝 엿보였다.

그러다 궁극적으로는 **정신 불안증을 앓으면서 가정폭력을 휘두르는 남자친구 레나찡과 계속 상처를 입으면서도 그런 레나찡을 참을 수 없을 정도로 좋아하고 좋아해서, 부탁이야 제발 헤어지지 말아 줘, 라고 애원하는 여친 편**이다.

굳이 설명할 필요도 없겠지만 이상하게 이것도 왠지 자존감이 높아진다. 아무리 내가 쓰레기라도 결코 나를 저버리지 않는 상대가 있어줘서 그런 걸지도 모른다.

여기에 더해서 통상판, 다시 말해 **정말 좋아해 레나찡 편**을 포함해 각 음성파일을 1주일 동안 로테이션을 돌려 틈만 나면 계속 청취한 결과——.

딱히……?

나는 아무것도 변한 게 없었다.

"안녕히 주무세요—."

나 말곤 아무도 없는 방 안에서 웅얼거렸다. 헤드폰에선 이제 완전히 귀에 익은 카호 짱의 미약과도 같은 목소리가 흘러나온다. 걸쭉하게 뇌를 적시는 꿀에도 별 느낌 없이 그냥 익숙해졌다.

아니 하지만 그도 그렇게……. 나는 어지간하면 쉽게 바뀌지 않는 콤플렉스의 결정체라고. 평범한 애였다면 카호 짱의 작전에 섭사리 넘어갔을지도 모르지만…… 카호 짱은 제가 얼마나 심한 아싸인지를 잘못 판단하셨군요.

그것도 어쩔 수 없는 일이겠지. 내가 계속 인싸처럼 뽐내고 다녔던 탓이니까. 뭔가 갑자기 죄책감이 드네. 미안해, 카호 짱.

그러니까 적어도 마지막까지 카호 짱의 아이디어에 따라줄게…….

하아…… 이런 목소리를 듣는 것만으로도 자존감이 MAX를 찍는 슈퍼 레나코로 변신할 수 있으면 정말 좋을 텐데 말이야…….

\* \* \*

이튿날인 금요일. 잠에서 깬 나는 하품을 눌러 참으면서 세면실로 향했다.

느릿느릿 헤어스타일을 정리하고 있었더니 여동생이 들어왔다. 나보다 훨씬 늦게 일어나는 주제에 항상 나보다 먼저 준비를 마치고 나가는 요령 좋은 여동생이다.

"언니, 아직 멀었어―?"

"응― 조금만 더 하면 돼―. 머리카락이 자꾸 뜨는 게 성가셔서."

아침에는 세면실이 난장판이다. 하루나가 하아― 이런이런, 하고 한숨을 쉬며 칫솔을 집었다.

"매일 아침마다 시간 엄청 걸리네―. 그 정도야 크게 달라질 것도 없는데."

"하긴―. **머리가 좀 떠도 나는 귀여운걸.**"

"맞아맞아‥‥‥‥‥ 뭐?!"

고집스럽게 버티는 새집을 퇴치하고서 앞머리를 헤어핀으로 고정시켰다. 뭐, 대충 이 정도면 됐겠지.

여동생이 칫솔을 입에 문 채, 되살아난 시체라도 목격한 표정으로 나를 쳐다보고 있다.

"어? 뭐가?"

"아니‥‥‥ 그냥‥‥‥‥?"

"? 이상한 녀석."

나는 아침밥을 먹은 다음 다녀오겠습니다―, 인사하고서 집을 나왔다.

늦여름도 점차 가을의 색으로 옷을 갈아입기 시작하는 계절.

오늘은 구름 한 점 없는 맑은 날인데도 시원해서 하루 종일 쾌적하게 지낼 수 있을 것 같았다.

교문에서 우연히 사츠키 양과 만났다. 미인은 어딜 가도 눈에 확 띄니까 찾기 쉬워서 좋네. 한 손을 들어 인사했다.

"아, 사츠키 양이다. 와아— 좋은 아침—."

"안녕. ……너, 감기라도 걸렸어?"

종종걸음으로 다가가 옆에 나란히 섰더니 다짜고짜 핀잔부터 던진다. 무슨 소린지 짐작 가는 게 없어서 둥그레진 눈으로 되물었다.

"어? 왜?"

"아니, 그냥. 묘하게 분위기가 들떠있길래 열이라도 있는 걸까 싶었을 뿐이야."

"사츠키 양도 참. 그래도 그런 점도 사츠키 양 다워서 좋아해."

입가에 손을 대고서 웃었더니 사츠키 양이 불쾌한 기색으로 미간을 찌푸렸다. 어째서.

"왠지…… 뭔데? 무슨 일이야 아마오리. 어디서 정화의식이라도 받고 왔어? 항상 주변에 풍기던 어두침침한 검은 안개는 어디간 거야."

사츠키 양 답지 않은 두루뭉술한 설명에 고개를 갸웃했다.

"잘은 모르겠는데…… 그보다 오늘은 날씨가 참 좋네. 왠지 특별히 좋은 일이 있을 것만 같아. 게다가 아침부터 소중한 친구인 사츠키 양이랑 마주쳤는걸."

"기분 나쁘네……."

"대체 뭐가요?!"

혐오감을 드러내는 사츠키 양을 향해 외쳤다.

신발장에서 실내화로 갈아 신고서 교실로 향했다. 사츠키 양은 두통이 밀려오는 모양인지 머리를 움켜잡고 있다. 괜찮을까 걱정되네…….

"사츠키 양, 혹시 어디 아파……?"

"맞아, 아니, 아픈 건 아니지만…… 어쨌든 괜찮아. 너한테 무슨 일이 있었는지 그다지 알고 싶지도 않으니까. 나는 평온한 일상을 이어갈 수만 있으면 만족이야."

"으, 응. 역시 평화가 제일이지. 스트레스가 쌓이면 피부에도 안 좋다고 들었으니까, 만약 그렇게 되면 언제나 귀여운 나라도 살짝 귀여움이 줄어들지도 모르는걸."

갑자기 이마에 촙을 먹었다.

"뭐 하는 거야?!"

"나도 모르게 반사적으로……."

사츠키 양은 자기 손을 내려다보며 깜짝 놀란 표정이다. 내가 그렇게 맞을 만한 소리라도 했던가? 딱히 별거 없었다고 생각하는데.

"저기, 너 오늘부터는 그런 캐릭터를 밀기로 한 거야? 정말로? 주변 사람들한테 끼치는 민폐도 생각해 줬으면 좋겠어. 현실 속에서 마주하는 악몽 같은 인격은 제발 참아줬으면 싶은데."

"저는 평소 그대로인데요?!"

뺨을 부풀렸다. 나는 그 기세 그대로 사츠키 양의 팔을 덥석 안았다.

"너무하지 않나요?! 저는 이렇게나 사츠키 양을 정말 좋아하는데—!"

"앗, 야, 너 말이지——."

우리가 정답게 장난을 치고 있었더니 뒤에서 뭔가 툭, 하고 떨어지는 소리가 났다.

뒤를 돌아봤다.

아지사이 양이다. 가방을 땅에 떨어트린 아지사이 양이 떨리는 손으로 이쪽을 손가락질했다.

"어, 어째서 팔짱을 끼고 있는 거야……?"

"안녕, 아지사이 양."

"엇, 까악."

나는 사츠키 양한테 매달렸던 팔을 풀고서 이번엔 아지사이 양의 손을 쥐었다.

"오늘도 아침부터 정말로 멋져, 아지사이 양."

"아, 안녕…… 어, 어엇~……?"

점점 아지사이 양의 얼굴이 빨갛게 물든다. 굉장히 귀엽다.

"어쩐 일이야, 레나 짱…… 아침부터. 그런."

"어? 하지만 아지사이 양도 항상 아무렇지도 않게 스킨십을 해 오잖아?"

"그건, 그럴지도 모르지만……?"

다시 가방을 등에 멘 아지사이 양이 도움을 요청하는 것처럼 사츠키 양을 쳐다본다. 사츠키 양은 냉정하게 어깨를 으쓱했다.

"나도 몰라. 아침부터 술이라도 잔뜩 마시고 온 거 아닐까."

"그, 그러면 안 돼, 레나 짱! 술은 어른이 되고 마셔야지?!"

물론 술을 마시지는 않았다. 나는 고개를 갸우뚱하면서 후훗, 웃었다.

"둘 다 이상하네."

"그건 너야." "그건 레나 짱이잖아~!"


"설마 이렇게까지 잘 될 줄이야…… 나 자신의 재능이 두려워."

점심시간. 식사를 마친 나와 카호 짱은 운동장에 있는 벤치에 나란히 앉았다. 카호 짱은 마치 실수로 살인을 저지른 개조 인간처럼 자기 손바닥을 내려다보고 있었다.

"저기…… 뭐가?"

"물론 레나찡의 자존감 향상 작전이지."

"그다지 평소랑 달라진 게 없는데."

"괜찮아, 레나찡. 뇌가 망가진 애들은 다들 그렇게 말하니까."

"실제 사례를 여럿 알고 있다는 게 굉장히 무서운데요……."

봐, 이상한 점이 있으면 빈틈없이 태클도 넣잖아. 일상 대화도 문제없이 수행한다. 나는 단언컨대 뇌가 망가지지 않았다.

"참고삼아 묻는데 레나찡은 자기가 얼마만큼 귀엽다고 생각해?"

"뭐어~?"

그걸 새삼 내 입으로 말하기는 역시 부끄러운데……. 게다가 뭔가 잘난체하는 거 같고…….

"뭐, 평범하게 귀엽다고 생각하는데……."

"평범, 평범이라. 소극적인 표현이네. 좋아, 그러면 질문의 방향성을 바꿔볼까. 자기가 반에서 몇 번째로 귀엽다고 생각해?"

"한층 더 잘난체하는 것처럼 보이는 질문이잖아!"

카호 짱이 응응, 하고 고개를 끄덕인다.

"……과연, 아직 이성은 살아 있구나. 뭐, 그러는 편이 훨씬 다루기 쉬울 테니까. 해피 큐트 몬스터를 만들어내고 싶은 것도 아니었고."

"대체 그게 무슨 뜻……."

"아니야, 혼잣말이야. 자, 그래서 내일 일정 말인데."

왔다. 촬영회 제 2탄……

저번의 실패가 머릿속에 떠오른다. 나는 자신 없는 기색으로 고개를 숙였다.

"이번에야말로 카호 짱의 힘이 되어줄 수 있으면 좋겠는데…… 하지만 나는 최근 1주일 동안 저번이랑 똑같은 노력밖에 안 했으니까……. 카호 짱의 목소리를 매일 듣고 있긴 해도 그건 아무것도 안 한 거나 마찬가지잖아……."

"괜찮다니까!"

그러자 카호 짱이 힘주어 주먹을 꽉 쥐면서 말했다.

"왜냐하면 레나찡은 이렇게나 **귀여운걸**!"

귀여운걸! 귀여운걸, 귀여운걸…….

머릿속에서 메아리치는 말. 어째선지 머리를 세게 맞은 듯한 충격이 느껴진다.

으, 뇌가……. 확실히, 확실히 나는 귀엽지……?

눈앞의 카호 쨩과는 별개로, 음흉한 얼굴을 하고 있는 카호 쨩이 나타나 『맞아, 레나찡은 굉—장히 귀엽다고♡』라면서 귓가에 속삭인다.

뾰족한 덧니를 드러낸 카호 쨩은 마치 피를 빤 상대를 자신의 노예로 삼는 섹시 로리타 뱀파이어 같았다.

"다들 분명 엄청 행복해할 거야. 이렇게나 귀여운 여자애의 코스프레 사진을 찍을 수 있는걸. 자, 냉정하게 생각해 볼래? 완전 이득이지?"

"맞아…… 뭐니 뭐니 해도 나는 귀여우니까……?"

조금씩 긍정적인 마음이 싹트기 시작했다.

나 같이 귀여운 애랑 함께 할 수 있다면야 당연히 행복하겠지. 게다가 가만있어도 귀여운 내가 귀여운 코스프레까지 하는 거다. 그건 귀여움의 허용치 초과다.

"……어라? 하지만 그러면 저번에는 어쩌다 실패했더라……? 내 귀여움은 영원불멸일 텐데……?"

"자자, 사소한 것들은 신경 쓰지 않아도 괜찮잖아. 레나찡은 귀여우니까."

"나, 귀여워……? 아니, 하지만 나는 어디에서나 볼 법한 양산형 여자를 목표로…… 어라……? 나는 사실 귀엽지 않나……?"

눈앞이 빙글빙글 돈다.

카호 쨩이 입가에 손을 올리고서 나를 향해 속삭인다.

"하나도 깊이 생각할 필요 없어. **레나찡은 귀여워, 어머어머,**

**귀여운 강아지네요······ 자아, 착하지 착하지."**

카호 짱이 머리와 턱을 살살 쓰다듬어줬다.

"멍 멍!"

**"으응— 귀여워, 귀여워요, 레나찡은 세상에서 제일 귀여워~."**

"쿵쿵······ 헉."

카호 짱의 가슴에 머리를 비비려고 하다가 정신을 차렸다. 한 걸음만 더 갔다면 인간의 존엄성을 버리게 될 판이었다.

하지만 맞아. 대체 뭘 고민하고 있었던 걸까. 나는 숨만 쉬고 있어도 귀여우니까 촬영회를 열면 분명히 다들 기뻐해줄 거야. 이건 자선사업이나 마찬가지다.

카호 짱이 "으음— 역시 즉석에서 하면 효과가 약하다냥······. 아니, 오히려 효과가 있다는 게 기적이라고 해야 하나. 뭐, 내일까지만 버티면 되니까"라며 알 수 없는 말을 중얼거린다.

그리고선 방긋 웃었다.

"나는 레나찡의 얼굴과 스타일을 보고서 제안한 거니까, 그 점만 클리어하면 완전 오케이—! 코스플레이어로서 가져야 할 긍지나, 포즈의 완성도나, 표정의 매력 같은 건 바라지도 않으니까!"

"그렇구나······ 얼굴과 스타일. 그거라면 자신······ 있을지도!"

"그렇지그렇지!"

뭔가 굉장히 심한 말을 듣고 있는 것 같다는 느낌도 들지만, 그렇지 않아. 왜냐하면 카호 짱은 상냥한 나의 주인님이니까 그런 짓을 할 리가 없거든. 항상 나를 귀여워해주고 어리광을 받아주니까 나는 카호 짱을 정말 좋아하는 거다 멍!

"그러면 내일은 열심히 해보자! 레나찡의 귀여움을 전 세계에 알리기 위해서!"

"오오—!"

나는 꾹 쥔 주먹을 들어올렸다.

머릿속에 안개가 껴있는 듯한 기분이 들지만 행복하니까 오케이입니다!

이리하여 아마오리 레나코는 훌륭하게 코야나기 카호의 유도대로 최면 상태—라고 해야 하나, 세뇌 모드라고 해야 하나—에 빠진 것이었다.

＊＊＊　＊＊＊

날이 밝아 토요일. 두 번째 촬영회다.

아마오리 레나코는 신묘한 표정으로 대기실에 들어왔다. 화장실을 다녀오더니 그대로 테이블 위에 푹 엎드린다.

귀에는 이어폰이 꽂혀있다. 카호가 선물해 준 최면 음성을 들으면서 여기까지 온 거겠지.

거울 앞에서 메이크업을 하고 있던 코야나기 카호는 뒤를 돌아보면서 소곤소곤 말했다.

"레나찡, 운동선수들이 시합 전에 집중력을 높이기 위해서 음악을 듣는 것 같은 흉내를 내고 있네."

그 목소리는 귀에 닿지 않는다.

그건 그렇고, 카호는 저번 주에 있었던 일을 떠올렸다.

레나코가 그 정도로 낯가림이 심할 거라고는 카호도 역시나 예상하지 못했다. 옛날 일을 지금도 똑똑히 기억하고 있는데, 그 시절 레나코는 상대가 누구든 대화를 나눌 수 있는 타입이었고 학원 선생님에게도 이쁨을 받았다.

굳이 말하자면…….

(낯가림을 하던 건 나였는데 말이지…….)

그 당시 카호한테 친구라곤 레나코밖에 없었다. 레나코 말고 다른 친구를 만들고 싶다는 생각도 없었다.

(뭐, 지금도 여전히 오타쿠 친구는 없지만.)

취미를 솔직하게 밝히는 건 무섭다. 지금 자기가 어설프게나마 고등학교에서 잘 해나가고 있다 보니 더욱 그렇다. 사츠키한테 솔직하게 말했을 때도 상당히 긴장했다.

(사 짱처럼 남한테 흥미기 없는 애한테 밝히는 것도 상당히 아슬아슬했는걸.)

지금 돌이켜보면 사츠키는 굉장히 귀중한 존재였다. 입으로는 이런저런 불평을 하더라도 촬영에 들어가면 빈틈없이 일을 수행해 줬다. 그야말로 프로페셔널처럼.

(포기하지 않고 몇 번이고 야한 의상을 입히려고 할 때마다 계속 문고본으로 머리를 두들겨 맞았지만.)

결코 음흉한 속셈이 있어서 그랬던 게 아니다. 그저 사츠키는 카호가 하고 싶어도 소화할 수 없는 캐릭터가 아주 잘 어울렸기 때문에 부러워서 그랬을 뿐이다.

사츠키뿐만이 아니다. 만약 한다면 아지사이도, 마이도, 그리고 레나코도 잘 소화할 게 분명하다. 퀸텟 애들한테는 그런 소질이 있다──.

(──고 생각했었는데 말이다냥.)

여전히 테이블에 들러붙은 슬라임 상태가 되어 있는 레나코를 보면서 끄응, 신음했다.

아마오리 레나코. 그 시절 인상 그대로, 귀여우면서 이제는 미인이 된 여자애.

(……아마오리 양.)

그녀가 지금 이곳에 있다는 사실에.

아주 조금이지만 감상에 젖게 된다.

(아니………… 지금은 중요한 촬영회 직전이야. 촬영회를 성공시키는 것만 생각하자!)

카호는 레나코를 향해 사샤샥 다가갔다.

"슬슬 시작할 시작이 가까워졌는데 상태는 좀 어떠냥~?"

어깨를 흔들자 레나코가 녹슨 철문처럼 삐걱거리며 일어났다.

"카호 짱, 미안해……."

"어라라?"

이거 안 되겠다.

역시 최면 음성이라니 억지스러운데도 정도가 있는 법이다. 후반부 몇 개는 그냥 녹음하다 보니 재밌어서 보내줬을 뿐이기도 하고.

레나코는 시무룩해져서 어깨를 늘어뜨렸다.

"오늘은 카호 짱이 개최한 촬영회인데…… **내가 너무 귀여운 탓에 카메라맨 분들을 전부 독점해버릴지도 몰라…….**"

"아, 그쪽이야?!"

약발이 끝내줬다.

"미안하고, 면목이 없어서……. 있지, 카호 짱, 내가 너무 귀여운 게 잘못이네. 이러니까 나는 역시 참가하지 않는 편이 좋지 않을까. 이런 걸로 카호 짱이랑 서먹한 사이가 되는 건 싫어……."

자기가 지나치게 귀엽다는 사실에 진심으로 고민하는 레나코는 양손으로 얼굴을 덮었다.

"이렇게 괴로울 바에야 차라리 꽃이나 나무로 태어나고 싶었어……. 어째서 나는 너무나도 사랑스럽게 꽃을 피우고 말았던 걸까. 이래서야 온 세상 사람들이 전부 나를 좋아하게 되어버려……. 분명 카호 짱도 많은 사람들한테 사랑받고 싶었을 텐데!"

"자존감이 너무 넘쳐서 비굴해지다니, 이젠 뭐가 뭔지 모르겠다냥……."

근본적으로는 레나코가 틀림없는데도 거기에 『나는 무지막지 귀엽다』라는 정보를 끼워 넣은 결과, 상당히 중대한 모순이 발생한 것처럼 보인다. 이거 너무 길게 지속했다간 진짜로 뇌가 망가지는 거 아냐?

"자, 그러면 레나찡, 슬슬 의상으로 갈아입고 메이크업하자."

"**안 그래도 귀여운 내가 더 귀여워진다고?!**"

소극적인 저항을 하는 레나코를 꽉 붙잡고서 코스프레 의상으로 갈아입혔다.

코스프레 초보인 레나코가 라인을 살려서 맵시 있게 옷을 입는 건 힘든 일이라 옆에서 도왔다.

옷을 다 입으면 다음은 윤곽 수정이다. 가방에서 리프트업 테이프를 꺼냈다. 이 테이프는 코스플레이어가 애용하는 테이프인데 얼굴에 붙여서 얼굴 라인을 잡아주거나, 날카로운 눈매를 인위적으로 만드는 도구다.

레나코의 머리에 헤어네트를 씌우고, 테이프로 얼굴 살을 잡아당겨서 미소녀 애니메이션 캐릭터와 비교해도 손색이 없는 조막만 한 얼굴을 만들었다.

"아야, 아야얏, 카호 짱 이거 너무 **빡빡**하지 않아?!"

"접착력이 센 걸로 골라왔거든―. 자자, 레나찡, 좀 참아 봐. 귀여운 자식일수록 인내를 시키라는 말도 있잖아."

"그, 그러고보니……!"

레나코는 입술을 꾹 다물고서 슈퍼 인내 모드에 들어갔다. 굉장해. 귀엽다고만 말하면 뭐든지 다 해줄지도 모른다. 이럴 줄 알았으면 노출도를 더 높일 걸 그랬다.

피부에 바르는 전용 풀로 앞머리를 붙여주고 나서 헤어스타일을 가다듬었다. 어느 정도 레나코의 얼굴 만들기를 마쳤으니 남은 메이크업 미세 조정은 일임하고서 이번엔 자기 차례다.

마지막으로 레나코의 메이크업도 손봐주면 완성이다.

그러자 이 자리에 두 사람의 아름다운 메이드가 탄생했다.

"하와아아아아아……."

거울을 들여다 본 레나코가 갑자기 가슴을 누르면서 풀썩 주저앉았다.

"레나찡, 왜 그래?!"

"미안, 카호 짱…… 거울 속에 비치는 내가 지나치게 귀여운 바람에 냉정을 유지하기 힘들어서…… 헉? 진짜로 사랑에 빠진 거같은데……? 이 감정이 바로 사랑……?"

"아, 그래……."

카호는 몰랐지만 마이나 아지사이 양을 두고도 고집스레 인정하려 들지 않았던 레나코가 처음으로 사랑이라는 감정을 알게 된게 설마 거울에 비친 자신이라니……. 이건 너무나도 커다란 비극이었다.

아무튼 간에—— 레나코는 머리에 쓴 토끼 귀를 뿅뿅 움직이면서 고개를 좌우로 저었다.

"있잖아, 카호 짱…… 괜찮으려나, 이거. 귀엽다는 이유로 잡혀가는 건 아닐까……."

"괜찮을 거라 생각해."

적당히 대답해 주자 레나코는 뺨을 붉게 물들이면서 뜨거운 한숨을 흘렸다.

"그렇지만, 그렇지만그렇지만……."

"봐봐, 마이마이랑 아 짱도 그렇게나 귀여운데 무죄방면이잖아."

"그건 그렇지만…… 그래도."

거울을 들여다본 레나코가 숨을 삼켰다.

"두 사람한테는 정말 미안한 말이지만 역시 내가 훨씬 귀엽다고 해야 하나…… 아니, 물론 종합적으로 따지면 말이지! 종합적으로! 그야 확실히 뒤떨어지는 부분도 있지만 종합적으론 내 승리라고 할까! 어쩔 수 없잖아, 태어날 때부터 귀여웠으니까!"

"아, 네."

부끄러운 걸 감추려는 것처럼 흘겨보는데, 카호는 뭐라 할 말이 없었다. 태어나서 처음 해본 최면술로 사람의 존엄성을 이만큼이나 짓밟을 수 있다니 자신의 재능이 두렵다.

"이래서는 다들 나를 보고 사랑에 빠져버려……. 오늘 온 카메라맨 분들 중에 연예계 사무소랑 인연이 있는 분도 있어서 그대로 스카우트된 나는 슈퍼 아이돌이 되어 굉장히 예쁜 연인이 생기고 정신불안증에 가정폭력을 휘두르는 남친으로 변해……."

카호가 보냈던 최면 음성의 내용이 이러 저리 뒤섞여 있다.

"으으으, 역시 무리야, 카호 짱. 수많은 사람들한테 호의를 받으면서도 그걸 거절하지 않으면 안 된다니 나는 너무 괴로워……. 아아 하느님 어째서 저를 이렇게나 귀엽게 만드신 건가요?! 제가 전생에 대체 무슨 죄를 지었다는 거죠!"

슬슬 카호도 안면에 주먹을 먹어서 원하는 대로 만들어줄까 싶었다. 아무리 생각해도 최면 효과가 너무 잘 들었다. 좋지 않다.

그래도 뭐.

"촬영회가 끝날 때까지만 버티면 되겠지! 좋아, 가자 레나찡! 그 미모를 온 세상에 알리기 위해서!"

손을 잡아끌었다. 그러자, "안 돼!"라고 외치며 손을 뿌리친다.

또 불평불만을 늘어놓을 셈인가 싶어서 봤는데 레나코의 기색이 아까와는 달랐다.

"아니, 그게, 그러니까⋯⋯."

부끄러운 것처럼 눈을 치켜뜨고서 카호 쪽을 힐끔힐끔 살폈다.

"있지, 나는 귀엽잖아⋯⋯? 그래서 손을 잡기라도 했다간 카호 짱이 나를 좋아하게 되어버리니까⋯⋯ 그런 점은 조심하지 않으면 안 되잖아⋯⋯? 어휴 카호 짱도 참⋯⋯."

"호오ㅡ."

카호 짱은 가늘게 뜬 눈으로 읊조렸다.

"제법이잖아, 그건 좀 귀엽잖아, 레나찡."

레나코가 얼굴을 빨갛게 물들이면서 소리친다.

"그러니까 그러면 안 된다니깐!"


이날 촬영회는 저번 주랑 다르게 많은 사람들이 찾아왔고, 개최 시간도 길었다.

남자들도 꽤 있었기 때문에 과연 아마오리 레나코가 얼마나 긴장하게 될 것인가, 카호로서도 그건 예측하기 힘든 부분이었지만⋯⋯.

그런데 레나코는 "귀엽네" "귀여워!"라고 떠받들어주자 금방 기분이 좋아졌는지 신이 나서 포즈를 취했다.

"이야, 레나코알라 씨, 귀엽잖아. 완성도도 높아서 리나뽕 그 자체야!"

"에헤헤⋯⋯ 그, 그런가요? 뭐, 그 정도까지는⋯⋯ 맞지만요."

"아아, 그 포즈 귀여워! 시선을 이쪽으로 보내줘!"

"네에ㅡ 귀여운 저의 스마일이에요ㅡ!"

"귀여워어ㅡ! 그 대사는 진짜 리나뽕 같아ㅡ!"

……어쩐지 행복해 보이니 괜찮지 않을까. 카메라맨 분들도 다들 기뻐해주고 있으니까.

역시 무슨 일이든 간에 자신감이 제일 중요한 법이네.

하지만 그러다『그러면 한 겹 더 벗어 볼까나, 그러는 편이 귀여울 테니까』라는 말이라도 나왔다간 최종적으론 전라가 될 때까지 벗어던질 위험도 있다.

설마하니 위험한 초대를 받게 될 일은 없을 거라고 생각하지만 어쩔 수 없다냥. 카호는 레나코한테 달려갔다. 내가 부탁해서 참가하게 된 거니 지켜줘야지.

"으랏차, 코알라 씨! 다음은 트윈으로 촬영해 볼까!"

"뭔가요 그게?"

"바로 이―런 거야―."

카호가 기세 좋게 가슴에 뛰어들어 안기자 레나코는 "햐앗?!" 하고 얼굴을 붉혔다.

그러자 주변에서 오오―, 하고 함성이 터지며 일제히 카메라 플래쉬를 터트렸다.

"너, 너무 대담한 거 아닌가요……?!"

"애니메이션에서도 자주 이런 느낌이었잖아?"

"그거야 그랬지만…… 으으…… 안 된다고요, 카호 짱…… 아까 전에도 주의를 드렸잖아요…….."

카호한테만 들리는 작은 목소리다. 점점 리액션이 재미있어져서 가슴을 딱 밀착시켰더니.

"너무 그렇게 달라붙으면…….."

"곤란해—?"

"카호 짱이 저를 좋아하게 되니까요……."

"…………."

"어라?! 오히려 더욱 밀착?! 어째서, 어째서인가요?! 엇, 저를 이미 좋아하는 건가요?! 안 된다니까요! 아— 이러시면 곤란해요, 손님—!"

이런 바보 같은 리액션도 카메라맨들한테 아주 잘 먹혔지만, 그건 그것대로 열 받는 카호였다.


그리고 나서도 얼굴과 얼굴이 맞닿는 포즈나, 정면에서 양손을 맞잡는 포즈. 안기도 하고, 안기기도 하고, 서로 마주 안는 등.

여성 간의 스킨십이 많이 나오는 애니메이션이지만 실제로 재현하려니 제법 야시시한 접촉도 있어서 (뺨에 키스를 한다거나) 레나코는 시종일관 얼굴이 빨개져 있었다.

그리고 그럴 때마다 레나코의 헛소리가 바로 옆에서 들려온다.

"좋아하게, 좋아하게 되어버려…… 카호 짱이 나를 좋아하게 되어버려……. 아아, 안 돼…… 카호 짱 나를 좋아하게 되면 안 되니까, 절대로 안 되니까, 좋아하게 되면…… 아앗, 지금이야말로 진짜 좋아하게 된다아……."

계속, 끊임없이 그런 소리를 귓가에다 반복해서 속삭여댄다.

비단 레나코가 아니더라도 이런 소리를 24시간 내내 듣고 있으면 머리가 이상해질지도 모르겠다.

어디까지나 캐릭터에 입각해서 포즈를 취하고 있던 카호는 그런 생각이 들었다.

* * *　* * *

끝났다.

새하얗게 불태운 듯한 심정으로 녹초가 되어 의자에 축 늘어졌다.

제 1부와 제 2부로 나눠져 있는 촬영회가 전부 끝났을 땐 이미 해가 저물 시간. 우리는 스튜디오 대기실로 돌아왔다.

저번 주와는 비교가 안 될 정도로 빡셌던 오늘 하루를 극복할 수 있었던 이유는…… 극복하게 만든 이유는…… 대체 뭐였을까……? 도무지 모르겠다.

"지금 생각해 보면 어떻게 나는 그렇게나 대담해질 수 있었던 걸까……."

멍하니 허공을 바라보면서 중얼거렸다.

"자기가 정말 귀여운 캐릭터라도 된 것처럼 여기저기 미소를 흩뿌리고, 포즈를 취하고……."

믿을 수 없다. 또 다른 인격이 스며들기라도 한 건가?

대기실에 있던 카호 쨩이 메이크업을 위해 붙여놨던 테이프들을 찰싹찰싹 떼면서 나한테 말했다.

"그게 바로 코스프레의 묘미라는 거야. 또 다른 나 자신으로 변신할 수 있거든."

그렇구나…… 그래서 내가 그렇게, 그렇게…….

갑자기 기억의 서랍이 덜컹 열렸다.

서랍 속에 들어있던 건…… 차마 눈뜨고 볼 수 없는 사악한 빛깔의 기억들이었다.

"그렇게?!"

나도 모르게 벌떡 일어나서 소리쳤다.

"엇, 잠깐 기다려 카호 짱, 내가 대체 무슨 소리를 한 거지?! 터무니없는 소리를 지껄이고 다니지 않았어?! 내가 그런 소리를?! 리나뽕조차 하지 않을 것 같은 소리를!"

"마이마이랑 아 짱보다도 훨씬 귀엽다고♡"

"아아아아아아아아아아아아아아아아아아아아아아아아아아아아아아아아아아아아아아아아아아아아아아아아아아아아아아아아아아아아아아아아아아아아아아아아아아아아아아아아아아아아아아아아아아아아아아아아아아아아아아!"

머리를 감싸 쥐고 절규했다. 피부에 손톱이 파고들어서 아프다.

"죽여줘……! 카호 짱, 부탁이야, 나를 죽여줘! 지금 당장 여기서 내 인생의 종지부를 찍어줘!"

"살다 보면 좋은 일들도 있을 거야."

"다음에 대체 무슨 얼굴을 하고 두 사람을 만나야 하는 거냐고 <u>오오오오오오오오오오오오오</u>!"

의자에 앉아있을 수조차 없어서 바닥을 뒹굴고 있었더니 "옷은 벗고 해!"라며 버럭 화를 냈다. 힝…….

의상을 벗고서 속옷 차림이 된 나는 의자 위에 무릎을 감싸 안은 자세로 앉았다. 가발과 헤어네트를 떼어내자 곱슬거리는 머리카락이 내 어깨에 부드럽게 내려앉았다.

으으…….

"이게 코스프레의 해방감…… 또 다른 자신이 되어버리는 코스프레의 마력…… 무섭구나, 코스프레, 무서워……."

카호 짱이 캐리어 안에 의상을 꾹꾹 눌러 담으면서 나한테 물었다.

"……무섭기만 했어?"

나는 살짝 고개를 들고서 입술을 비죽였다.

"그야, 뭐…… 기분 좋기도 했지만……."

"응……."

카호 짱이 내 얼굴에 붙어있는 테이프를 쫙쫙 떼 줬다.

이런 식으로 눈매를 바꾸고, 심지어는 체형마저 바꿔버리는 코스프레 기술은 정말 대단하다. 카호 짱의 능숙한 솜씨는 신데렐라를 무도회에 보내준 마법사 같았다.

"뭐, 응, 그렇게 말해주니까…… 뭐라고 할까, 저기."

내 쪽에선 카호 짱의 표정이 보이지 않는다.

"조금 기쁠지도…… 냥."

익살스러운 어조로 말하는 카호 짱.

……아니, 그래도 있지. 나도 만약 혼자였다면 즐길 수 없었을 거라고 생각해. 카호 짱이 함께 있어줬기 때문에 왠지 그리운 느낌이 들고 즐거웠어.

터놓고 말하기에는 왠지 부끄러워서 말하지는 않겠지만…….

"아―, 저기 혹시 괜찮다면 있지, 레나찡."

"응?"

"다음에 또 나랑…… 아냐, 응…… 딱히 아무것도 아니랍니다? 코스프레 재미있게 즐겨줘서 다행이다냥―!"

뭔가 망설이듯 우물쭈물 말을 꺼낸 카호 쨩에게 지친 목소리로 신음했다.

"하지만 카호 쨩 씨…… 이 세상에 순수하게 즐겁기만 한 건 없어요. 뭐든지 힘들고 괴로운 요소들이 섞여있기 마련이라고요……. 그래서 내가 즐겁다고 말은 해도 과연 그게 어느 정도 비율로 즐겁냐는 또 별개의 문제―― 아얏!"

힘줘서 쫘악 테이프를 떼는 바람에 나는 원망스러운 시선으로 카호 쨩을 올려다보았다.

"정―말이지 레나찡은 성가신 사고방식을 갖고 있다냥. 좀 더 단순하게 해피―! 한 느낌으로 살아가면 될 텐데. 아, 아예 계속 코스프레를 하고 다니는 건 어때?『에헤헤, 오늘도 나는 귀엽지♡』이렇게."

"하―지―마―!"

이리저리 고개를 저었다.

"나도 평소에 자존감을 가지고 살아가고 싶다고 생각은 하는데요! 하지만 그건 굳이 말하자면 외모에 대한 자신감이 아니라 좀 더 여러모로 노력을 통해 만들어 낸 추억이나 스스로에 대한 자신감 같은 걸 품에 안고 살아가고 싶습니다……!"

나는 무릎을 꼭 끌어안으면서 중얼거리듯.

"게다가 저……… 그다지 귀엽지도 않으니까요……."

카호 쨩의 움직임이 뚝 멎더니 나를 쳐다본다.

그러면서 크게 한숨을 푹 내쉬었다.

"뭔가요?!"

"아무것도 아니야. 아까 전의 레나찡과 지금의 레나찡, 어느 쪽이 더 나은 걸까, 하는 생각이 새삼 들었을 뿐이야."

나에게 달라붙은 카호 짱이 내 가슴을 만지작만지작 주물렀다. 햐앗!

"어휴—! 틈만 나면 만지네—!"

"있지있지, 이거 봐봐, 레나찡."

가슴을 보호하듯 감싸고 있는 나에게 카호가 쨔잔— 하고 이거 보라는 듯이 꺼낸 건 천 엔짜리 지폐다발이었다. 부채처럼 쫙 펼쳐진 지폐를 보자 내 눈이 달러 마크로 변했다.

"와아, 돈이다!"

"오늘의 참가비입니다—! 게다가 송금해 주시는 분도 있기 때문에 실제로는 이거의 배 이상! 자, 레나찡의 몫은 미리 말했듯이 3만 엔이네."

프린트로 뽑은 가짜 돈이 아니라 진짜 돈을 건네받았다.

아니 나도 꽤 좋은 벌이가 되겠다고 생각하긴 했지만 직접 실물을 눈앞에 두니 실감이 났다. 아아, 굉장해, 돈이다…… 돈이다아……!

"잠깐 일한 걸로 이렇게나 받아도 되는 건가요, 나기뽀 짱 씨……!"

"뭐, 솔직히 금액을 크게 걸었다는 생각이 들긴 하지만 여자가 한 입으로 두말은 안 해! 이번에 예약이 많이 들어온 데에는 레나찡이 함께해 준 덕이 컸으니까."

"그, 그런가요?"

"응—. 앞서 사 짱이랑 같이 한 뒤부터 사람들이 눈에 띄게 늘어났거든. 역시 혼자보다는 둘이서 하는 편이 좋다냥."

"그거야 뭐, 사츠키 양이라면야……."

물론 카호 짱은 단독으로도 귀엽지만 옆에 사츠키 양이 서 있으면 카호 짱의 귀여움과 사츠키 양의 미모가 한층 더 돋보이겠지.

"있지있지, 사— 짱의 코스프레 사진 한번 볼래?"

"엇, 보고 싶어! 두들겨 맞지 않을 만한 선에서 보여줘!"

"입만 다물고 있으면 모른다니깐—!"

우리 둘은 악동처럼 웃으면서 얼굴을 맞대고 스마트폰을 들여다보았다.

스마트폰에 떠오른 사츠키 양은 그야말로 진짜 쩔었다. 저번에 봤던 마법소녀 코스프레다. 이거야말로 진정한 아름다움이라는 느낌.

"실물로 봤다간 심장이 터져버릴 것 같아……."

"나는 사 짱이 이 차림을 하고서 저녁노을이 지는 공원에 서주길 바랐거든. 그런데 스튜디오 밖에 서는 건 부끄러워서 싫다고 거절당해버렸어……."

"우와아, 끝내주게 잘 어울릴 거 같아."

노을이 지는 공원에서 포즈를 잡고 선 마법소녀 MOON 씨. 그럴 때 우연히 작은 여자아이가 지나가게 되는 거죠. MOON 씨를 보고서 진짜 마법소녀라고 착각하는 여자아이. 그때 MOON씨가 환상적인 미소를 지으면서 입술에 손가락을 대고 『비밀이야』라고 말하면.

　그런 경험을 하면 그 여자애는 이제 평생 MOON 씨의 포로가 되어 살아갈 수밖에 없잖아요……! 죄 많은 여자……!

　"아무튼 이런 느낌이지. 나는 솔직히 말해서 그다지 떼돈을 벌고 싶은 생각은 없고, 스튜디오 대여비랑 의상값이랑 소품 비용이랑 자질구레한 비용만 벌 수 있으면 충분하고도 남으니까. 고러하니께 자, 가져가라 도둑놈아―!"

　"휘유―!"

　3만 엔 벌었다―!

　"이야― 그래도 적자가 나지 않아서 다행다행다행이올시다……."

　순수한 마음으로 코스프레를 즐기는 카호 짱한테는 미안하지만 나는 어디까지나 돈을 목적으로 참가한 속물이기 때문에 절로 기분이 좋아진다.

　허겁지겁 천 엔짜리 지폐다발을 지갑에 넣었다. 이걸로 플포 군이 내 곁으로 돌아와 줄 거야…….

　뭔가 엄청 긴장하기도 했지만…… 다 끝나고 나니 즐거웠지.

　"의외로 나는 아르바이트에 소질이 있는 거 아닐까……?"

　"오오, 벌써 자존감 향상이 됐네."

　"정말이다!"

　새로운 일에 도전해서 그걸 노력으로 극복한다. 극복한다…… 극복했나? 이번에는 머리가 헤까닥했을 뿐 아니야?

　아냐 극복한 거 맞아! 왜냐하면 카호 짱이 이렇게 돈도 줬는걸!

　이런 나라도 해낼 수 있다는 기분이 들었다. 이게 착각이나 오산이라도 좋아. 내가 그렇게 느꼈다는 게 가장 중요한 거니까. 이런 마음이 한 걸음을 내디딜 수 있는 용기가 되어줄 테니까.

"응, 응……. 나도 앞으로 나아갈 수 있어……."

"……."

혼자 중얼거리다가 문득 고개를 들었다.

카호 쨩이 뒷정리를 하던 손을 멈추고서 묵묵히 나를 바라보고 있었다. 눈이 마주친다.

"……카호 쨩?"

"어? 아…… 응. 그러네, 이번에는 열심히 잘 했어! 레나찡, 수고했어!"

"으응."

어쨌든 지금은 한고비 넘겼다는 충족감이 가슴을 가득 채웠다.

나도 카호 쨩을 도와서 뒷정리를 마쳤다. 빵빵해진 캐리어를 문에 세워둘 때쯤엔 코스플레이어 나기뽀 씨는 다시 낯익은 미소녀 카호 쨩으로 변해 있었다.

그 미소녀가 하늘을 향해 주먹을 치켜올렸다.

"으랏차—!"

"엇, 뭐야?!"

"오늘도 즐거웠지—! 나는 역시 코스프레가 정말 좋아—! 라는 외침!"

싱글벙글 웃으며 돌아보는 표정을 보니 나도 저 미소에 1밀리나마 공헌할 수 있었다는 생각이 들어서 살짝 기뻐졌다.

"있지, 레나찡, 뒤풀이하러 갈까? 해버릴까? 내가 쏘는 걸로!"

"어엇, 그래도 됩니까?!"

생각도 못 한 고용주의 권유에 나는 꼬리를 붕붕 흔들었다.

반 친구랑 뒤풀이.

그렇다, 그건 중학교 시절 문화제 때 있었던 일. 애들한테 따돌림을 당하고 있었던 나는 반 애들 대부분이 뒤풀이를 가는 모습을 지켜보면서 집으로 향했다.

어차피 애들이 나한테 권할 리도 없고, 권유해 주기를 바라지도 않았어. 그보다 그냥 밥이나 먹는 건데 친구들은 필요 없잖아, 조용히 밥 먹는데 방해만 되잖아. 왜 저러는지 모르겠네. 내심 속으로 악담을 퍼부으면서.

그날 나는 가족들과 외식을 하러 나갔다가 반 친구들이 뒤풀이를 하고 있는 패밀리 레스토랑에 들어가게 됐고 엄청난 가시방석을 맛보게 됐는데……. 아니, 딱히 부럽다고 생각한 적은 없거든! 나는 평생 혼자서 살아갈 거야!

중학교 시절 레나코가 갑자기 맞장구를 치며 끼어들었다.

『뒤풀이라니 참 허무하기 그지없지―. 저건 결국 우리가 열심히 했다는 느낌을 내보려고 하는 거잖아. 딱히 뭐 대단한 일을 해낸 것도 아닌데 서로를 칭찬하면서 말이지. 아― 기분 나빠.』

닥쳐! 나는 음습하고 음울한 레나코를 퍽퍽 짓밟았다. 이제 두 번 다시는 튀어나오지 마. 부디 얌전히 성불해 줘.

원령을 쫓아낸 나는 두 손을 비비면서 비굴한 미소와 함께 미소녀 코스플레이어한테 달라붙었다.

"어딜 가시든 함께하겠습니다!"

카호 짱이 "헷헷헤" 하고 비열한 느낌으로 웃는다.

내 꿈을 이뤄줄 여자아이는 지폐다발로 부채질을 하면서 말했다.

"그러면── 빛의 세계로 데려가 주도록 하지─!"

\* \* \*

그곳은 그야말로 빛의 세계── 반짝이는 공간이었다.

널찍한 방에 호화로운 소파. 커다란 텔레비전. 여기저기 놓여 있는 간접 조명이 엘레강트한 분위기를 한껏 올려주고, 천장과 커튼이 달린 침대의 존재감이 고져스함을 연출한다.

캐리어 가방을 한 손에 움켜쥐고 못 박힌 듯 멈춰 섰다.

"와, 우와……."

"어때, 레나찡. 이런 데 오는 건 처음이지."

카호 짱이 뽐내는 표정으로 흐흥, 하고 득의양양하게 검지를 세웠다.

마치 비장의 라멘 맛집을 소개해 주겠어, 라고 말하는 듯한 미소였지만.

"있잖아, 여기…… **러브호텔**이라고 부르는 곳 아니야……?"

그치만 욕실이 유리벽으로 되어 있고, 분위기가 굉장히 핑크핑크한 느낌이라서 아무리 봐도 평범한 호텔이 아니다.

호텔 입구에선 패널을 터치해서 방을 골라 들어왔고, 방에 들어오는 동안 누구도 마주치지 않는 구조로 되어있다니, 아무리 봐도…….

"아니거든. 왜냐하면 러브호텔은 미성년자가 못 들어오잖아. 그러니까 여기는 러브호텔로 영업신고를 내지 않은 그냥 평범한 호텔이야. 아니 그런데 레나찡, 설마하니 와본 적이."

"없지만! 본 적은 있잖아! 만화나 소설에서!"

"글쎄, 그러려나."

러브호텔이 나온다고 야한 책이었던 것도 아닌데?! 살짝 과격한 평범한 순정만화라고!

카호 짱은 뭐 됐어, 라면서 신발을 벗고 슬리퍼로 갈아 신고서 방 안으로 들어갔다.

편의점에서 잔뜩 산 과자랑 음료수가 담겨 있는 비닐봉지를 유리로 된 테이블 위에 올려놓고서 카호 짱은 "꺄호—" 소리를 지르며 침대 위에 폴짝 점프했다.

"나 한 번쯤 러브호텔에서 여자 모임을 가져보고 싶었어—."

"지금 러브호텔이라 그랬어!"

"뭐어—?"

뒹굴거리며 뺨을 괸 카호 짱이 언제나처럼 짓궂은 장난기가 담긴 게슴츠레한 눈으로 나를 쳐다본다.

"뭐, 도저히 싫다고 한다면야 돌아가도 괜찮아, 레나찡. 나는 혼자 이곳에서 즐겁게 뒤풀이를 할 거다냥—."

"큭……."

만약 함께 온 사람이 마이였다면 나는 당장에 무리무리를 외쳤을지도 모른다. 하지만 상대는 카호 짱…… 즉, 나의 친구…….

친구와 둘이 러브호텔에서 살짝 어른스러운 여자 모임이라니,

그런 건…….

즐거울 게 당연하지!

"다른 친구들한텐 꼭 비밀이다?! 카호 짱이랑 러브호텔에서 여자 모임을 가졌다는 건 비밀이야!"

"우리끼리만 즐거운 모임을 가졌다고 부러워할지도 모르겠네— ……아니, 잠깐만 이걸 고자질하면 마이마이도 아 짱도 레나찡을 외면하게 될 지도……?"

"그런 짓 했다간 나도 카호 짱의 옛날 사진을 여기저기 뿌릴 거야!"

서로 노려보았다. 참으로 꼴사나운 다툼이 아닐 수 없다.

카호 짱이 훗, 하고 웃으며 고개를 돌렸다.

"이제 제법 만만치 않아졌잖아, 레나찡……. 내가 졌어. 그러니까 오늘 밤은 마음 놓고 즐거운 파티 나이트를 보내자고!"

"으, 응…… 응? 응."

왠지 지금 일이 어떻게 풀리든 결과적으로 러브호텔에서 여자 모임을 즐기게 되는 흐름 아니었어……? 아니, 뭐 상관없나…… 즐거울 것 같다는 점은 달라지지 않으니까…….

"자자, 이쪽으로 와보렴, 어서어서."

카호 짱의 재촉에 나도 신발을 벗고서 커다란 침대를 향해 뛰어들었다. 와— 폭신폭신해—.

이런 훌륭한 빅 사이즈 침대는 처음이야……. 아니 처음은 아니구나. 마이네 침대는 이것보다 컸어.

"좋아, 뒤풀이를 시작하자, 카호 짱!"

"하자고 선언할 것도 없이 지금 우리가 하고 있는 이게 뒤풀이 아니야?"

"달라! 이렇게 어중간하게 시작하는 게 아니라 똑바로『자아, 지금 이 순간부터 뒤풀이다!』라고 마음을 다잡는 의식을 거쳐야 해!"

"레나찡은 가끔씩 이상한 데서 집착하는 구석이 있네⋯⋯."

그러한 자각이 전혀 없던 나는 가슴을 눌렀다.

"어? 그, 그렇지 않다고⋯⋯ 생각하는데. 지극히 평범한 평균치 딱 가운데에 있는 양산형 여자인걸⋯⋯."

"웃겨."

코웃음 쳤어⋯⋯?! 진심으로 하는 말인데⋯⋯.

침대에서 내려온 카호 짱이 식기가 놓인 선반에서 잔 두 개를 들고 와서 테이블에 놓고 주스를 콸콸 따른다. 카호 짱과 내 잔에 거품이 톡톡 터지는 게 보인다.

"뭐, 그럼 뒤풀이 거행 의식이라고 한다면 역시 이거지."

"! 네!"

손짓에 따라 나는 마치 충견처럼 카호 짱의 앞에 달려가 앉았다. 잔을 건네받고 높이 들어 올린다.

『건배―!』

대단해. 벌써 이것만으로도 즐거워졌어.

"뒤풀이⋯⋯ 이게 바로 뒤풀이⋯⋯!"

"레나찡은 오락이라곤 찾아볼 수 없는 산속 오두막에서 자라기라도 했어?"

과자봉지를 뜯었다.

그랬더니 카호 짱이 아무 말 없이 내가 한쪽만 잡아 뜯은 포테토칩 봉지를 들고서 봉지 뒤쪽이 활짝 열리도록 크게 벌렸다. 소위 말하는 파티 개봉이라는 거다. 간이 덜컹했다.

내가 여자 모임에 익숙하지 않다는 걸 들켜버렸어……?! 포테토칩을 누군가랑 나눠먹어본 적이 없으니까……. 또 놀림받을 거야!

그런데 어쩌지. 어느 정도 속도로 먹어야 하는지 잘 모르겠어. 적당히 먹으면 카호 짱이 먹을 몫도 남겨놔야 하나……? 아냐, 카호 짱이 하나 먹을 때마다 나도 하나씩 먹으면 되잖아. 둘이서 떡메를 치는 요령으로.

좋아, 하나요, 둘이요, 하나요, 둘이요……. 집중력을 너무 소모해!

소파에서 뒹굴던 카호 짱이 입을 열었다.

"레나찡은 있잖아."

"엇?! 네, 넵!"

사람이 먹는 모습을 빤히 바라보고 있어서 기분 나쁘네, 같은 말이라도 들었다간 그대로 과자를 품에 안고 먹는 데만 집중하는 배고픈 레나코가 되어버릴 거야…….

카호 짱은 아무렇지도 않은 말투로 물었다.

"다른 사람의 험담을 안 하네."

"어…… 그, 그런가요?"

"보통 이렇게 모이면 싫어하는 사람 뒷담화로 떠드는 게 정석이잖아? 그런데 레나찡 입에서 뒷담화가 나오는 걸 들어본 적이 없다 싶어서."

"아, 그건, 그게."

나는 몸을 떨었다.

그러고 보니 들어본 적 있다. 사람의 결속이 가장 단단해질 때는 공통의 적이 생겨났을 때라고. 한마디로 내가 카호 짱이랑 만나지 못했던 길고 긴 세월을 메우고 더더욱 친한 사이가 되기 위해서는 싫어하는 사람의 뒷담화로 신나게 떠들지 않으면 안 된다는 뜻……?!

예고 없이 닥쳐온 고난이도 미션을 두고 마른침을 삼켰다.

"그, 그러네…… 어디 보자, 혹시 그런 걸까! 옆 반에 이름은 몰라도 키가 큰 여자애가 있잖아. 그 사람이랑 복도에서 마주치면 왠지 노려보는 거 같아서 무섭다는 생각을……."

이거 뒷담화 맞아? 그냥 내가 벌벌 떨었던 썰인 거 같은데.

"아아, 고자세 양 말이지ㅡ. 걔는 퀸텟을 적대시하고 있다냥."

엄청난 별명이다. 아니 멍하니 있을 때가 아니지. 이어서 열화와도 같은 뒷담화를 쏟아내야 해…….

"잠깐, 아냐아냐. 딱히 험담을 말하라고 하는 소리는 아니고."

"엇?"

카호 짱이 우적우적 포테토칩을 먹으면서 웃었다.

"신기하다고 생각했거든. 봐, 요즘 나는 여러 그룹들을 돌아다니고 있잖아? 그래서 여자애들이 무슨 대화를 하는지 꽤 많이 수집해놨어."

"허어."

신기한 걸까. 하지만 나는 자기가 특별하다고는 생각한 적 없다.

"우리 그룹 애들은 아무도 안 하지 않을까?"

"사 짱은 가끔 하잖아."

"그게 뒷담화야……?"

항상 맞는 말만 하니까 사츠키 양한테 비난을 받는다면 받는 쪽한테 문제가 있을 것 같다…….

"사츠키 양은 뒷담화가 아니라 그냥 입이 험하다는 느낌……."

"그건 그래!"

카호 짱이 깔깔 웃어줬다. 덩달아 기분이 좋아진다.

"마이는 왠지 남의 험담을 하는 걸 시간 낭비라고 생각할 것 같고, 아지사이 양이 뒷담화를 하는 건 상상도 안 가는데."

"아 짱이 『저 녀석 요즘 너무 까부네―. 있지, 없애버릴까?♪』라는 소리를 하면 엄청 무서울 것 같아."

"!"

나는 빼빼로를 입에 물고서 눈을 반짝였다.

"여, 역시 그렇지! 가끔 아지사이 양의 어두운 부분을 멋대로 상상하게 될 때가 있지?!"

"있어있어. 왜냐하면 현실적으로 그렇게 착한 애가 존재할 리가 없는걸. 남친이 99명쯤 있어도 이상하지 않아."

"맞아~~~! 동감이야~~~!"

나는 처음으로 아지사이 양의 이미지를 남과 공유할 수 있어서 기뻤다. 흑화 아지사이 양의 환각을 보는 건 나만 그런 게 아니었어!

"사실은 나도 할 때가 있으니까."

뒷담화를 말하는 거다. 카호 짱은 빠끔 혀를 내밀었다.

"그래서 레나찡은 보기 드문 타입이다냥."

으음……. 내가 남들의 험담을 하지 않는 건 누구한테 무슨 말을 해도 남 말 할 처지가 아니라서 그런 건데…….

누가 나한테 막 대했을 때도, 나도 중학생 시절엔 훨씬 자기밖에 생각할 줄 모르는 이기적인 사람이었으니까 더욱 많은 사람들한테 싫은 짓을 했을 테니 어쩔 수 없지…… 싶고.

기분이 나빠지는 방식으로 장난을 치더라도, 어차피 나는 아마오리 레나코니까 이런 취급도 당연하지…… 싶고.

"아니 내가 상냥한 성격이라서 그런 게 아니니까……. 굳이 말하자면 나는 콤플렉스가 가득한 사람이라서 남한테 할 말이 없을 뿐이야."

"콤플렉스? 레나찡이?"

"엇?"

『그런 게 있어?』라는 표정을 짓고 있어서 깜짝 놀랐다.

"……없는 것처럼 보여?"

"음…… 거의?"

"콤플렉스투성이인데요!"

러브호텔이라는 비일상적인 공간에 있어서 그런지 이런 부끄러운 소리까지 털어놓게 된다.

"아지사이 양처럼 순수하고 깨끗한 사람이 되고 싶고, 사츠키 양처럼 강한 자신감을 가지고 살고 싶고, 카호 짱처럼 명랑하고 씩씩해지고 싶고, 마이처럼…… 아니 마이는 됐고…… 아무튼 매일 밤마다 생각해!"

"흐음……."

카호 짱은 콜라를 꿀꺽꿀꺽 마셨다.

"뭐, 그 마음도 이해해."

"카호 짱이?!"

"그렇게 놀랄 일이야? 나를 어떤 눈으로 보는 건지는 모르겠지만. 나는 항—상 주변 사람들을 보고 부러워— 질투나— 라는 생각을 한다고."

부럽다는 건 둘째치고서라도, 질투는 그다지 느껴본 적 없는 감정이다. 나 같은 게 남을 질투한다니 중학교 시절의 내가 후다다닥 뛰어와서 『까불지 마』라고 일침을 놓으니까.

카호 짱이 갑자기 웃으면서 차가운 시선을 테이블 끄트머리로 향했다. 그 눈빛에서 카호 짱의 진짜 속마음이 흘러나오고 있는 것 같았다.

그런데 평소에는 떼쓰는 어린애처럼 행동하는 카호 짱이 콤플렉스…… 사람은 모르는 법이다…….

카호 짱이 보기엔 나도 그런 식으로 보이는 걸까……?

아냐아냐아냐. 대인기 코스플레이어 카호 짱이 나를 부러워할리가 없어.

살짝 정체된 분위기를 날려버리려는 것처럼 카호 짱이 입을 열었다.

"아주 조금만 더 키가 컸으면 소화해낼 수 있는 캐릭터도 훨씬 많아질 텐데……! 통굽도 한계가 있고, 내가 남장을 하려면 15센티 통굽을 신어야 한단 말이야! 하다못해 레나찡만큼 키가 컸으면 좋겠는데—!"

"그, 그건 죄송합니다……! 나눠드릴 수도 없는 노릇이라……."

"우씨―."

카호 짱이 몸통 박치기를 했다. 나는 깜짝 놀라 "왓―!" 비명을 지르며 카펫 위에 넘어졌다.

"후후훗. 그런 모양이네?"

"아, 헤헤헤……."

둘이 한데 뒤엉켜서 쓰러졌다. 카호 짱의 얼굴이 코앞에 있다.

카호 짱의 생기발랄한 미소는 내가 아는 어떤 누구와도 다르고, 누구와도 비교할 수 없을 정도로 매력적이었다.

"이, 있잖아……."

"응?"

"나는…… 살짝 심각한 화제에 발을 들이밀더라도 금방 이렇게 궤도를 바꿔버릴 수 있는 카호 짱의 파워를 부럽다고 생각해."

"윽."

떠듬떠듬 말을 이었다.

"그렇지만, 그렇다고, 질투는 하지 않아. 왜냐하면 카호 짱은, 제대로 사람들과 관계를 맺고 살아와서, 지금의 카호 짱이 있는 거니까. 코스플레이어로서 어른들을 상대로 촬영회를 개최하기도 하고. 대단해, 나한텐 불가능한 일인 걸. 그래서, 그게."

나는 카호 짱을 눈부시다고 생각한다고.

말을 더 이으려고 했을 때, 카호 짱이 손바닥으로 내 입을 막았다.

"으읍―?!"

"뭐야? 레나찡, 러브호텔에 왔다고 지금 나를 꼬드기는 거야~?"

황급히 고개를 붕붕 저었다. 아닙니다!

"살짝 두근거리고 말았잖아…… 분해, 레나찡 따위한테! 분해!"

"따위라니 뭔데!"

카호 짱이 입꼬리를 말아올리며 히죽 웃었다.

"있지있지, 재미있는 생각이 떠올랐으니까 레나찡을 가지고 놀아도 괜찮을까?"

"내가 오케이 할 거라고 생각하는 거야?!"

카호 짱은 다시 소파에 앉은 내 뒤로 다가오더니 등부터 끌어안듯 체중을 실어 기댔다.

체구가 작아서 그런지 카호 짱은 체온이 높았다. 그런 카호 짱의 부드러운 감촉을 느끼면서 나는 태연하게…… 태연하게! 우겼다.

"하, 하아? 따, 딱히 이 정도 쯤이야 아무렇지도 않습니다만."

이 녀석 내가 여자를 엄청 밝힌다고 생각하는 구석이 있으니까……. 정말이지.

"부비부비, 문질문질."

"아무렇지도 않습니다아ㅡ. 아니 그런데 좀 간지러워."

시종일관 카호 짱의 손바닥 안에서 농락당할 내가 아니라고요. 러브호텔에서 등 뒤로 껴안았다고 해도…… 아ㅡ 아무렇지도 않아, 아무렇지도 않다고!

"쳇, 이제 나의 매력으로는 레나찡을 두근거리게 만들 수 없다는 건가, 시무룩……. 그러면 텔레비전이라도 켜볼까……."

"흐흥."

완벽한 승리의 맛에 취해있었더니 카호 짱은 내 얼굴 옆으로 리모컨을 조작했다.

TV가 팟, 켜졌다. 그리고 **교성이 터져 나왔다.**

『⎯⎯⎯⎯⎯⎯⎯』

············엉?!

넋이 나가 있다가 한 박자 늦게 뒤를 돌아봤다.

"뭐야 이거 잠깐, 어?! 잠, 엇?!"

"아하하하하하하하."

카호 짱은 폭소했다.

텔레비전에서는 그게, 엄청나게 대놓고, 당당하게 남녀가 다 벗고 정사를 하고 있었다! 어째서?!

"카, 카호 짱, 이거……!"

"이야⎯ 모자이크 엄청 짙네⎯."

"알 바 아냐!"

온 힘을 다해 등을 돌리는 나. 방 안에 아앙아앙아앙아앙, 하는 여성의 교성이 울려 퍼진다. 진짜 이보다 더 거북할 수가 없어!

"아니, 봐봐, 모처럼 러브호텔에 왔는데 공짜로 볼 수 있는 찬스니까 안 보면 손해겠다 싶어서."

"아까 나를 갖고 놀기 위해서라고 말했잖아?!"

"이거 봐, 레나찡, 저 여배우 얼굴, 왠지 우리 멤버 중에 개랑 닮지 않았어?"

"뭐어?!?!?!"

나도 모르게 뚫어지게 화면을 응시했다. 여배우의 예쁜 얼굴이 클로즈업 되더니…… 아니, 아니아니아니아니.

"아무와도 안 닮았잖아!"

"아하하하하하! 그래서, 누구랑 닮았기를 기대한 거냥~?"

"어휴, 빨리 끄라니깐!"

카호 짱은 웃으면서 리모컨을 눌러 채널을 돌렸다.

"오, 여기도 AV를 틀어주네. 헌팅물이래, 레나찡."

"안 볼 건데?!"

젠장, 카호 짱 이 자식…… 이걸로 나를 이겼다고 생각할 셈인가…… 큭.

방금 전까지만 해도 좋은 분위기 속에서 우정을 느낄 수 있었는데……!

분해. 나도 카호 짱을 상대로 우위를 점하고 싶어.

"그러고 보니 기말고사 시험 성적 말인데요—!"

"아, 응. 레나찡 열심히 노력했다고 사 짱한테 들었어. 대단하네, 아주 열심히 하셨쪄요—. 참고로 나는 전교 9등입니다."

아득히 높은 천상계의 주민이었다.

"어째서?! 학원에서도 같은 B반 소속이었잖아?!"

"여고생이 취미로 코스프레를 하기 위해서는 응당, 부모님한테 허락을 얻어내기 위해서 노력을 해야 한다는 뜻이지."

"이유를 모르겠어……. 어째서 나만……?"

손으로 얼굴을 덮었다. 마이도 사츠키 양도 아지사이 양도 카호 짱도 누구 하나 빠짐없이 공부를 잘한다. 모두가 다르지만 하나같이 좋아. 나만 나빠. 이대로 흑화해버릴 것 같았다.

뭔가, 없는 건가……? 카호 짱의 약점이……. 어딘가, 뭐라도…….

머리를 싸매고 있었더니 카호 짱이 "목욕물 데우고 올게"라면서 욕실로 향했다. 욕실 안에서 고개만 쏙 내밀더니 씨익 웃는다.

"그래서, 같이 들어가지 않겠는감, 레나찡."

"안 들어갑니다!"

"어? 어째서? 친구끼리 목욕하는 거야 평범하잖아? 레나찡 설마 내가 너무 놀렸다고 나를 의식하기 시작한 거야~? 뭐어—?"

"ㅇㅇㅇㅇㅇㅇㅇㅇ윽……."

이렇게 말하면 저렇게 찌르고 들어온다! 말주변이 좋으시네요!

"알겠다고! 들어갈게, 들어가면 되는 거지! 그냥 몸만 빨리 씻고 나올 거지만요! 아—무렇지도 않으니까요!"

"내가 등 씻어줄게, 레나찡☆"

"멋대로 하시든가요?!"


생각해 보면 나는 상대가 친구든 아니든 간에 귀여운 여자애의 알몸을 보면 두근두근하기 때문에(※긴장했다는 의미로) 싸우기도 전에 패배한 거나 마찬가지였다.

괜찮아…… 인생을 살다 보면 때로는 질 걸 알면서도 싸워야 할 때가 있어…… 지금이 그럴 상황인지는 모르겠지만…….

아무튼 이렇게 됐으니 재빨리 속옷 차림이 된 나는, 몸에 목욕 수건을 감고서 카호 짱한테 "슬슬 목욕물 다 됐어—"라고 말을 건넸다. 내가 먼저 주도권을 잡는 거다.

"오케이—. 지금 갈게—."

카호 짱이 가방에서 안경 케이스를 꺼내 세면장에 놓았다.

그러고 보니 미나구치 양은 안경을 썼었지. 그 시절 소심했던 미나구치 양의 흔적은 카호 짱한테서는 파편조차 찾을 수 없지만……

"카호 짱은 언제부터 콘택트렌즈를 썼어?"

"중학교 들어가기 전쯤이었던가ㅡ. 익숙해지기만 하면 이쪽이 훨씬 편하니까. 게다가."

욕조에 들어가기 위해 카호 짱이 1회용 렌즈를 뺐다.

그리고선 멈칫, 굳었다.

"응? 카호 짱?"

갑자기 배라도 아픈가 싶어서 물어봤는데 카호 짱은 정말로 얼굴이 창백해져 있었다.

"큰일 났다……."

"엇, 무슨 일이야?!"

카호 짱이 무거운 어조로 중얼거렸다.

"인싸 코스프레를 벗어버렸다……."

…….

"응???"

어? 뭔데? 무슨 뜻이야?

그러더니 카호 짱은 갑자기 상기된 목소리로 외쳤다.

"오, 오케이ㅡ 아마오리 양……이 아니라, 그, 레나찡이랑 목욕, 목욕이지…… 목욕?! 아니 괜찮은데! 완전 여유롭게 들어갈 수 있는데ㅡ!"

"어어, 응."

대체 무슨 일일까 해서 물끄러미 응시하고 있었더니 카호 짱은 카메라 앞에 선 아마오리 레나코처럼 긴장으로 굳어버렸다.

"저기…… 옷을 벗을 거라서 고개를 돌려줬으면 좋겠다냥— 그게…… 긴장되니까."

"엇? 으, 응. 알겠어."

카호 짱은 보나 마나 부끄러움도 없이 휘릭 벗어던질 거라고 생각했기 때문에 저런 리액션은 예상 밖이었다. 헉, 이건 설마 나를 놀리는 새로운 방법……?

"그러면 나, 먼저 들어갈게."

"네에……."

꺼져 들어가는 목소리였다.

나를 곁눈질하는 카호 짱의 얼굴은 긴장한 기색이 역력하고 여유라곤 찾아볼 수 없었다. 이게 대체.

샤워로 몸을 씻고 나서 욕조에 들어갔다. 러브호텔 욕실은 욕조가 특이한 모양이었다. 원형이다. 엄청 넓어서 다리를 쭉 펼 수 있었다.

"기분 좋다—."

따뜻한 물이 몸에 스며들면서 지쳐 있던 신경을 어루만져 준다.

그런데 카호 짱이 좀처럼 욕실에 들어오질 않는다. 대체 왜 그러지 싶어서 어리둥절하고 있었더니 딱 그 타이밍에 카호 짱이 욕실에 들어왔다. 목욕 수건으로 몸을 가린 카호 짱. 피부가 살짝 붉어져 있어서 온몸으로 지금 느끼는 수치심을 표현하고 있는 것 같았다.

"이, 있잖아, 레나찡……. 나는 땀도 많이 안 흘렸으니까 그냥 샤워만 해도 괜찮지 않을까 싶은데."

"아, 그렇구나."

"으, 응. 그럼 그런 걸로……."

묘하게 조신한 태도인 카호 짱.

별생각 없이 고개를 끄덕이려던 나를 향해 멈추라고 말하는 목소리가 있었다. 명탐정 아마오리 레나코(누구세요)가 갑자기 내 귓가에 속삭였다. 그건 반쯤 농담 섞인 추리였지만.

"저기, 카호 짱이 방금 『인싸 코스프레』라고 말했지. 그건 설마 **나랑 마찬가지**였던 거야?"

"……으, 응. 뭐어."

카호 짱이 움찔 몸을 떨면서 몸을 웅크렸다.

"그 말인즉슨, 왓슨 군. 자네는 콘택트렌즈를 끼는 걸로 스스로한테 암시를 걸어서 사교성을 드높이고 있었다는 뜻인가?"

"으, 응……. 어? 왓슨 군이라니……."

이리저리 흔들리는 카호 짱의 눈동자는 내 기억 속 미나구치 양의 눈동자와 똑같았다.

"뭐야 정말로? 그러면 지금까지 나랑 대화하던 카호 짱은 항시 슈퍼 카호 짱이었고, 지금 카호 짱이야말로 진정한 카호 짱인 거야?"

"뭐, 뭐어…… 그렇다고 할 수 있을, 까냥……. 그, 그렇지만 숨기고 있었던 건 아니고, 따, 딱히 말할 필요가, 없었을 뿐이라…… 그게……."

카호 짱은 어물거리며 말했다.

그래서 나한테도 바로 암시라는 수단을 시험해 봤던 거였다. 이미 자기한테 써서 성공한 전적이 있었구나. 성격도 완전 딴판으로 변했고……. 

그렇구나, 그렇구나, 카호 짱은 여전히 소심하고 부끄럼쟁이 미나구치 카호 양이었던 거구나. 과연, 납득. 나는 얌전하고 귀여웠던 친구와 오랜만에 재회해서 기뻐.

다시 말해 **이건 찬스 아닐까**? 내 눈이 번쩍 빛났다.

계속 일방적으로 놀림당했던 것들을 되갚아줘야 하지 않을까? 바로 지금.

지금이 아마오리 레나코가 코야나기 카호를 타도할 수 있는 유일한 기회 아닐까?!

좋아, 입가에 손을 올리고서 웃었다. 항상 카호 짱이 나한테 하던 것처럼.

"어라어라, 카호 짱 설마 같이 목욕하는 게 부끄러운 거야—'?"

반대로 카호 짱은 마치 내가 당했던 것처럼 눈에 띄게 당황했다. 새빨개진 얼굴로 나를 본다.

"엇?! 아, 아니, 그—런 거 아닌데요?!"

"그러면 같이 욕조에 들어가자구—, 카호 짱. 자자, 이리 오렴."

"……뭐, 뭐어, 레나찡이? 나랑 그렇—게까지 같이 들어가고 싶다고 말한다면야? 못 들어가 줄 것도 없지만……. 아, 그래도 그전에 몸부터 씻고……."

카호 짱이 머뭇머뭇 소심한 걸음걸이로 샤워기 앞으로 다가갔다.

"카호 짱."

"무, 무슨 일인데?!"

또다시 움찔 몸을 떨며 돌아보는 카호 짱. 이렇게까지 호들갑스런 리액션을 보여주니 재밌다……. 조금이지만 카호 짱의 마음을 알게 되었다.

"아니, 여전히 목욕 수건을 감고 있잖아. 젖어버리면 나중에 몸을 닦을 수건이 없다고."

"그, 그렇지…… 어어, 저도 그렇게 생각했으니까 슬슬 벗어야겠네요……."

미적거리면서 몸에 감은 목욕 수건을 벗는 카호 짱은 마치 신혼 첫날밤을 맞이하는 새색시 같았다. 왠지 묘하게 야하지 않습니까……?

카호 짱이 보디 워시를 핸드 타월에 묻혔을 때, 나는 욕조에서 몸을 일으켰다.

"아아 맞다, 그랬지. 카호 짱, 내 등을 씻겨준다고 말했잖ㅡ!"

"그, 그랬던가ㅡ?!"

카호 짱은 내 알몸이 눈에 들어오자 황급히 고개를 돌렸다. 대놓고 보여주고 있는데 신기하게도 그다지 부끄럽지 않다. 이게 바로 놀리는 측이 느끼는 기분……!

"우으으…… 어째서 나는, 그런, 터무니없는 짓을…… 목욕을 하려면 콘택트렌즈를 빼야 한다는 걸 알고 있었는데~……."

"헤헤헤, 자자, 어서 앉아봐."

나는 카호 짱을 의자에 앉히고서 등 뒤로 돌아갔다. 타월을 빼

앗은 다음 손가락을 움직이며 입맛을 다신다. 자아, 복수의 시간
이다!

"손님, 많이 부끄러운 기색이시네요."

"그건…… 그렇지만 나는 레나찡처럼 몸매가 좋지도 않으니
까…… 당연히 부끄럽다고……."

"아니, 나도 그냥 가슴만 어느 정도 커졌을 뿐인데……."

정면에는 커다란 전신 거울이 놓여 있어서 거울을 통해 카호 짱
의 새빨개진 얼굴이 적나라하게 비춰지고 있었다. 머리카락을 풀
어 내리고서 고개를 숙이고 있는 카호 짱은 그야말로 미소녀라
저절로 가슴이 두근거린다.

"게다가 카호 짱은, 그게, 충분히 귀엽다고 생각해."

"으으…… 고, 고마워……. 하지만 그렇게까지 칭찬해 주지 않
아도 괜찮으니까……."

한층 더 몸을 움츠리는 카호 짱. 평소 보던 모습과의 갭이 엄청
나다. 그 탓인지 괜히 몇 배는 더 사랑스럽게 느껴진다.

이 기분은 뭘까……. 카호 짱을 좀 더 자극해서 귀여운 표정을
이끌어내고 싶어진다고 해야 하나, 부끄러워하는 모습을 조금 더
보고 싶다고 해야 할까…….

그건 싫어하는 고양이를 더욱 쓰다듬고 싶어지는 심정과 비슷
할지도 모른다.

"사실 나는 귀여운 게 아니라 아름다운 미인이 되고 싶다
냥……."

"그렇구나?"

"햐앗?!"

매끈한 등에 살짝 타월을 가져다 대자 카호 짱이 등줄기를 꼿 꼿이 세웠다. 나도 저절로 얼굴이 빨개졌다.

"카호 짱, 조금 오버하는 거 아니야……?"

"미, 미안! 뭔가 간지러워서……."

잘못한 게 없는데 사과하는 카호 짱. 왠지 해선 안 되는 짓을 하는 듯한 기분이 드네요…… 후후후후, 내가 허접이 아니라는 사실을 충분히 알게 해주지…….

등을 따라 엉덩이로. 어깨와 팔죽지를 씻었다. 가련한 미소녀 의 피부에 상처가 나지 않도록 조심스러운 손길로 상냥하게.

"우냐앙…… 후읏……."

가끔씩 카호 짱이 흘리는 젖은 숨결이 섞인 목소리가 방금 전 에 TV에서 봤던 교성과 합쳐져 점점 내 안의 음흉한 마음을 부채 질했다.

"레나찡…… 간지럽다냥…… 아……."

윽, 카호 짱의 귀여운 목소리가 귓가에…… 읏.

이거…… 너무 길게 끌고 갔다가는 나도 점점 이상해질 것 같네!

귀엽고도 귀여운 여자아이의 등을 합법적으로 닦아주는 행위 는 즐겁지만 더 이상 공격해 들어가는 건 좀 힘들지도! 이쯤에서 끝내자!

나는 내 겁쟁이 같은 성격이 드러나기 전에 그만 퇴각하기로 했 다. 뭐, 이 정도면 평소 당했던 건 충분히 갚아준 셈 치자. 후 우…… 두근거렸다…….

"자, 자아자아, 뒤 쪽은 다 씻었어."

이걸로 만족했기 때문에 거품을 씻어내고 그만 마무리하려고 했을 때.

"으…… 햐웃……."

카호 짱이 당연하다는 듯이 조심스럽게 내 쪽으로 몸을 돌렸다.

엥………………?!

한순간 굳어버렸다.

카호 짱은 눈을 꾹 감고 몸을 부들부들 떨고 있어서 현재진행형으로 밀려오는 수치심을 견디고 있다는 걸 알 수 있었다. 작은 손으로 주먹을 꽉 움켜쥐고 있다.

어, 뭔데……? 나보고 앞에도 씻겨달라고……?

지금 카호 짱은 온몸이 빈틈투성이. 봉긋한 가슴도, 늘씬하고 잘록한 허리도, 말랑말랑한 허벅지도, 힘을 주고 있는 발가락도, 하나부터 열까지 접시에 고이 담겨 잡쉬달라는 듯이 내 눈앞에 차려진 광경. 아무도 이렇게까지 무방비하게 있으라고 한 적 없다.

아무리 그래도 이건 너무 심하지 않습니까! 아무리 그래도!

이게 천재일우의 찬스라는 것도 알고 있지만! 여기서 카호 짱을 꼼짝 못 하도록 만들 수 있으면 이제 불변의 상하관계를 정립할 수 있을지도 모른다……. 그건 즉, 내가 우위에 서고, 카호 짱이 아래……!

저질러버릴까…….

나는 흠칫흠칫 떨면서 손을 뻗었다.

꽉 앙다물고 있는 새하얀 허벅지에 살짝 타월을 가져다 댔다.

"읏…… 냐앗……."

"…………."

입술에서 흘러나온 애달픈 목소리에 내 머리가 화끈 뜨거워졌다.

우리 학교의 인기인이자 코스플레이어인 나기뽀 짱의 아무도 모르는 모습…… 미간을 찌푸리고서 수치심에 젖어있는 카호 짱이 내 손짓 하나하나에 몸을 움찔움찔 떨고 있다.

이건 뭐라고 해야 하나…….

뭐라고 할까, 위험하네요!

안 돼. 내 배짱은 여기까지다. 더 이상 깊이 들어갔다간 카호 짱이 나오는 야한 꿈까지 꾸게 될 게 분명해. 이미 상당히 아슬아슬해. 도파민이 과다 분비되는 게 느껴져.

나는 카호 짱의 손바닥에 타월을 쥐여 줬다.

"자, 이걸로 끝!"

그러자 카호 짱이 머뭇머뭇 눈을 떴다. 열에 들뜬 표정으로 나를 올려다보면서 작은 목소리로 묻는다.

"아, 저기…… 벌써 끝이야……?"

어?!

뭔데『끝이야?』라니! 좀 더 해줬으면 싶다는 뜻?! 어이어이, 제법 떼를 쓸 줄 알잖아, 이 건방진 아기 고양이가!

분명 내가 공격하는 쪽이었는데 어느새 밀리고 있어?!

큭, 잔챙이처럼 허둥대지 마! 아마오리 레나코! 지금은 내가 우위야! 여기서는 여유롭게『뭐, 이번만 특별히 해주는 거다?』같은 태도를 보여주는 거야!

"으, 응. 카호 짱의 피부는 매끈매끈해서 즐거웠어."

찡긋, 하고 어설프게 윙크. 카호 짱은 "앗…… 아우으으" 신음한다. 잠시 시간이 지나니 정신을 차렸는지 내가 든 타월을 확 빼앗았다.

"레나찡 이놈…… 두고 보라고……."

힘없이 가냘픈 카호 짱의 목소리에 맞서 나는 당당히 승리를 선언했다.

"흐, 흐흥— 언제든지 상대해 주겠어♡ 뭐, 피라미 꼴이 된♡ 귀여~운♡ 카호 짱은 평생 가도 나한테는 못 이길 거라고 생각하지만!"

"레나찡은 바보오……."

아무래도 마지막까지 『격』의 차이를 지켜낸 모양이다. 휴우, 아슬아슬했다.

놀리는 쪽이 되는 것도 나름 노력이 필요하구나……. 혹시 마이나 사츠키 양이나 아지사이 양도 지금까지 이랬을까……? 아니, 그럴 리가 없나! 무슨 나도 아니고!


우리는 나란히 욕조에 몸을 담갔다.

러브호텔 욕조는 둘이서 들어가도 다리를 쭉 뻗을 수 있어서 꽤나 쾌적하다. 스위치를 누르면 물줄기가 뿜어져 나오는 기능도 있어서 신이 난다.

아까보다는 조금이지만 카호 짱도 긴장이 풀린 모양이다. 아싸 모드 카호 짱은 입가까지 푹 담그고서 원망스러운 목소리로 중얼거렸다.

"레나찡, 아까부터 계속 뭔—가 익숙하다는 느낌이네……."

"어? 그래?" (기쁨)

하긴 미소녀랑 함께 목욕하는 데에는 익숙하니까 말이지. 나는 경험이 풍부하다고. 미안해요, 거짓말입니다. 전혀 익숙하지 않습니다. 매번 목숨을 걸고 있어요.

"인싸는 다르구나……."

역시 카호 쨩의 눈은 옹이구멍일지도 모른다. 그게 아니라면 카호 쨩의 인싸력이 현저히 낮아져 있기 때문에 내 쥐꼬리만한 인싸력으로도 카호 쨩을 속여 넘길 수 있는 거겠지.

카호 쨩은 따뜻한 물로 첨벙첨벙 세수를 했다.

"나 정말 한심하지……. 콘택트렌즈를 빼면 다른 사람과 대화를 나누기 힘들어져서……. 하고 싶은 말도 좀처럼 말할 수 없게 되기도 해."

"그렇구나." (공감)

"편의점에서 도시락에 아이스크림에 감자칩에 페트병 음료수까지 샀는데도 봉투에 담아달라고 말할 타이밍을 못 잡아서 낑낑거리며 품에 안고 온 적도 있어……."

"아하, 그렇구나." (공감)

중학교 시절의 내가 『아아, 그런 타입의 커뮤증이구나』라며 득의양양한 표정으로 끄덕인다.

이 세상엔 두 가지 타입의 커뮤니케이션 장애가 있다. 하고 싶은 말을 못 하는 타입과 상대방을 신경 쓰지 않고서 혼자 주절주절 떠드는 타입이다. 카호 짱은 전자고, 나는 후자였다. 과거형이다!

"그래도 재미있네, 그 인싸 코스프레라는 발상."

"음…… 하다 보니 왠지 모르게 할 수 있게 됐어……. 예전부터 캐릭터에 몰입하는 걸 좋아하기도 했으니까 그런 걸까냥……. 인싸 코스프레라고 생각하고 있으면 평소엔 할 수 없는 것들도 대담하게 해낼 수 있어……."

"과연. 뭔지 알 것 같아."

나에게 있어서 『고등학교 데뷔』라는 건, 내가 되고 싶은 이상적인 모습으로 코스프레를 하는 거나 마찬가지였으니까.

지금 나는 평소의 내가 아니야! 라고 스스로 되뇌지 않았다면 입학 첫날에 마이한테 말을 걸 수 없었을 테니까.

"카호 짱은 코스프레를 정말 좋아하는구나."

"……응, 좋아해."

조심스레 고백하는 목소리에는 어떠한 꾸밈도 장식도 없어서 진심 어린 말이라는 게 느껴졌다.

"내가 가슴을 펴고 누구한테도 지지 않을 정도로 좋아한다고 말할 수 있는 단 한 가지야. 그래서 레나찡이랑 함께 할 수 있어서 즐거웠어. 정말로 즐거웠어."

"아, 응……."

좋아한다는 마음이 너무 직설적으로 전해져서 나도 모르게 고개를 떨궜다.

그리고 물었다.

"있지, 카호 짱…… 그 『좋아』는 어떤 기분이야?"

"어떤 기분이라……. 음…… 몸이 들뜨고 나도 모르게 앞으로 뛰쳐나가고 싶어지는 기분일까……?"

"……그렇구나."

카호 쨩은 대단하네.

나한테도 카호 쨩 정도로 좋아하는 게 있을까.

마이나 아지사이 양은 분명 카호 쨩과 비슷할 정도의 열량을 가지고 좋아한다고 말해줬을 거야. 기쁘지만…… 역시 무서워.

내가 그 열량에 상응할 정도의 마음을 돌려줄 수 있을까.

모르겠다. 돌려줄 수 없을지도 모르지만…… 그래도 나도 돌려주고 싶다.

바로 이거라고 자신감을 가지고 말할 수 있는 답을 내 안에 쥐고서 대답해 주고 싶어.

"카호 쨩은."

물어보려다 말고 말을 끊었다.

"응."

나는 어떻게 해야 된다고 생각해? 나도 모르게 그런 질문을 던지게 될 것 같았다. 하지만 역시 어리광을 부려서는 안 된다는 생각이 들어서 생각을 고쳤다.

이건 스스로의 힘으로 마무리를 지어야 하는 문제니까.

"그게…….."

하지만 생각을 고쳐먹었다고 해서, 도중에 끊었던 말을 재치있게 이어갈 만한 능력은 내게 없었기 때문에 머리와 상관없이 몸은 전혀 다른 결과를 내놓았다.

즉, 옆에 있는 카호 짱을 바라보면서 이딴 소리를 한 것이다.

"가슴이 참 예뻤어."

"──."

나를 돌아본 카호 짱은 눈물이 그렁그렁해져 외쳤다.

"레나찡은 왕변태!"


카호 짱이 욕실에서 뛰쳐나갔기 때문에 나는 느긋하게 넓은 욕조를 만끽했다. 머릿속에는 『왕변태!』라는 목소리가 메아리치고 있었기 때문에 괴로웠지만…….

나는 딱히 변태가 아닌데……. 만약 내가 변태라고 가정하면 아까 씻겨줄 때 주저하지 않고 카호 짱의 가슴을 주물렀겠지……? 하지만 그러지 않았으니까 나는 변태가 아니지. 어? 이거 완벽한 논리 아니야? 역시 나는 변태가 아니었어!

그때 비명소리가 들렸다.

『후냐아아아아아아아아아아아아아아아아아아앙!』

뭐야? 적습?!

첨벙, 하는 물소리와 함께 욕조에서 벌떡 일어나 몸도 대충대충 닦고서 카호 짱에게 달려갔다.

그러자 안경을 쓴 카호 짱이 휘둥그레진 눈으로 스마트폰을 보고 있었다.

"뭐, 뭔데뭔데뭔데……?"

"아, 레나찡…… 아니, 레나찡은 왜 알몸이야?! 지금 가슴 자랑하는 거야?!"

"아니거든! 그런 비명을 지르니까 그렇지!"

얼굴을 손으로 덮으며 손가락 틈 사이로 뚫어져라 나를 응시하는 카호 짱. 나도 부끄러웠기 때문에 욕실로 들어가서 몸에 목욕 수건을 감고 나왔다.

카호 짱의 기색을 살폈다. 일단 갑자기 뭔가가 습격해온 건 아닌 모양이니 다행이다. 하지만 동공이 확장되어 있는 걸 보니 괜찮지는 않구나.

"무, 무슨 일이야?"

"있잖아, 있잖아…… 큰일났어, 있잖아큰일났어, 있잖아……."

완전히 넋이 나가버린 카호 짱이 이거 보라는 듯이 스마트폰을 나에게 내밀었다.

"초대받았어…… 내가 마쿠하리 코스프레 서밋에…… 초대받았어……."

"뭐?!"

후다닥 달려들어 스마트폰을 봤다. 거기에는 운영 측에서 보낸 메일이 띄워져 있었다.

"요즘 대세인 코스플레이어 8팀을 초대해서 쇼를 연다나봐……. 매년 개최되지만 언제나 굉장히 유명한 사람들만 나오거든…… 그런데 내가 여기에 초청받다니…… 이거 현실……?"

"우와 대단해. 대단하잖아, 카호 짱! 어? 그런데 이거 얼마나 대단한 거야?"

"내 코스플레이어 전투력이 12000프레라고 쳤을 때."

"응. 어? 응."

갑자기 흥미로운 단위가 튀어나왔다. 근데 그거 팔로워 숫자 아니야?

"이건 상위 500명에 해당하고……."

"흠흠……. 뭐?! 카호 짱은 위에서부터 세어도 전국에서 500위쯤 되는 코스플레이어야?! 엄청 대단한 거 아니야?!"

그러자 카호 짱은 필사적으로 고개를 좌우로 저었다.

"아니야! 유명한 신급 플레이어는 대강 상위 300명 정도고, 그 이하는 대부분 다 비슷해! 그러니까 나는 그다지, 별것, 별것도 아니야!"

부정할 때만 큰 목소리를 내는 카호 짱. 남일 같지 않다. (공감)

"마쿠하리 코스프레 서밋은 그야말로 톱 100에 들어가는 사람들이나 초청받는 일본에서도 손꼽히는 이벤트고…………."

거기서 카호 짱은 고장이라도 난 것처럼 정지했다. 걱정된다.

"………그러니까 주최 측은 아마 신인 발굴이라는 취지를 가지고, 그런 의미에서 나를 초대한 거 아닐까 싶은데."

마지막까지 설명을 듣고 나서도 내 감상은 달라지지 않았다. 변함없이 『카호 짱 대단해!』였다.

왜냐하면 그건 내가 평소에 동영상을 통해 접하던 FPS 프로게이머처럼 카호 짱도 이벤트에 초청받았다는 뜻이잖아? 완전 방송인이잖아…….

"역시 카호 짱이야! 카호 짱이 최고야!"

잔뜩 신이 난 나와는 정반대로 카호 짱의 눈은 덜덜 떨리고 있었다.

"거절하자……."

"잠깐?! 어째서?!"

눈에 보이지도 않는 빠른 속도로 『무리입니다죄송합니다』라고 답장하려는 카호 짱의 손목을 붙잡고 황급히 말했다.

"그야 나 같은 게 참가하면 참가하지 못한 다른 사람들한테 너무 미안하다고 할까……."

"하지만 카호 짱이 선택받은 거잖아?! 가슴을 펴고 당당해져도 되잖아!"

"나보다 훨씬 진심으로 코스프레에 임하는 사람들이 수도 없이 많아…… 그런데 내가 출장하면…… 다들 기분 나쁠 거야……."

그런 사고방식은 정말 남의 일 같지 않다. 그래도!

"아니야! 그만큼 카호 짱이 지금까지 해왔던 일들이 인정을 받았다는 거라고!"

내가 진심을 다해 외치자 카호 짱은 천천히 고개를 들었다.

불안하게 떨리는 눈동자를 향해 들려줬다.

"줄곧 즐겁게 코스프레를 해왔고, 많은 사람들을 즐겁게 해줬으니까! 그러니까 이건 대단한 거야! 카호 짱은 열심히 노력했어!"

메일에도 쓰여 있었다. 나기뽀 씨를 초대한 이유는 폭넓은 연령층에 많은 지지자가 있어서라고.

카호 짱의 촬영회에 와줬던 언니도 카호 짱을 항상 응원하고 있다고 말했다. 그만큼 많은 사람들이 카호 짱을 좋아하게 된 이유는 카호 짱이 한결같이 좋아하는 일에 노력해왔기 때문이다.

"그러니까, 그게, 바로 결정하는 건 힘들지도 모르지만……."

자기도 용기를 내지 못하면서 카호 짱보고 용기를 내서 뛰어들라고 말하는 건 너무 뻔뻔하다고 생각한다.

하지만, 하지만…… 사실은 나도 용기를 내고 싶으니까.

카호 짱도 분명 나랑 똑같은 심정일 거야.

그러니까…… 나는 카호 짱의 손을 잡고서 똑바로 눈을 바라보았다.

"해보자, 카호 짱. 내가 할 수 있는 일이 있으면 뭐든지 도울 테니까."

"레나찡……."

여전히 카호 짱의 눈동자는 망설임으로 흔들리고 있었다. 하지만.

카호 짱은 스마트폰을 꾹 쥐더니 살짝 고개를 끄덕였다.

"그렇게 말해줘서 고마워…… 지금까지 즐거웠던 일들만 있었던 건 아니고 때로 포기하고 싶어질 때도 많았지만 그래도, 응. 조금만 더 생각해 볼게……."

"응!"

참가 여부에 대한 답장은 다음 주까지다. 고민할 거리는 여전히 산더미처럼 있겠지만 그래도 나는 믿고 있어. 왜냐하면.

가늘게 뜬 눈으로 웃는 미소에서 살며시 엿보이는 빛이야말로 카호 짱이 지금까지 노력해온 증거가 틀림없다고 생각하니까.


내가 머리를 다 말리고 나오자 카호 짱은 벌써 침대에 들어가 있었다.

"카호 짱, 벌써 자?"

"으응…… 조금 졸음이 몰려와서……."

눈을 비비면서 몸을 일으킨다.

세면장에 나란히 서서 호텔 비품(?)인 칫솔로 이를 닦았다. 카호 짱은 어딘가 멍한 상태라 평소에 씩씩한 카호 짱보다 귀여움이 대폭 증가했다.

오늘 하루 열심히 하기도 했고, 마지막에는 초대 메일까지 왔으니 체력도 정신력도 바닥난 거겠지. 촬영회도 거의 카호 짱의 원맨쇼─! 라는 느낌이었으니.

"카호 짱, 조금만 더 가면 침대야."

"우냥……."

손을 잡고 데려갔다. 카호 짱은 내 손에 이끌려 푹신하고 커다란 침대에 몸을 던졌다.

그 위에 이불을 덮어주고 있으니 왠지 카호 짱의 언니가 된 기분이다. 전교생의 여동생이라는 이미지는 그저 카호 짱이 인싸 코스프레를 했기 때문에 탄생한 게 아니라 카호 짱이 가진 다른 사람의 보호 욕구를 자극하는 매력이 합쳐져서 나온 결과겠지.

하긴 그렇다. 옷만 갈아입었다고 완전히 딴 사람이 될 리가 없다. 그랬으면 좋겠지만…… 그렇게 되지는 않는다. 그래서 카호 짱도 『미인이 되고 싶어』라는 말을 하는 거다.

"레나찡……."

"그래."

나도 침대에 올라갔다. 러브호텔 침대는 아주 커다래서 둘은커녕 넷이서 자도 충분할 것 같다.

그런데 어라, 방에 불은 어떻게 끄는 거야……? 침대 위에 있는 버튼을 꾹꾹 눌렀다. 음악이 나오기도 하고 수수께끼의 간접 조명에 불이 들어왔다가 꺼지기도 했다.

간신히 불을 끄고서 자, 나도 누워야지 했을 때.

카호 짱이 내 몸 위로 쓰러졌다.

왓. 내 배 위에 얼굴을 묻은 카호 짱이 고롱거리며 목을 울렸다. 몸무게도 가벼워서 정말 고양이 같다.

"카, 카호 짱?"

목욕을 마치고 나온 카호 짱의 몸은 따끈따끈해서 이대로 품에 안으면 기분 좋을 거라는 확신이 들었다.

"어, 뭐야, 뭐야뭐야."

이렇게 되면 인싸고 아싸고 상관없이, 그저 내 눈앞에 눈이 부실 정도로 귀여운 여자애가 있다는 사실만이 지금 내가 처한 현실이다……!

카호 짱이『안는 베개가 없으면 못 자서』라는 말을 꺼내면 어떻게 해야 할까. 나는 그대로 안는 베개가 된 채 잠들지 못하는 밤을 보내는 건가?

그런 상황에서 카호 짱이 반쯤 잠에 빠진 목소리로 말했다.

"레나찡의 배가 말랑말랑해서…… 훌륭한 베개로 안성맞춤이야……."

"그러시겠죠?! 엇, 칭찬해 주셔서 그거 참 고맙네요?!"

은연중에 지금 살쪘다고 말한 건가?

카호 짱이 후훗 웃었다.

"조금은 살집이 있는 편이 보기 좋다고 하더라."

하지만 나보다 훨씬 날씬한 우리 멤버들이 더 인기가 좋잖아요…… 라고 작은 귀에 대고 소리치고 싶었지만 이성을 총동원해 꾹 참았다.

나는 카호 짱이 좋아하는 상대한테── 호감을 받고 있는 상황이니까.

꿈을 꾸는 목소리로 나를 향해 묻는다.

"있지…… 레나찡은 여전히 마이마이를 좋아해?"

"그건."

벌써 오래전 일처럼 느껴진다. 아카사카에 있는 호텔에서 카호 짱한테 들었던 말.『레나찡은 있지, 마이를 좋아하는구나?!』그 때는 단연코 카호 짱의 착각이라고 말할 수 있었는데.

이후로 많은 일들이 있었다.

많은 일들이 있었기 때문에.

마이의 상냥한 미소를 떠올린다.

손끝의 감촉, 향기.

키스의 맛을.

좋아하냐는 질문을 받으면, 그야 대답할 말은 하나뿐이다.

지금까지 계속 눈을 돌리고, 고집을 부리고, 숨기기만 했다.

하지만 나도 카호 짱처럼.

내 안의『좋아한다』는 마음에 솔직해지고 싶다.

나는 잠시 침묵하고서 입을 열었다.

"……응. 아마도 좋아해."

다른 누구도 아닌 카호 짱이었기 때문에 이 말을 전할 수 있었다는 느낌이 든다.

카호 짱이 웃는 기척이 났다.

"그렇구나."

내 배에 얼굴을 묻고 있어서 심장 소리가 들리지는 않을까 걱정됐다.

좋아하냐 마냐를 얘기해 보라고 하면 그야 처음부터 좋아했다.

친구인 편이 좋다고 고집을 부린 것도 스스로에게 자신이 없었으니까. 남한테 미움받고 싶지 않으니까 친구에서 나아가 연인이 될 수 없었을 뿐이다.

"나도 지지 않을 거야."

살짝 가슴이 따끔했다.

내가 누군가를 선택하면 카호 짱은 나를 원망하고 미워하게 될까.

카호 짱한테 미움받기 싫은데…….

그럴 바에야 역시 아무도 선택하지 않는 편이 나아── 그렇게 뒷걸음질 치려는 생각을 상자 속에 눌러 담았다.

인생, 살다 보면 도망쳐야 할 때도 얼마든지 있지. 실제로도 나는 많은 것들에서 계속 도망치면서 스스로를 지켰다.

다만 고등학교 데뷔를 하자고 결심한 내가 진정 원하는 건 뭘까.

결코 자신을 배신하지 않을 친구였을까, 반 애들이 다들 떠받들어주는 입장에 서는 거였을까, 혹은 눈부신 학창생활이었을까.

그것도 아니라면——.

"응, 카호 짱."

윤기나는 머리카락을 쓰다듬었다.

"나도 열심히 할게."

"응!"

씩씩하게 고개를 끄덕이던 카호 짱이 주먹을 치켜들자 내 콧잔 등을 스쳤다. 무셔.

"……슬슬 잘까, 카호 짱."

그랬는데 반응이 없다.

……카호 짱?

고개를 내려다보니 카호 짱은.

내 배 위에서 색색거리며 잠들었다!

잠깐 카호 짱?! 엇, 기다려! 이러면 내가 못 움직이는데요?!

이 자세로 자야 하는 거야?! 카호 짱, 카호 짱——!


잠시 후 카호 짱이 비몽사몽으로 일어나 화장실에 간 틈을 타 나도 제대로 누울 수 있었다. 위험했다. 어깨가 맞닿을 정도로 가 까운 거리에 귀여운 여자애의 무방비한 자는 얼굴이 있다는 의미 에선 여전히 위험한 상태지만……!

그래도, 응. 여름방학 이후부터 계속 바닥을 치던 MP 게이지 가 꽤 많이 회복된 것 같아.

신기한 일이지만 학교를 빼먹고 하루 종일 뒹굴거리는 건 몸은 편해도 마음은 전혀 편하지 않단 말이지.

그보다 목표를 정하고 노력하거나, 그 목표를 멋지게 달성한 다음 친구와 뒤풀이를 하고, 바보 같은 대화를 하며 웃는 편이 훨씬 더 마음이 편해지거든. 어째서일까.

있지, 지금 나는 드디어 마음이 편안해졌어.

고마워, 카호 쨩.

나도 이제 더 이상은 도망치지 말아야겠다고 생각할 수 있게 됐으니까. 그러니까.

이번엔 내가 노력할 차례겠네.

그건 중학교 때였던가. 적어도 내가 방에만 틀어박혀 있을 때보단 예전에, 같은 반 여자애가 『남자친구 생겼어―!』라며 소란을 떨었다.

내 감상은 흐응― 이었다.

완전히 다른 세상 이야기라는 생각밖에 안 들었다.

분명 그랬기 때문에 처음으로 마이한테 고백을 받았을 때도 반사적으로 『사귀지 않는다』는 길을 골랐고, 지금까지 계속 이리저리 핑계를 대고 있었던 거겠지.

내 안에서 『사귄다』는 행위는 『책임지고 상대방의 인생을 맡겠습니다』라는 말과 동의어로, 아주 무거운 의미를 지녔다.

그렇지만 소년만화 주인공들도 히로인한테 일생일대의 고백을 하고, 사귀게 되면 이제 클라이맥스 같은 분위기였는걸. 현실은 만화와 다르게 사귀고 나면 끝이 아니라는 걸 몰랐다.

인간은 첫사랑을 하면 바로 결혼하는 게 아니라, 사귀기도 하고 헤어지기도 하면서 점점 어른이 되어가는 거고, 그러면서 진짜로 좋아하는 사람과 평생을 함께 하게 된다는 사실도 전혀 몰랐다.

뭐 그러면 처음 사귀는 정도야 그냥 마음 편하게 사귀어도 괜찮지 않을까? ……라고 생각할 수 없었다. 그렇게 간단히 마음을 바꿔먹을 수 있었으면 인생을 더 능숙하게 살고 있었겠지…….

215

하물며 처음으로 나한테 고백한 여자는 무려 학교에서 제일가는 인기인에 태양처럼 빛나는 터무니없는 애였고, 이런 애랑 연인이 되면 24시간 쉬지 않고 콤플렉스를 자극받아서 내 눈이 으스러질게 불 보듯 뻔했다.

나는 슈퍼달링한테 첫눈에 반한 순정만화 여주인공처럼 되고 싶었던 게 아니다. 그저 훈훈한 일상계 만화처럼 즐거운 하루하루를 보내고 싶었을 뿐이다.

그래도 마이랑 함께 있으면 즐거웠다. 손을 맞잡으면 두근거리기도 했다. 입술을 넘어 까딱했다간 배를 맞댈 뻔했는데도 나는 끝까지 친구라고 우겼다.

인간은 100퍼센트 자기 자신만으로 구성된 게 아니다.

여러 가지 것들에 영향을 받는다. 만화, 게임, TV, 아니면 가족이나 친구, 뉴스 등 다양한 것들이 자신을 만든다.

깨닫고 보니 내 몸의 몇 퍼센트는 오우즈카 마이로 이루어져 있었다.

밤에 게임을 하던 도중에 받은 메시지. 아름다운 배경을 등에 지고 선 오우즈카 마이의 사진. 특별한 용건 없이 전화를 걸어서 들려준 목소리. 햇살 같은 미소.

마이는 처음부터 모든 조건을 드러내서 나한테 정답을 가르쳐 줬다.

단거리 경주를 뛰는데 올림픽 대표 선수랑 초등학생을 함께 뛰게 하지 않는다. 그런데 커뮤니케이션 능력은 눈으로 볼 수 없기 때문에 서로의 실력 차이가 크게 나더라도 서로 대화해 보지 않으면 알 수가 없다.

나랑 마이가 친해지기까지 거쳐 온 과정은 그런 느낌이었다.

겉모습은 번지르르하게 꾸몄지만 제대로 대화조차 할 줄 모르는 나는 마치 손을 잡고 걸음마를 배우는 갓난아기나 마찬가지였고, 마이는 그런 내 손을 잡고 엄마처럼 상냥하게 이끌어줬다.

내 마음이 성장하는 걸 끈기있게 기다려줬다.

내 길을 끊임없이 비춰줬다.

지금도 이 마음이 사랑인지 아닌지 모르겠다. 그래도.

그런 마이에게 나는.

대체 어떠한 보답을 해줄 수 있을까.

* * *

"오우즈카 양—?"

"네, 네에."

쉬는 시간, 복도에 지나가던 미치루 선생님한테 마이가 어디 있는지 물어보자.

"음, 미안해, 이쪽으론 안 온 거 같은데—."

"그, 그런가요. 알겠습니다. 한번 찾아볼게요. 감사합니다."

몇 걸음 걸어가니 등 뒤에서 목소리가 들렸다.

"아, 맞다맞다, 아마오리—. 너무 자주 옥상에 가면 안 돼—. 거기는 펜스가 낮아서 위험한 곳이라 출입 금지니까, 알겠지—?"

미치루 선생님은 항상 가벼운 말투로 말해서 그런지 어떤 식으로 주의를 받아도 『거 시끄럽네!』가 아니라 가슴속에 조용히 스며들어 오는 느낌이라 대단하다. 선생님이 되기 위해 태어난 사람일지도 모른다.

"앗, 네. 알고 있어요. 죄송합니다."

꾸벅꾸벅 고개를 숙였다. 만약 내가 한번 옥상에서 떨어진 적이 있다는 말을 듣게 되면 바로 문이 봉쇄되어 버리겠지. 총총걸음으로 자리를 떠났다.

카호 짱이랑 러브호텔 숙박을 하고서 새롭게 한 주가 시작된 오늘. 학교에 온 나는 마이랑 제대로 얘기를 해봐야겠다는 생각에 마이를 찾아다니는 중이었다.

마이는 애들이 모셔가려고 난리라 어디 한곳에 머무는 일이 드물다. 여기저기에 목격 정보를 남기고 다니기 때문에 좀처럼 붙잡을 수 없는 전설 속의 생물 같다.

하지만 미치루 선생님한테까지 왔을 때 목격 정보가 뚝 끊겨버렸다.

그렇다면…… 나는 마지막으로 짚이는 곳을 찾아갔다.

계단을 오른다. 철문에 열쇠를 넣을 필요도 없이 손잡이를 잡았다.

천천히 철문을 밀었다.

시야가 확 펼쳐지면서 빛이 쏟아져 들어온다.

구름이 껴서 흐려진 하늘 아래, 그녀가 서 있다.

있기는 한데…….

"마이……?"

마이를 찾았다는 기쁨보다도 그 모습을 목격한 순간의 당혹감이 훨씬 컸다.

마이가 뒤를 돌았다.

"……너구나."

"지금…….'

말을 꺼내려다 입을 다물었다. 마이는 언제나 하늘에서 빛나는 하나의 태양이니까 그럴 리가 없어.

설마하니 마이가 지금 당장이라도 뛰어내릴 것처럼 약해 보였다니.

"아니, 아무것도 아니야. 저기, 나 마이한테 볼일이 있어서."

일단 얼굴에 미소를 띠고서 다가갔다. 단둘이 있는 건 오랜만이라 지금 제대로 표정을 짓고 있는지 걱정이었다.

마이의 얼굴이 활짝 밝아졌다. 그 모습은 언제나 보던 마이였다.

"그렇구나, 우연이네. 사실은 나도 할 말이 있었어."

"아, 그렇구나."

"응, 그래."

마이 앞에 마주 보고 섰다.

카호 짱과는 다르게 내가 마이를 올려다보는 형태. 익숙해진 고개의 각도가 지금은 왠지 살짝 그립게 느껴졌다.

"저기, 그럼 먼저 하시죠."

"아아, 그래. 그렇지."

얘기를 꺼낼 타이밍이 어렵다. 전에는 마이랑 어떤 식으로 대화를 했었는지 기억나지 않는다. 나는 마이 앞에서 어떤 표정을 짓고 있었을까.

"그러면 분수에 넘치는 말이지만."

마이는 머리카락을 바람에 흩날리면서 너무나도 오우즈카 마이다운 상냥한 미소를 지었다.

"사실 이번 일요일에 오랜만에 휴가를 받을 수 있을 것 같거든. 그래서 꼭 너에게 놀러 가자는 권유를 해야겠다고 생각했어. 함께 데이트를 하자."

"데, 데이트!"

오랜만에 들어오는 직설적인 유혹은 내 가슴을 크게 울렸다. 이것도 MP가 회복된 영향이다. 온갖 외부 자극에 대한 감수성이 정상수치까지 올라온 상황. 쉽게 말해 지금의 나는 순수함 그 자체다…….

내 호들갑스런 리액션을 보고서 마이가 쿡쿡 웃었다.

"그렇게 깜짝 놀라 주다니 나로서도 용기를 낸 보람이 있는걸."

"지, 지금은 우연히 허점을 찔렸을 뿐이야……."

의미를 알 수 없는 변명을 주워섬기자 마이가 어깨를 으쓱했다.

"사실 그렇게 말해도 단둘은 아니야. 아지사이를 포함해서 셋이서 가는 게 어떠냐는 말이었어."

눈을 꿈뻑거렸다.

"엇…… 세, 셋이서……?!"

"물론 네가 싫다면……."

"자, 잠깐만, 잠깐잠깐."

황급히 양손을 내저어 마이의 말을 막았다.

이야기의 흐름에 휩쓸리면서도, 어떻게든 스스로 생각할 시간을 벌기 위해 타임을 외칠 수 있게 된 걸 보면 마이랑 만난 뒤로 나도 제법 성장을 했다고 말해도 과언이 아닐 거다…… 아마.

셋이서라.

그건 즉…… 그날 했던 말의 대답을 기다리고 있다는 뜻…… 이겠지?

마이는 가볍게 하늘을 올려다보았다.

"뭐, 그렇게 경계하지 말아줘. 바로 결단을 내려달라고 재촉하는 게 아니야. 그저 이대로 시간이 흐르는 걸 기다리기만 한다면 다들 마음이 괴로울 테니까. 어때. 너에게 지나친 부담이 된다면야 다음 기회로 미뤄도 괜찮다만."

나는 고개를 끄덕였다.

"…………알겠어."

아직 시간은 남아있지만…… 내가 지금까지 외면하고 있었던 시간만큼 두 사람이 개운치 못한 마음을 품고 있었다면야. 아니, 마이는 어떨지 잘 모르겠지만!

양 주먹을 꾹 쥐고서 마이를 향해 다시 한번 고개를 크게 끄덕였다.

"기대하고 있을게!"

"응…… 그런가. 그렇지, 그러면 모처럼의 기회니 유원지라도 가볼까."

"유원지!"

이 얼마나 데이트다운 데이트인가.

친구들과 셋이서 놀러 가는 유원지라니, 더 이상 없을 정도로 가슴을 설레게 만드는 시추에이션이지만 이번엔 그렇지 않다. 즐거운 일도 있겠지만 가슴이 아파올 상황도 있겠지.

하지만 도망치지 않아. 두 사람과 똑바로 마주할 테니까.

"아, 그래도 대절하거나 하면 안 된다?! 미안해서 위가 찢어질지도 모르니까!"

"알겠어. 대절할지 어떨지는 일단 아지사이한테도 물어보기로 하지. 의견이 나뉠 경우엔 다수결이 되겠네."

"우리는 만장일치를 지향하도록 하자!"

나는 살짝 무리해서 신을 내며 마이랑 농담을 나누며 웃었다.

"그리고 보니 네가 할 말은 어떤 거지?"

"아, 그러니까, 응."

뺨을 긁었다. 눈을 피하면서 애매한 미소를 지었다.

"기왕 이렇게 됐으니까 그게, 데이트 날 말할까 싶은데. 그게, 응."

"그런가. 알겠어. 기대하고 있을게."

똑바로 얘기하겠다고 마음먹고 여기까지 왔지만 어떻게 말을 꺼낼지에 대한 계획은 아무것도 없었다. 새삼 부끄러워졌다. 어쩌면 나는 그저 마이의 목소리를 듣고 싶었을 뿐일지도 몰라…… 라니, 뺨이 뜨거워졌다.

"?"

물음표를 띄우며 고개를 갸웃거리는 마이를 곁눈질로 보고서 다시 눈을 피했다. 아아— 안 돼. 카호 짱을 향해 말했던 자기 자신의 목소리가 계속 심장 속에 달라붙어서 오르골처럼 반복 재생되고 있어.

"아무것도 아니야!"

그야 당연히 미인이라는 걸 알고는 있었지만, 마이는 이렇게나 예뻤던가…….

한 번 자신의 마음을 솔직하게 인정해버린 이상, 지금까지 해왔던 것처럼은 분명 무리겠지. 하지만 그건 분명, 다른 일들도 마찬가지인 거야.

바뀌지 않는 건 없어. 사람도, 인간관계도, 마음도.

처음에는 마이가, 다음에는 아지사이 양이, 용기를 내서 새로운 관계로 변화하기를 원했던 것처럼.

드디어 내 차례가 왔다.

* * *

아지사이 양과 약속을 잡고, 셋이서 데이트를 하기로 정해졌다.

다음 일요일까지 남은 시간 동안 신기하게도 내 마음은 차분했다.

하겠다고 결심했기 때문일까. 내 뇌가 뻔뻔해진 걸지도 몰라. 그저 엄숙하게 판결을 기다리는 것처럼 스스로에 대해, 그리고 마이와 아지사이 양에 대해 생각했다.

그렇지만……. 스스로 이렇게 인정하는 것도, 뭐라고 해야 하나, 기운 빠지는 소리지만.

고등학교 데뷔 이래 계속 파란만장한 날들이었고, 순조롭게 풀리는 일이라곤 하나도 없었다. 내 인생은 그랬다.

셋이서 데이트 대성공! 만사형통! 경사로세, 경사로세! 같은 결말은 오지 않는 것이다…….

하지만 설마하니 다른 사람도 아니고 하필이면── 마이가 그런 행동을 할 줄이야, 상상도 못했다.

당시 나는 하루를 살아가는 걸로도 벅차서 다른 사람의 마음 같은 건 요만큼도 이해하지 못하는 녀석이었으니까. 분명 많은 사람들의 마음을 놓치고 있었을 거야.

가능하면 이때 마이랑 좀 더 제대로 대화를 나눠볼 걸 그랬다. 나보다도 훨씬 고집 센 마이니까 대화를 해봐도 솔직하게 가르쳐 주지는 않았을 거라고 생각하지만.

있잖아, 마이.

너는 줄곧 어떤 생각을 하고 있었어?

\* \* \*

일요일. 나는 각오를 다지고서 전철을 탔다.

긴장한 탓에 아침 5시에 잠이 깼고, 샤워도 두 번이나 했다. 옷은 제일 비싼 외출복으로. 화장이랑 헤어스타일도 곱게 단장했다.

즐거운 데이트라기보다는 전장으로 향하는 기분이었다. 카호짱한테 코스프레용 도검이라도 빌려오는 게 나았을지도 모른다.

유원지 근처 역에서 내렸다. 맑은 하늘 아래를 걷고 있자니 마이가 『나는 비가 왔으면 좋겠다고 바랄 때는 비가 내리고, 맑았으면 좋겠다고 생각할 때는 날이 개는 소녀지』라고 했던 말이 떠오른다.

그렇다는 건 오늘 이렇게 나들이하기 안성맞춤인 맑은 날씨는 마이가 그러길 바랐기 때문일지도.

약속시간보다 조금 일찍 목적지에 도착했다. 인파가 붐비는 곳을 싫어하는 마이다. 혹시 사람들한테 둘러싸이기라도 하면 큰일이니까.

유원지 입장 게이트 근처, 마이와 아지사이 양의 모습은 보이지 않았다.

커플이나 가족들이 함께 걷는 모습을 보면서 멍하니 두 사람을 기다린다.

"내가 마이와 아지사이 양이랑 셋이서 유원지에 놀러 올 줄이야."

작게 중얼거렸다. 직접 입 밖으로 말해 봐도 그다지 현실감이 느껴지지 않는다.

돌이켜보니 상당히 멀리까지 왔구나……. 고등학교 데뷔를 했던 그날에서…….

팔짱을 낀 채 감개에 빠져 있었더니 멀리서 다가오는 사람이 있었다.

먼저 온 사람은 아지사이 양이었다. 내 모습을 보자 종종걸음으로 빠르게 다가왔다.

"안녕, 레나 짱."

"아, 안녕하십니까!"

아지사이 양 귀여워—!

이런 냉정함을 유지할 수 없어…… 눈이 하트 모양으로 변해버려…….

가슴이 두근두근을 넘어 쿵쿵거리기 시작했다. 심장의 자기주장이 격렬하다. 그렇게 힘자랑하지 않아도 항상 감사하고 있으니까 좀 진정하렴, 심장아…….

하지만 아지사이 양이 나를 빤—히 바라보고 있어서 도무지 진정할 수가 없었다!

"왜, 왜 그러시나요……?"

"음—. 오늘은 별말 안 해주는 걸까—? 해서 보고 있어."

"별말………… 오, 오늘은 날씨가 참 좋네요……?"

"그러네—."

고개를 기울이며 미소를 짓고 있지만 아지사이 양은 양 팔로 엑스 자를 그렸다.

오답이다!

눈을 굴리며 명예 회복을 위해 외쳤다.

"쉬, 쉬는 날에도 아지사이 양이랑 만날 수 있어서 기쁩니다!"

"응. 천만에요."

아지사이 양이 스커트 자락을 잡고서 살짝 고개 숙여 인사했다. 정답을 맞혔나……? 글쎄 어떨까……. 미묘한 표정을 짓고 있는 것 같다.

내 인싸 가면은 슈크림 껍질보다도 얇아서 금방 내용물이 드러나 버린다. 너무 기분 나쁜 모습을 보여줘서는 안 돼…… 여름방학 때처럼 가장 첫 마디부터 『우와— 귀여워—!』 같은 소리는 결코 외쳐서는 안 돼! 결코…….

"그래서 마이 짱은 아직이야?"

"으, 응. 어쩌면 벌써 리무진을 타고 주차장에 와 있을지도 모르지만."

"아아, 그 리무진. 마이 짱은 비가 오는 날이면 가끔씩 학교에도 리무진을 타고 오지. 부잣집 아가씨는 굉장해."

말하고 나서 뭔가를 깨달은 것처럼 "아" 하는 소리를 내는 아지사이 양. 가방에서 스마트폰을 꺼냈다.

"마이 짱한테서 온 전화야. 여보세요."

조금 늦는다는 연락일까.

아지사이 양은 전화로 몇 마디 나눈 뒤 스마트폰을 귀에서 뗐다. 난처해하는 표정이다.

그리고 천천히 충격적인 말을 전했다.

"마이 짱, 급하게 일이 생기는 바람에 오늘 못 오게 됐다나 봐……."

"뭐……?"

그렇다는 말은, 저기, 그게?

한 손을 입가에 대고서 아지사이 양이 수줍게 시선을 피하며 말했다.

"둘이서 재미있게 즐겨달라고……."

"뭐어어어……?"

기다려 줘 마이. 뭐라고 해야 하나, 그게, 너무 갑작스럽네?!

아지사이 양이랑 단둘이? 역시 이런 상황에는 아무런 마음의 준비도 하지 못했다. 나는 크게 당황했다.

"일이 있다면야 어쩔 수 없을지도 모르지만, 그래도……."

"응…… 어떻게 할까?"

아지사이 양이 불안한 시선으로 물었다.

그거야…… 어떻게 하냐고 나보고 물어도……. 『아, 그러면 나 마이가 없으니 그냥 집에 갈게요. 내일 학교에서 보자!』 같은 소리를 할 수 있을 리가 없잖아!

"두, 둘이서 즐겁게 놀아볼까요……."

"그래도."

이런. 긴장 탓에 떨리는 목소리로 말하는 바람에 아지사이 양이 한층 더 불안해하는 표정을 짓고 있어! 그게 아니에요!

"둘이서 슈퍼 울트라 즐겁게 놀죠! 자자 가요, 가요! 이야― 유원지 엄청 기대했거든―! 게다가 아지사이 앙이랑 단둘이니! 와―와―."

"으왓."

아지사이 양의 손을 억지로 잡아끌고서 입장 게이트를 향해 걸어갔다.

한 박자 늦게 깨달았다. 손…… 이거 아지사이 양의 손이다! 엄청 부드러워!

"앗, 아니, 그게, 이건 그게 아니라!"

내가 손을 떼기 전에 아지사이 양도 긴장한 기색으로 내 손을 맞잡았다.

"으, 응…… 알겠어. 오늘은 잘 부탁해."

히익. 꼬옥 잡았어. 꼬옥.

손을 잡고 있다는 건 다시 말해 서로의 손이 연결되어 있다는 뜻으로 아무리 한계까지 거리를 벌려봤자 기껏해야 2미터다. 그리고 손잡고 2미터 거리를 벌리고서 걷는 건 사회적인 곤란함이 있기 때문에 지금 경우는 거의 밀착한 상태, 30센티 정도 거리였다.

한마디로 아지사이 양이 가깝다. 무슨 향수를 쓰는지는 잘 모르겠지만 어쨌든 엄청 좋은 향기가 난다. 그렇군요. 두근두근하네요.

"기왕 이렇게 된 거 둘이서 재미있게 즐겨보자."

아지사이 양이 학교를 빠져나와 바다에 가자고 유혹하는 것처럼 미소를 지었다.

과연 내 심장이 오늘 하루를 버틸 수 있을 것인가. 앞으로를 기대해 주세요! 마이 이놈…….


그럼 먼저 어디부터 가볼까. 잠깐 멈춰 서서 입구에서 받은 팸플릿을 펼쳐봤다.

당연하지만 아지사이 양의 얼굴이 가까이 있었기 때문에 당연하다는 듯이 숨 쉬는 걸 멈췄다. 인간이 숨을 멈출 수 있는 건 평균적으로 1분을 조금 넘는 정도라고 한다. 슬슬 괴롭네.

"레나 짱은 제트 코스터도 탈 수 있어? ……레나 짱?"

"앗, 네."

얼굴을 멀리 떼고서 호흡했다. 인간은 애기할 때 숨을 쉬어야 하기 때문에 계속 숨을 참고서 대화하는 건 불가능했다. 이렇게 또 한층 성장했구나.

사실 유원지에 거의 와본 적이 없어서 제가 제트 코스터에 적성이 있는지 없는지 잘 모르겠단 말이죠.

그래도 절규 머신은 역시 좀 무서운데……. 절규라는 단어부터 무섭다. 만약 내가 혼자 왔거나 가족들이랑 온 상황이었다면 『난 됐어』라고 말했을 거다.

"어 음, 아지사이 양은?"

"나는 좀 타보고 싶을지도."

팸플릿으로 입가를 가리고서 후후후 웃는다.

"가족들이랑 오면 꼬맹이들한테 맞춰서 놀이 기구를 타니까 항상 회전목마나 회전찻잔 같은 거만 타거든. 벌써 고등학생인데 조금 부끄러워."

아이용 놀이 기구에 탄 아지사이 양은 분명 귀여울 것 같았지만 나는 두말없이 고개를 끄덕였다.

"그렇구나! 그러면 꼭 타보자!"

"괜찮아?"

"네에네에, 물론입니다. 저는 3D 멀미도 안 하는 체질이니까요!"

그게 상관이 있는지는 잘 모르겠지만 내 반고리관이 치명적으로 약하다거나 그러지는 않을 것이다. 문제는 제가 겁쟁이라는 사실 정도죠.

"그렇구나, 그러면 어디 보자, 제트 코스터에도 여러 종류가 있거든."

아지사이 양이 들뜬 기색으로 팸플릿을 가리켰다.

나도 모르게 아지사이 양의 손끝이 아니라 사랑스러운 옆모습을 응시하게 된다.

학교에 있을 때는 모두의 아지사이 양이지만 쉬는 날인 오늘은 나만의 아지사이 양이구나…….

이런 국민적 미소녀한테 내가 고백을 받은 건가? 진짜로……? 최면술에 걸린 것도 아닌데 뇌가 파괴당하는 느낌이다.

"왜애?"

내 시선을 눈치챈 아지사이 양이 고개를 갸웃했다.

"아, 아니."

심리적 배리어를 펼치는 것처럼 양손을 들어 올리고서 쑥스럽게 말했다.

"아지사이 양은 **오늘도 귀엽구나** 해서…….."

"아, 그거."

아지사이 양의 얼굴이 살짝 빨갛게 물들었다. 턱을 당기고서 올려다보는 시선으로 나를 바라본다.

"드디어 말해줬네. 귀엽다고."

"우엣?!"

지나치게 귀여운 리액션을 목도하는 바람에 이상한 비명이 튀어나왔다.

"아뇨아뇨…… 직접 입으로 말한 횟수는 제가 마음속으로 생각한 횟수의 백분의 일 정도예요…….."

"……그러면 마음속으로는 백 배쯤 그렇게 생각한다는 뜻?"

아지사이 양이 아주 깊숙이 파고든다.

"그, 그럴지도 모르겠네요……."

"뭐어—?"

그러자 아지사이 양은 불만스럽게 입을 비죽였다. 어째서!

"아뇨! 백 배도 적은걸! 왜냐하면 아지사이 양은 매초 매 순간 귀여우니까. 지금 현재도 귀엽고! 귀엽다!"

"그, 그러면~"

아지사이 양은 말하기 힘들다는 듯이 입을 다물었다. 단둘이 있는데다 살짝 장난꾸러기 모드인 아지사이 양이 말하기 힘들어할 정도면 치명적인 일격인 거 아니야?

"그런 생각이 들었을 때는 바로 말로 해줬으면~? 싶은데."

울트라 슈퍼 고난도 퀘스트가 내려왔다.

아니 입으로 말하는 거야 간단하지……. 아지사이 양의 귀여움은 『설탕은 달다』 혹은 『석양은 붉다』 같은 서나 마찬가지니까……. 그래도 내가 그걸 연호하는 모습은 좀 꼴사나울 거라는 생각이 든다.

하지만 그게 아지사이 양의 부탁이라면야……. 지금까지 잔뜩 빚을 졌던 내가 그걸 거절할 도리는 없다.

나는 심장에 손을 올리고서 심호흡했다.

"알겠어. 아지사이 양 귀여워."

"그렇게 바로 튀어나와?!"

"깜짝 놀라는 아지사이 양 귀여워. 아지사이 양의 태클도 귀여워. 애초에 목소리부터 귀여워."

"그, 그만 가자, 레나 짱!"

"아아, 걷고 있는 아지사이 양 귀여워. 또각거리는 발소리도 귀여워. 귀여움이 귀여움을 입고 걷고 있다니 귀여워. 뒷모습도 참 귀엽네."

"어휴 이제 알겠으니까! 내가 잘못했으니까~!"

아지사이 양이 됐다고 말해도 나는 계속해서 귀여워 귀여워를 연호했고, 아지사이 양한테서 꽤 단호한 "떽!"을 당하게 되었다. 화내는 아지사이 양도 귀엽지.


인생 첫 제트 코스터. 처음은 가벼운 것부터 시작하자는 취지에서.

우리는 이 유원지에 있는 다양한 절규 머신 중에서 가장 초심자용 놀이 기구를 골랐다. 어느 일정 높이까지 올라간 다음에 쭉 떨어지는 것밖에 없는 놀이 기구다. 제트 코스터가 아니라 프리폴이라고 부른다나.

줄을 서서 잠시 기다리니 우리 차례가 됐다.

의자에 앉으니 쿠션처럼 생긴 안전바가 위에서 철커덩하고 내려와서 좌석에 고정됐다. 움직일 수가 없다.

"뭐, 뭔가 굉장히 무서워지기 시작했는데……."

"으, 응. 조마조마해지기 시작했어. 기대되네."

아지사이 양은 자기 동생들처럼 눈을 반짝이고 있었다.

절규 머신이 조금씩 움직이자 여기저기서 꺄악꺄악 하는 목소리가 들렸다. 천천히 위로 올라간다. 다리가 허공에 둥둥 뜬 상태라 마음이 안 놓인다. 타지 말걸 그랬나……? 내 마음의 소리가 들려온다.

경치가 시야에 들어온다. 이미 맨션보다 높은 높이다. 이거 고소공포증이 있는 사람은 완전 끝장이겠네……. 하지만 나는 아직, 아직은 아슬아슬하게 괜찮았다. 내가 장녀라서 버틸 수 있었지 차녀였다면 못 버텼을 거야.

마침내 머신이 꼭대기에 도달했다.

그리고 단숨에.

중력에 이끌려서.

떨어졌다.

──부유감.

"히익──."

"꺄──────."

아지사이 양이 신이 나서 외치는 동안 나는 옆에서 안전바를 꽉 붙잡았다. 심장이 입으로 나올 것 같다. 눈이 핑핑 돈다.

거인한테 붙잡혀 이리저리 흔들리는 심정으로 위로 갔다가 아래로 갔다가. 비명을 운반하는 업무용 엘리베이터가 이윽고 가장 아래에 도착해서…… 멈췄다.

안전바가 올라간다. 비틀거리는 발걸음으로 땅을 밟았다. 가방을 챙겨서 아지사이 양과 함께 출구로 나왔다.

아지사이 양은 흐트러진 머리를 매만지면서 흥분한 얼굴로 나를 보며 웃었다.

"굉장했어! 재미있었지, 레나 짱!"

"어, 어어, 어……."

"레, 레나 짱? 여, 역시 무서웠어? 조금 쉴까……?"

나는 손을 꽉 쥐었다.

"──엄청 재미있었어!"

"와, 레나 짱의 눈이 반짝반짝 빛나는 것 같아!"

"응! 진짜 재미있었어! 기분 좋았어!"

인생 첫 스릴 체험에 푹 빠졌다.

뭔가 굉장해, 굉장한 무언가를 맛봤어……! 다들 이런 걸 나한테는 말 안 해주고 자기들끼리만 즐기다니……! 치사해!

그리고 그 순간 기시감을 느꼈다.

그건 처음으로 마이랑 밖에서 데이트를 했을 때. 내가 데이트 코스를 골라 마이를 VR 스튜디오에 데려갔었다. 거기서 마이는 즐겁게 웃고 있었지.

가슴에 따끔한 아픔이 느껴졌다.

"레나 짱?"

갑자기 헉, 하고 시야가 회복되는 느낌과 함께 주변을 둘러봤다. 이곳은 유원지. 나는 아지사이 양과 함께 있다. 그런데 다른 사람 생각을 하다니.

"미, 미안. 뭐라고 했었어?"

"아니, 다음은 어디 갈까 해서."

"그, 그렇지. 일단 모든 절규 머신을 제패해 보고 싶은데!"

"레나 짱 엄청 신났네─. 아, 그래도."

아지사이 양은 조금 생각하더니 문득 힘 빠진 웃음을 지었다.

"한 개는 남겨두고 싶어⋯⋯. 다음에 마이 짱이랑 오게 될 때를 위해서."

"아⋯⋯."

나만 그런 게 아니었다. 아지사이 양도 마이를 생각해주고 있었다.

아지사이 양의 미소를 보자 찜찜했던 마음이 싹 가셨다. 그렇구나. 확실하게 말로 전하면 되는구나. 역시 아지사이 양은 상냥하고 대단해.

"응."

나는 웃으면서 고개를 크게 끄덕였다.

"마이가 절규 머신을 무서워하면 어쩌지."

"아하하, 의외로 그럴지도~ 그럴 땐 마이 짱까지 셋이서 회전목마를 타자."

"어— 뭐야 그거 귀여워—. 스마트폰 영상으로 찍어두고 싶은걸."

나랑 아지사이 양은 마주 웃으면서 다음 절규 머신으로 향했다.


같이 절규 머신을 타고, 잠깐 카페에서 쉬면서 차를 마시고, 그리고 다시 절규 머신을 돌았다. 그걸 반복하다 보니 어느새 주변이 붉게 물들었다.

이제 유원지 구조도 다 외워버린 우리는 느긋하게 벤치에 앉아 쉬는 중이다.

"오늘은 실컷 놀았네—."

"정말 실컷 놀았지~"

기분 좋은 피로감을 느끼면서 누가 먼저라고 할 거 없이 웃었다.

처음에는 어떻게 될까 불안했었는데 아지사이 양과 둘이서 보내는 휴일은 즐거웠다.

물론 아지사이 양의 인간력이 높기 때문인 점도 있다.

하지만 그에 맞먹을 정도로 유원지라는 장소는 대단하다. 걸으면서 대화도 할 수 있고, 놀이 기구에 대한 감상을 나누면서 다음 놀이 기구에 줄을 서다 보면 시간이 순식간에 지나간다.

유원지가 데이트 장소의 정석으로 꼽히는 이유를 잘 알게 된 하루였다.

뭔가 엄청 순수하게 즐거웠네…….

"한 개 정도 더 탈 수 있으려나. 있지, 아지사이 양은 혹시 또 타고 싶은 거 있어?"

"아, 그러면, 으음."

아지사이 양은 들어 올리려던 손을 멈추고 머뭇거리면서 눈을 굴렸다.

"뭔데뭔데, 뭐든지 말해봐. 오늘은 나만 계속 타고 싶은 것들을 말했으니까 마지막은 아지사이 양이 가고 싶은 곳으로 가자!"

"절규 머신은 나도 타고 싶었으니까 그건 괜찮은걸~. 응, 그래도 고마워, 레나 짱."

"아뇨아뇨!"

"사실은 아직은 시간이 좀 이르지 않나 했지만. ……그래도 기왕이면 같이 타보고 싶어서."

그 목소리에 살짝 요염한 색이 섞였다.

아지사이 양이 손가락으로 가리킨 건 팸플릿이 아니라 웅장하게 치솟아 있는 건축물. 시계의 초침처럼 천천히 곤돌라가 회전하고 있는 관람차였다.

아지사이 양의 뺨에 물들은 홍조가 진해졌다.

"있잖아…… 언젠가는 좋아하는 사람이랑, 관람차에, 꼭 함께 타보고 싶다고 생각했거든."

나를 향한 강렬한 호의가 바람처럼 내 머리카락을 흔드는 느낌이었다.

나는 갑자기 불어온 맞바람에 숨을 쉬기 힘들었다.

"아, 그게……."

여태까지의 나라면 그저 흐름에 휩쓸려서 엉겁결에 고개를 끄덕였을 거라고 생각한다.

아직 스스로를 좋아할 수는 없지만……. 그래도 아지사이 양한테 호감을 받고 있는 사람으로서, 자기 자신을 인정해 주고 싶으니까. 그 마음만큼은 계속 품고 있었으니까.

먼저 아지사이 양을 확실하게 받아들이는 거야.

"……응."

끄덕이면서 아지사이 양에게 손을 내밀었다.

"가자."

아지사이 양의 얼굴에 떠오른 표정은 미소가 아니라.

"응…… 레나 짱."

자신의 품 안에 있는 무거운 짐에 곤혹스러워하는 작은 여자아이 같은 표정이었다.

둘이서 탄 곤돌라가 천천히 올라가기 시작했다.

아지사이 양은 맞은편이 아니라 내 옆에 앉아 있었다.

프리폴과는 다르게, 외부 세계와 단절된 상자 속에 우리 단둘뿐.

이 10분 동안은 설령 내가 정말로 도망치고 싶다고 생각할 만한 일이 일어나더라도 곤돌라에서 뛰어내리지 않는 한 밖으로 도망갈 수 없다.

가족과 함께 타는 관람차와는 전혀 달랐다. 이게 데이트의 관람차……!

"……있잖아, 레나 짱."

"네, 넵."

옆에 앉은 아지사이 양이 쑥스러운 기색으로 말했다.

"나, 지금 있지…… 긴장하고 있어."

"그, 그러신가요…… 저도입니다…….."

사실 나는 아지사이 양이랑 같이 있을 때면 기본적으로 항상 긴장하기 때문에 아무런 참고도 되지 않겠지만…….

아지사이 양이 떠듬거리는 어조로 말했다.

"그래서 그게…… 조금, 이상한 행동을 해서, 레나 짱을 깜짝 놀라게 만들지도 몰라. 혹시 깜짝 놀라게 만들면 미안해."

"그, 그렇군요…… 그래도 괜찮아요! 저는 깜짝 놀라는데 익숙하니까요!"

자평해 보면 대충 100점 만점에 2점쯤 되는 대사였다.

아지사이 양이 내 말에 아무런 반응도 없는걸 보니 아무래도 진짜 긴장한 모양이다.

어쩌지. 이런 패턴은 거의 경험해 본 적이 없어서 막막하다.

"괘, 괜찮아? 레나코 언니가 되어 줄까? 착하지 착해—, 이렇게……."

다섯 살 어린이 아지사이 양을 어르고 달래는 목소리를 내자 아지사이 양이 살짝 불만스러운 표정을 짓는다. 히익!

"어휴…… 지금은 그런 게 아니야."

"미안합니다!"

자기를 놀렸다고 생각할지도 모른다. 하지만 토라진 아지사이 양도 무진장 귀엽네요……! 불에 기름을 붓게 될 것 같아서 직접 말로 하지는 않았다.

아지사이 양이 내 손바닥 위에 가만히 손을 올렸다.

우왓…….

부드러운 감촉이 손바닥을 간질이자 온몸의 신경이 그곳으로 집중된다.

"있지, 레나 쨩……."

"네. 저기."

"……좋아해."

"…………으, 응……."

그 말에 담긴 파괴력에 살짝 의식이 날아가 버릴 것 같았다.

"레나 쨩을 좋아해…… 오늘 하루 고마웠어."

"으으응…… 나야말로."

"즐거웠어."

"응. 나도."

아지사이 양이 드디어 미소를 지었다.

긴장감 넘치던 분위기가 톡 터지듯이 사라졌다.

커다랗게 숨을 토해내는 아지사이 양.

"하아……… 좋아한다고 말하는데도 용기가 필요하네. 레나 짱은 대단해……."

"그, 그렇습니까?"

"평소에 나를 보고 좋아한다는 말을 입에 달고 있는걸."

"이야……. 그것도 귀엽다는 말과 마찬가지로 제 거짓 없는 본심이라……."

그리고 아마…… 내가 하는 말은 상대방에게서 돌아올 반응을 전혀 고려하지 않고서 그저 감정의 선물을 떠넘기는 격이라, 아지사이 양이 말하는 『좋아해』와 다른 의미였으니까.

……지금은 어떤지 잘 모르겠지만.

몸이 확 뜨거워졌다. 아 정말이지, 아지사이 양이 옆에 있는 상황에서 땀내를 풍기는 건 절대로 싫은데. 하지만 생리현상을 마음대로 조절할 재주는 없다…….

아지사이 양은 아핫, 웃었다.

"그래도 이런 식으로 나란히 앉아서 관람차를 타고 둘이서 데이트를 했다는 건 학교 애들한텐 비밀로 해야겠네."

"그, 그러네."

아지사이 양이 입술에 검지를 가져다 댔다.

"비밀이야. 있지, 자, 레나 쨩도."

"응."

나는 아지사이 양의 동작을 흉내 내며 웃었다.

"비밀——."

입술에 손가락을 가져다 댔을 때.

아지사이 양의 눈이 감기고 천천히 얼굴이 다가왔다.


"어——."


시야를 가득 메우는 아지사이 양의 얼굴.

그건 내 입술에.

——가 아니라 사이를 막고 있는 검지에.

입을 맞췄다.

"아핫……."

아지사이 양이 몸을 뒤로 뺐다. 머리카락이 부드럽게 허공에서 춤췄다.

꽃이 피어나는 것처럼 웃으면서 아지사이 양은 가늘게 뜬 눈으로 새빨개진 얼굴을 숨기려는 듯이 뺨을 눌렀다.

"……긴장했어."

두근두근이나 쿵쾅쿵쾅을 넘어.

이젠 심장 소리밖에 들리지 않는다.

"아…… 아지사이 양……."

나는 아직도 입술에서 검지를 떼지 못하고 있었다.

"응, 있잖아."

아지사이 양이 수줍게 말했다.

"나랑 레나 짱은 아직 사귀는 게 아니니까 키스는 안 돼. 있지,
그래도 하고 싶었어……. 하고 싶었으니까 손가락 너머로 키스해
버렸어."

예전에 봤던 아지사이 양의 손키스는 정말로 귀여워서.

그런 아지사이 양의 입술에 누군가가 맞닿게 될 거라니 너무 상
상조차 하기 힘든 일이라 고려해 본 적도 없었는데.

내 검지에 닿았던 입술의 감촉은 너무 깜짝 놀랐던 탓에 떠올
릴 수 없었지만.

지금 아지사이 양의 쑥스러워하는 표정은 분명 아무리 시간이
지나도 잊지 못하겠지—— 그런 생각이 들었다.

우리를 태운 곤돌라가 지상으로 내려간다.

둘만의 비밀스러운 시간은 이렇게 끝을 고했다.


"그러면 바이바이, 레나 짱."

아지사이 양이 먼저 전철에서 내렸다.

"응…… 조심히 들어가, 아지사이 양."

"그건 레나 짱도 마찬가지야. 레나 짱은 정말 귀여운 여자애니까."

"그, 그런가? 그러네요."

연극처럼 장난스러운 동작으로 손가락을 들이미는 아지사이
양을 향해 얼빠진 웃음을 돌려줬다.

"그러면 그…… 잘 자."

"네에, 좋은 꿈 꿔."

문이 닫힌다. 그때 한순간 아지사이 양이 어쩐지 쓸쓸해 보이는 얼굴로 웃었다.

"다음엔 마이 짱도 함께. 그렇지?"

그게 어떤 의미인지 알지 못한 채.

"응…… 마이도 함께."

앵무새처럼 말을 받을 수밖에 없었지만 대신 힘차게 손을 흔들었다.

아지사이 양은 전철이 멀어질 때까지 홈에 가만히 서서 나를 배웅해 줬다.

혼자가 되자 저도 모르게 한숨이 흘러나왔다.

하루 종일 아지사이 양의 귀여움을 쬐고 있었더니 좀처럼 현실로 돌아오기가 힘들었다.

……즐거웠어.

정말 말 그대로 즐거웠다.

뭐 마지막에 했던 손가락을 끼워 넣은 키스 땐 심장이 터져버릴 뻔했지만.

"……하아……."

하지만, 그럼에도.

나는 결심했다.

마이랑 어떻게 되고 싶은지. 그리고 아지사이 양이랑 어떻게되고 싶은지.

이제 필요한 건 용기뿐.

내가 내린 결론을 스스로 믿고서 두 사람에게 호소할 뿐이다.

위가 달궈진 돌이라도 삼킨 마냥 아팠다.

내가 바라보는 시야 너머에 있는 건 마이와 아지사이 양이라는 빛. 하지만 뒤를 돌아보면 내가 품었던 어두운 일면이 펼쳐져 있다.

펼쳐진 어둠이 내가 하고 싶지 않은 변명들을 마구잡이로 토해 냈다.

아무것도 선택하고 싶지 않아. 계속 대충대충 살고 싶어. 미지근한 물에 몸을 담그고 싶어. 나중으로 미루고 귀를 틀어막고 싶어. 도망치고 싶어. 전부 다 없었던 일로 하고 싶어. 방에 틀어박히고 싶어. 책임지고 싶지 않아. 즐거운 일들만 골라서 놀고 싶어.

사방으로 부르짖는 내면의 약한 소리를 전부 삼켰다.

나는 전철 창문을 통해 바깥 경치를 봤다.

하늘에 반짝이는 달님은 오늘도 아름다웠다.

먼 옛날 그렸던 이상적인 자신의 모습에 지금 나는 조금이나마 다가갔을까. 모르겠다. 애초에 내가 그렸던 내 모습은 어떤 얼굴을 하고 있을까. 빛나는 윤곽선에 덮여 있어서 실루엣밖에 보이지 않는데.

하지만 시간은 멈추지 않고 흐른다. 돌아가는 관람차처럼 초침은 계속해서 나아가고 있다.

지금의 내가 말할 수 있을까. 안 되겠어. 마음이 또 어둠에 잠식당할 것만 같다.

그때 스마트폰에 도착한 메시지가 있었다.

카호 짱이다.

『마쿠하리 코스프레 서밋에 나가기로 결심했어.』

나는 입가를 손으로 눌렀다.

뭘까. 가슴에 찡한 감동과 함께 눈물이 나와.

입장도 상황도 전혀 다른데 나도 모르게 저절로 공감하게 되고 저절로 기쁨이 차오른다.

『역시 나는 코스프레가 좋아. 나 대신 누군가가 출장하게 된다면 분명, 반드시 후회할 테니까.』

응.

이해해, 카호 짱.

『그래서 있지, 만약 많은 사람들이 나 같은 애한텐 어울리지 않는다고 말한다 해도…… 그래도 나는 나가고 싶어. 동경하던 장소니까.』

응. 응.

다른 사람의 말은 상관없어. 왜냐하면 그게『좋아함』이라는 거지.

분명 굉장히 커다란 무대에 서서 평소보다 훨씬 긴장하게 되겠지. 만약 나라면 리허설조차도 엄청 긴장해서 돌처럼 굳어버릴지도 모른다. 하지만 카호 짱은 나랑 달라. 지금까지 줄곧 차근차근 노력을 쌓아왔으니까.

그러니까 응원할게, 카호 짱.

내 소중한 친구를 언제나 항상 응원할 테니까.


『──그래서 말인데, 레나찡. 한 번만 더 힘을 빌려줘. 나랑 함께 마쿠하리 코스프레 서밋에 나가 줘!』

……응?

나는 화면에 띄워진 메시지를 몇 번이고, 몇 번이고 반복해서 읽고서, 커다랗게 고개를 갸웃했다.

**함께라니**················ 뭐요······?

                    * * *

**"페어 출장."**

"어? 응."

눈앞이 깜깜해졌다.

"레나찡?!"

나는 깨닫지 못했다. 카호 짱은 『8팀 출장할 수 있다』고 말했다. 개인 참가였다면 그런 표현을 쓰지 않았겠지. 다시 말해 2인 페어로 8팀이 출장한다는 의미인 거다······.

"무리······ 절대로 무리야······."

이튿날인 월요일 아침. 교실 뒤편에서 사람들의 시선조차 개의치 않고 풀썩 주저앉았다. 톱 카스트에 속한 인싸가 할 만한 행동이 아니다. 하지만 기절하진 않았으니 그나마 낫다······.

큰 무대에서 코스프레를 하는 거잖아? 바로 요전까지 여자 세 명한테 둘러싸인 걸로도 쭈뼛쭈뼛 긴장했던 내가 그런 무대에······.

오히려 카호 짱한테 묻고 싶다······ 내가 그걸 할 수 있을 거라 생각해······? 아니 할 수 있을 거라고 생각하니까 권했겠지만!

비틀거리며 일어섰다.

"그러면 사츠키 양한테 부탁하거나……."

"나는 레나찡이 좋아!"

카호 짱이 나를 똑바로 응시하면서 말했다.

"레나찡과 함께가, 좋아."

으…….

확실히 카호 짱의 등을 떠민 건 나니까…… 게다가 그때『내가 할 수 있는 거라면 뭐든지 할 게!』같은 소리를 태연히 했던 것 같기도…….

여기서 딱 잘라『아뇨, 나는 그냥 적당히 입에서 나오는 대로 카호 짱을 무책임하게 부추겼을 뿐이니까. 극복해야 하는 건 카호 짱이지 나는 관여하지 않을게(웃음)』이라고 말할 수 있는 사람이 있어? 그런 사람은 그냥 쭉 외톨이로 살아가면 되잖아…….

"그래, 그렇구나, 카호 짱……."

말을 꺼낸 사람은 나, 말을 꺼낸 사람은 나…….

흘러가는 시간의 시곗바늘도, 그리고 내가 내뱉은 말도, 무엇 하나 되돌릴 수 없다. 새삼 통감했다.

일단 가슴에 손을 대고서 심호흡. 머뭇거리며 카호 짱의 시선을 마주 보았다.

"어쩌면 폐만 끼치게 될지도 모르지만…… 아니 정확히는 분명히 완전 100퍼센트 폐를 끼치게 될 거라고 생각하지만. 그야말로 확실하게!"

"왜 그런 부분에서만 자신만만하게……."

"하지만 그럼에도 괜찮다면 그…… 저도 돕게 해주세요!"

고개를 숙이면서 손을 내밀자 카호 짱이 웃었다.

"왜 레나찡이 부탁하는 건데. 거꾸로잖아."

"그, 그거야 그렇지만…… 그래도 누가 봐도 내가 발목을 잡는 쪽이니까……."

카호 짱의 힘이 되고 싶고, 카호 짱을 도와주고 싶지만 동시에 폐를 끼치고 싶지도 않다. 이런 복잡한 마음을 감싸 안는 것처럼 카호 짱이 내 손을 잡아 줬다.

"괜찮아, 왜냐하면 나는 레나찡이랑 함께 그걸 하는 걸 좋아하니까."

카호 짱은 교실이라서 『코스프레』라고 직접 말하는 건 피했지만 힘주어 고개를 끄덕였다. 나도 힘차게 "응!"이라고 대답했다.

카호 짱이 시선을 돌리며 중얼거렸다.

"게다가 사 짱은 그날 다른 볼일이 있다고 했으니."

카호 짱? 왜 사츠키 양한테 먼저 물어본 건데? 내가 최고의 파트너였던 게 아니었어? 저기, 카호 짱! 이봐요!


내 자리로 돌아와 푹 엎어졌다. 터무니없는 약속을 해버렸다. 이벤트 당일까지는 당분간 잠 못 드는 날들을 보내게 되겠네…….

"저기, 레나 짱, 무슨 일이야? 방금 엄청 충격을 받은 것처럼 보였는데."

뒤를 돌아보며 작은 목소리로 나를 걱정해주는 아지사이 양. 나는 넋 나간 표정으로 손을 흔들었다.

"괜—찮아. 괜—찮아…… 아지사이 양은 상냥하네……."

"새, 생기가 하나도 없어졌는데!"

"있잖아, 아지사이 양, 사실은……."

아지사이 양이 "응?" 하고 고개를 갸우뚱했다.

조금 떨어진 자리에 앉아있는 마이한테도 흘끗 시선을 던졌다. 마이는 아까 전에 내 자리로 와서 『어제는 미안했어』라며 고개 숙여 사과했다. 유원지에 오지 못했던 일을 말하는 거다.

일 때문에 그런 거니까 어쩔 수 없지, 라고 대답하는 우리를 향해 마이는 뭔가 난처하다는 듯이 쓸쓸한 미소를 지었다. 하지만 카호 짱이 안겨준 문제에 정신이 팔려서 배려가 담긴 위로의 한 마디조차 제대로 해주지 못했다.

사실 자꾸만 전부 다 나중으로 미루게 되는 바람에 정말 면목 없기는 한데…….

아지사이 양한테 살짝 고개를 숙였다.

"지금 내가 좀 엄청난 사태에 휘말린 상태라……. 이건 마치 내 MP를 전부 소모해도 발동할지 어떨지 알 수 없는 대마법 같은 느낌이라서……."

"으, 응."

잘은 모르겠지만 최대한 이해해 주려고 노력하는 표정으로 아지사이 양이 열심히 고개를 끄덕였다.

"사실은 그 일만 없었다면 오늘 제대로 아지사이 양과 마이한테 대답을 해주려고 했는데…… 미안해……."

"으, 응, 그렇구나…… 어?! 뭐어어?!"

아지사이 양의 얼굴이 잔뜩 찍어댄 볼터치처럼 시시각각 붉게 달아오른다.

"오, 오늘 대답이라니…… 어어……? 그, 그랬구나…… 깜짝이야……."

"어? 으, 응…… 힘을 내서, 그러려고 했는데……."

그러려고 생각했는데…….

아지사이 양이 잠시 가슴을 누르고 나서 작은 소리로 말했다.

"……아, 아직 이르지 않을까……? 아직 한 달이 안 지났으니까……."

아지사이 양이 그런 소릴 해?!

"아니, 그야 두 사람을 기다리게 만들고 있으니까 빨리 말하는 편이 좋잖아?!"

"그, 그건 그렇지만~ ……아니, 그, 그보다."

아지사이 양이 새빨개진 뺨을 부풀리면서 치켜뜬 눈으로 나를 노려본다. 아지사이 양이 나를 노려본다?!

"진지하게 생각해 주는 건 기쁘고, 기다려 달라고 한다면야 나는 얼마든지 기다릴 테지만~ 다른 애들도 있는 학교에서 아침부터 얘기할 내용은 아니잖아~ 레나 짱……."

"그건 그러네요! 죄송합니다!"

수줍은 표정을 반 친구들한테 숨기려는 것처럼 아지사이 양이 얼굴 옆에 손을 가져다 대고서 신음했다.

내가 소리치는 목소리가 아침의 교실에 울려 퍼졌다. 나는 또다시 애들의 주목을 받고 말았다. 부끄럽네요!

* * *

스케줄은 상당히 빡빡했다.

나는 매일 같이 카호 짱네 집에 들락거리게 되었다.

의상은 저번에 입었던 『애니멀메이드!』 고양이 귀 메이드 복과 바니걸 메이드 복. 카호 짱은 그 옷들을 훨씬 호화롭고 정교하게 손볼 예정이라고 한다.

그건 좋다고 치자. 사실 노출도가 높아져서 더 긴장하게 되니까 좋지는 않지만. 내심으로는 인형 탈이라도 쓰고 등장하고 싶다.

그런 것보다 진짜 문제는.

"퍼, 퍼포먼스……?!"

"맞아맞아. 각 팀은 스테이지 위에서 3분간 퍼포먼스를 선보이게 돼! 그걸 보고 현장 투표와 인터넷 투표로 얻은 득표수를 합해서 순위가 결정되는 거야!"

카호 짱이 보여준 스마트폰 영상을 보면서 넋을 잃었다.

화려한 의상을 입은 코스플레어어 분들이 스테이지 위에 서서 어떤 페어는 전투씬을…… 어떤 페어는 애니메이션 장면을 재현하고…… 어떤 페어는 놀랍게도 라이브 무대처럼 절도 있는 댄스를 선보이는데…….

이, 이걸 나랑 카호 짱이 한다고……?

"반에서 운 좋게 좋은 그룹에 소속됐을 뿐인 고등학교 1학년 학생인 내가?!"

"그러니까 오늘부터는 매일 특훈입니다!"

"특훈을 한다고 어떻게든 되는 건 맞아……?『초보자의 퍼포먼스』에서『초보자의 퍼포먼스＋』로 진화하고 끝 아니야……?"

"설사 그렇다고 해도! 플러스가 될 수 있다면 반드시 해야 하는 거잖아! 우리는 수치를 당하지 않으려고 가는 게 아니라 코스프레에 대한 애정을 표현하기 위해서 가는 거니까!"

내 머리에 쾅광, 하고 벼락이 쳤다.

확실히……. 난 코스프레에 대해서 아무것도 아는 게 없지만 그래도 카호 짱의 진심 어린 애정을 표현하기 위한 톱니바퀴가 될 수 있다면 바라던 바다.

오히려 더욱 품질 좋은 톱니바퀴가 되겠다고 나서야겠지!

카호 짱은 계속해서 위축되어 있는 나를 격려해 줬다. 자기도 불안할 텐데, 그럼에도 내 손을 이끌어줬다.


서밋까지 남은 일정을 하나하나 소화할 때마다 내 정신도 시시각각 불안정해지고 있었다. 고백에 대한 대답을 해야 할 날짜가 점점 다가오고 있다는 점이 상승효과를 일으켜서『아무것도 안 했는데 금요일 밤이 벌써 일요일 심야가 됐어?!』같은 느낌으로 나를 계속 초조하게 만들었다.

어느 날 나는 카호 짱한테 물어봤다.

"있지, 정말로 괜찮은 거야……? 나는 사츠키 양 같은 슈퍼 미인도 아니고, 마이나 아지사이 양처럼 남들을 매료하는 오오라가 있는 것도 아닌데……."

어휴 정말, 일단 하겠다고 결심했으면서 언제까지 그렇게 꾸물 대고 있을 거야, 내가 스스로한테 버럭 소리치고 싶을 정도로 우유부단한 작태였지만.

카호 짱은 그런 겁쟁이인 나를 싫증도 내지 않고 언제나 똑바로 마주 봐주었다.

"나는 지금까지 언제나 레나찡이랑 또다시 함께 뭔가를 하거나 같이 놀고 싶었어."

"카호 짱……."

카호 짱이 의상 수선을 위해 재봉틀을 다루면서 말했다.

"하지만 레나찡은 이미 다른 세상에 사는 여자애가 되었으니까 나랑 놀았던 추억은 이미 다 잊었겠구나, 생각했어."

"그건."

나도 똑같은 생각을 했었다.

카호 짱은 옛 모습 같은 건 진작 다 사라졌고, 굉장히 씩씩하고 힘이 넘치는 귀여운 여자아이로 성장했으니까 이미 나에 대한 건 안중에도 없을 거라 생각했다.

하지만 카호 짱이 다시 한번 나한테 손을 내밀어 줬다.

그 시절처럼 그냥 만화나 애니메이션 얘기로 떠드는 게 아니라 카호 짱이 지금 푹 빠져 있는 세상 속으로 데려와줬다.

그건 분명 옛날에 내가 카호 짱을 만화의 세계로 끌고 들어왔던 것과 마찬가지다.

우리는 서로에게 같은 행동을 하고 있는 것이다.

"레나찡이랑 함께가 좋아. 있지, 레나찡이 코스프레의 매력에 빠졌는지 아닌지는 잘 모르겠지만 그래도 조금만 더 나랑 같이 했으면 좋겠어. 같이 놀자, 레나찡. 커다란 무대에서 우리 둘이 함께."

카호 짱이 재봉틀을 움직이던 손을 멈췄다. 조금 부끄러운 듯이 빨개진 얼굴로 나를 응시한다.

"다시 옛날처럼 즐겁게…… 아니, 옛날보다 훨씬, 최고로 즐겁게!"

"그렇게 열렬한 권유를 받으면……."

나는 카호 짱 곁으로 미끄러지듯 다가가서 가녀리고 예쁜 몸을 꼭 끌어안았다.

"거절할 수 있을 리가 없잖아! 카호 짱! 내 친구!"

카호 짱도 웃으면서 내 몸에 팔을 둘렀다. 체온이 전해져온다.

"이예—이! 레나찡—!"

그 순간 드디어, 과거의 카호 짱과 현재의 카호 짱이 이어진 것 같은 느낌이 들었다.

이벤트를 반드시 성공시키고 싶어. 빛나는 카호 짱의 미소에 그늘이 지게 만들고 싶지 않아. 너무 기합을 넣으면 금방 녹초가 되어버릴지도 모르지만 이 마음만큼은 굳게 간직하고 싶다.

나는 잠깐 단절됐던 카호 짱과 함께하는 날들을 다시 한번 이어갔다.


퍼포먼스 아이디어는 카호 짱이 고안해 줬다. 그 아이디어를 이것도 아니다 저것도 아니다, 라며 궁리하고 수정해서 훨씬 나은 퍼포먼스로 개선해나가는 날들은 매우 즐거웠다.

나는 시곗바늘이 앞으로 나아가길 바라는지, 아니면 여기서 멈춰있길 바라는지 스스로도 알 수 없었다.

하지만 그건 카호 짱도 마찬가지일지도 모른다.

서밋 개최일이 오면 즐거운 날들도 끝이다. 그러니까 계속, 계—속 나랑 함께하길 바라고 있을 거라는 건 역시 너무 나간 생각일까?

학원에 도착하면 둘이 나란히 자리에 앉아, 수업 시작 전 얼마 안 되는 짧은 시간이 계속되기를 바랐던 것 같이──.

──그런 날들도 마침내 끝을 맞이했다.


내 운명의 전환점이 될 날이 찾아온 것이다!

\* \* \*


10월의 시작, 드디어 마쿠하리 코스프레 서밋 날이 밝았다.

고등학교에 입학하고서 반년. 매일 쉬지 않고 달려오다 보니 나는 마침내 이런 곳까지 오게 됐다……. 잡몹과의 전투를 계속 피해 다니다 보니 레벨 1인 상태로 최종 보스 앞까지 와 버린 것 같네. 가슴이 웅장해진다.

나는 카호 짱이랑 이벤트 회장 근처 역에서 합류하기로 약속했다.

회장에서 코스프레 이벤트 말고도 갖가지 다양한 애니메이션 관련 행사가 열린다나. 그래서 역은 상당히 혼잡한 상태였다. 국내에서 손에 꼽힐 정도로 대규모 이벤트라는 게 진짜인가 보다.

구석에 가만히 서서 스마트폰을 만지다 보니 약속시간을 살짝 넘긴 타이밍에 캐리어 가방을 끌고서 카호 짱이 나타났다.

"얏호— 레나찡! 코스프레하기 참 좋은 날이네!"

카호 짱은 빈틈없이 콘택트렌즈를 착용한 인싸 모드다. 오늘도 미소에서 반짝반짝 빛이 나서 365일 귀엽다.

"안녕, 카호 짱. 오늘은 부디 잘 부탁드립니다."

"아하하, 즐겁게 가보자! 즐겁게!"

어깨를 팡팡 두드린다. 어쩜 저리 믿음직스러운 미소일까. 반해버려.

"카호 짱은 역시…… 하나도 긴장하지 않은 것 같아……."

"그야 당연하지, 놀 줄 아는 인싸 캐릭터는 이런 상황에서 긴장하지 않는 법이니까. 그들은 자신이야말로 이 세상의 중심이라고 생각하고 있는 것이다."

"진짜 그런 걸까?! 그런 이미지가 있긴 한데!"

"하지만 아싸 모드였으면 분명 견뎌내지 못했을 거야. 그래서 어제는 수면 부족이 되지 않도록 아슬아슬하게 한계까지 콘택트렌즈를 끼고 있다가, 이젠 안 되겠어, 그만 자자, 싶은 타이밍에 콘택트렌즈를 빼고 잠들었어."

이 능력자는 자신의 힘을 완벽하게 컨트롤하고 있다.

"강하다……. 나도 카호 짱처럼 원하는 상황에 맞춰 자기 암시를 걸 수 있으면 좋을 텐데……. 앞머리에 핀을 꽂았을 때만 인싸로 변한다거나."

나란히 캐리어를 끌면서 회장으로 향하는 우리.

"레나찡한테는 비장의 최면 보이스가 있지 않은가."

그거 말이지…….

"그걸 들으면 이상한 기분이 들기 시작해서 말이지……."

뭐, 일단 듣고 오기는 했지만. 언 발에 오줌 누기나 마찬가지일 지도 모른다.

카호 짱이 우뚝 멈춰 섰다. 응? 하고 뒤를 돌아봤다.

"이상한 기분이라니…… 어?"

"어?"

눈이 마주쳤다. 카호 짱의 얼굴이 빨개져있다.

단숨에 식은땀이 폭포수처럼 흘러나왔다.

"어, 엇?! 아니 카호 짱이 지금 무슨 상상을 하는지는 모르겠지 만!"

"이야~ ……뭐라 해야 하나, 이걸 뭐라고 해야 하나…… 친구 입에서 그런 말을 들으면 뭔가 굉장히 좀, 부끄럽구만요~ …… 냐하하…….."

잘은 모르겠지만 분명 지금 엄청난 착각을 하고 있어!

"그게 아니야! 묘하게 카호 짱의 얼굴이 아른거리거나, 촬영회 때 내가 했던 짓들이 떠올라서 발버둥 치게 되는 거니까! 절대로 아니거든?! 야한 기분을 말하는 게 아니거든—?!"

이래저래 떠들다 보니 회장에 도착했다. 카호 짱이 나랑 눈을 마주치지 않는다. 아직도 나를 왕변태라고 생각하는 거야?! 아니 라고!

인파를 따라 회장 입구로 가려고 했더니 카호 짱이 이쪽이라며 손짓했다. 사람들이 향하는 곳과는 다른 방향으로 걸었다.

"어라? 카호 짱, 그쪽 맞아?"

"후후후, 바로 그렇다고. 우리는 관계자 패스가 있으니까! 우리가 갈 곳은 바로 관계자용 출입구야!"

"관계자!"

뒷문에서 접이식 테이블을 펼치고 있는 사람한테 가서 카호 짱이 초대장처럼 생긴 걸 보여줬다. 그러자 우리는 방명록에 이름을 적은 다음 명찰 두 개를 받고 안으로 들어갔다. 긴장된다.

고개를 내려 목에 걸린 명찰을 보자, 코스프레 서밋 관계자라고 적혀 있다. 신비한 나라의 앨리스도 아닌데 마치 딴 세상에 온 기분이다. 뭐, 오늘의 토끼 역할은 바로 나지만. 카호 짱은 체셔 고양이려나…….

복도를 지나 라커룸으로 안내를 받았다.

상당히 넓은 방으로, 참가자 전원이 여기서 옷을 갈아입나 보다. 나랑 카호 짱은 우리한테 배정된 로커로 다가갔다. 나란히 붙어 있는 로커에는 자물쇠가 달려 있었다. 편리하네.

직원분이 시작 30분 전까지 준비를 마치고 모여 달라는 당부사항을 남기고 자리를 떠났다.

그렇다는 건 어디 보자, 시간 여유는 넉넉하다. 아직 우리 빼고는 아무도 안 오기도 했고.

어떻게 할까, 빨리 옷을 갈아입는 게 나으려나? 카호 짱의 기색을 살폈다.

카호 짱은 짐을 로커에 넣은 다음 기세 좋게 뒤를 돌아봤다.

"좋았어! 레나찡! 잠깐 회장을 둘러보고 오자고!"

"어? 여기서 기다리지 않고 돌아다녀도 돼?"

"그야 당연히 괜찮지! 인싸답게 지금을 즐겨보자! 고고!"

"으, 으와아."

카호 짱이 잡아당기는 손에 이끌려 우리는 직원용 통로를 지나 회장으로 들어갔다.

문을 연 순간 열기와 스포트라이트가 확 밀려와서 마치 플라네타리움에라도 들어온 기분이었다. 벌써 여기저기서 스테이지가 시작됐는지 애니메이션 코너들이 잔뜩 있고, 회장 안은 아주 떠들썩했다.

"뭔가 굉장해……."

반짝이는 일루미네이션 하나하나가 빛나는 별 같았다. 그래서 여기가 플라네타리움처럼 보였던 거구나.

사람들의 『좋아하는』 마음들이 모여 형성된 은하. 그게 몹시도 아름다워서 나도 모르게 숨이 막혔다.

"아하핫, 무지막지 굉장하네!"

그리고 웃으면서 내 손을 잡아당기는 카호 짱도 반짝이며 이 우주를 구성하는 일등성 같았다.

이 회장에 있는 어떤 사람한테도 지지 않을 정도로 강하고 힘차게 빛나고 있었다.

옛날에는 나도 지니고 있었지만 손에서 놓쳐버린 여러 반짝임들을 카호 짱은 지금도 여전히 소중하게 품에 간직하고 있다. 그게 너무나 눈이 부셔서 저절로 치솟는 부러움 때문에 자꾸만 이런 식으로 카호 짱의 뒤를 따라다니게 되는 걸지도 모른다.

따지고 보면 처음부터 ──마이와 아지사이 양에 대해서 깊이 고심해야 하는 시간이었는데도── 카호 짱한테 말을 걸었던 것도 카호 짱을 통해『좋아한다』는 마음을 제대로 이해하고 싶었기 때문이었을까.

분명 그 마음은 사랑과도 비슷할 테니까.

"응!"

나랑 카호 짱은 여러 스테이지를 구경하며 감동하고, 여러 이벤트 도우미 언니들을 보면서 눈보신을 하며, 이런 환상적인 우주 속을 여행했다.

애니메이션 이벤트라서 그런지 코스프레를 하고서 회장 안을 돌아다니는 코스플레이어도 많이 있었다. 그런 사람들을 볼 때마다 카호 짱은 신이 나서 꺅꺅거렸다.

『우오, 저런 유명한 사람까지!』라며, 한 명씩 마주칠 때마다 그 사람이 얼마나 대단한 사람인지 빠짐없이 가르쳐줬다. 최애를 덕질하는 카호 짱은 학교에서 보던 카호 짱보다 훨씬 들떠 있고, 시종일관『좋아좋아좋아 사랑해~!』같은 소리를 외쳐대서 어린애 같은 순진무구한 모습에 저절로 웃음이 터졌다.

그리고 늦기 전에 라커룸으로 돌아왔다.

우리가 별이 될 차례가 다가왔다.


"스테이지를 직접 보니 엄청 좁아 보였지, 카호 짱."

"응. 방송으로 볼 때 그렇게 넓어 보였는데 말이야―. 실제보다 더 넓어 보이게 만드는 기술인가? 잘 모르겠지만 대단하네―."

코스 의상으로 갈아입은 우리가 한창 메이크업을 하고 있을 때였다.

라커룸은 모든 사람이 쓰기엔 좀 비좁아서, 다른 사람의 방해가 되지 않는 선에서 다들 어떻게든 자기 자리를 확보하고 사용하는 그런 장소였는데.

갑자기 그때 수수께끼의 인영이 슥 다가왔다. 다른 참가자분이었다.

헉, 나는 코스어끼리의 예의나 인사법 같은 건 전혀 모른다…….원래는 미리 사람들 사이를 돌면서 명함을 돌리거나 인사하러 다녔어야 했던 걸까……?! 카호 짱은 사람들 사이를 한 바퀴 돌면서 인사를 하고 온 모양인데…….

큰일 났다. 또 내가 뭔가 실수를 저지른 걸까요―― 싶은 생각에 시선을 돌렸더니.

"――또 나왔군요! 나기쁘!"

엄청 큰 목소리가 귀를 때리는 바람에 귀가 웅웅거린다.

"으으음! 그 목소리는!"

내 반대편에 있던 카호 짱이 벌떡 일어났다.

뭐야뭐야, 갑자기 배틀물 같은 분위기 펼치지 말아 줬음 하는데. 무서우니까요.

"나왔구나! 현역 JC코스플레이어! 세라―라 • 세라라라―라!"

"JC?! 중학생이야?!"

깜짝 놀랐다. 내 외침에 맞물려, 여기저기서 "여중생?!" "대체 저 녀석은. 너무 어리잖아⋯⋯!" "부모 돈으로 코스프레를 하다니!" 같은 적의가 담긴 목소리가 터져 나왔다.

살짝 치켜뜬 눈동자가 카호 짱을 보더니 한층 더 뾰쪽하게 올라갔다.

"누군가요 그건! **세라라**입니다! 당신의 평생의 라이벌이에요!"

내 눈앞에 나타난 사람은 어설트 라이플을 품에 안고 있는 앳된 미소녀 병사였다.

아 이 게임 뭔지 알아! 나도 하는 FPS 게임이다!

우와 의상 잘 만들었네. 귀엽네, 대단해. 절로 신이 난다.

메이크업이 능숙해서 그런지 이목구비는 또렷하게 잡혀있으면서도 전체적으로는 미성숙한 가녀린 부분이 남아 있어서 2차원 캐릭터 느낌을 물씬 풍기는 게 자기가 한 코스프레랑 아주 잘 어울린다.

요즘 중학생은 참 어른스럽네⋯⋯. 이 애가 특별한 걸까? 뭐, 나를 흠모하는 후배가 있는 것도 아니라서 참고할 만한 상대가 여동생밖에 없지만 말이지.

⋯⋯응? 여동생?

어라, 이 애, 어디선가⋯⋯.

"엇?!"

의아해 하는 나를 보고서 상대가 먼저 눈치를 챈 모양이다.

**"언니 선배?!"**

"어⋯⋯⋯⋯⋯⋯."

초중고를 통틀어서 내가 선배라는 소리를 들어본 적은 거의 없었다. 그렇다는 건, 설마 그 호칭은.

"여동생의……."

유심히 잘 보니 코스프레용 메이크업 때문에 인상이 많이 달라지긴 했지만 여름 방학 초기에 우리 집에 놀러 왔던 여동생 친구였다. 앗, 뭔가 굉장히 적극적으로 나한테 들러붙던 개잖아?!

"어, 어째서 이런 곳에……."

"그건 제가 할 말이라고요!"

세이라 양…… 이 아니라 세라라 짱은 나기뽀 짱한테 총부리를 겨누며 신음했다.

"이거 치사한 거 아닌가요?! 어째서 언니 선배를 데리고 온 건가요?! 이런 터무니없는 용병을 외부에서 데리고 오지 말라고요~!"

윽, 가슴이 아프다. 세라라 짱은 나를 굉장히 강력한 캐릭터라고 인식하고 있구나……. 전에 여동생 앞에서 마이 친구라는 둥, 마이 엄마한테 명함을 받았다는 둥, 마구 자랑했으니까…….

아냐, 괜찮아. 카호 짱도 나를 인싸라고 생각하고 있어! 그러니까 괜한 소리를 하지는 않을 터!

예상대로 카호 짱은 잔뜩 으스대는 얼굴이었다.

"훗훗훗, 이게 내 진짜 실력이라구. 승리를 위해서는 수단 방법을 가리지 않는다구냥."

이젠 아무 어미나 막 갖다 붙이는 카호 짱이 썩소를 지었다.

"이, 이게~!"

세라라 짱이 분하다는 듯이 철컥철컥 방아쇠를 당겼다. 물론 총구에서 탄환이 튀어나오지는 않았지만 카호 짱은 "커허억!" 하는 비명과 함께 배를 부여잡았다. 잘 맞춰준다.

"그런 소리를 할 수 있는 것도 지금뿐이에요……. 제 파트너를 보면 간 떨어지게 놀라서 울거나 가발도 벗어던지고 무릎을 꿇게 될 테니까요~!"

벌떡 일어난 카호 짱이 물었다.

"페어는 어디 있는데?"

"아직 약속시간까지 시간이 남아서요……."

세라라 짱은 찔리는 기색으로 시선을 피했다.

"그렇구나…… 제시간에 맞추지 못해서 실격…… 응원하러 온 팬들을 배신하게 되고…… SNS가 불타고…… 업계에서 추방…… 그리고 은퇴……."

"그런 재수 없는 소리만 하는 입은 없는 편이 낫지 않을까요~?!"

탕탕, 타다다다다다탕, 카호 짱은 벌집이 되어 쓰러졌다. 이렇게 나도 파트너를 잃고 말았다.

하는 꼴을 지켜보고 있었더니 세라라 짱은 나를 향해 총구를 돌렸다. 엇.

"잘도, 잘도…… 굉장히 예쁘고 멋진 사람이라고 생각했는데 설마 내 적이 될 줄은……. 제 마음을 배신하셨군요~!"

"윽."

진짜냐. 그런 식으로 생각해 주고 있었던 건가……. 미, 미안, 하고 당장 사과하고 싶어진다. 누군가한테 미움받고 싶지 않아!

총살당했던 카호 짱이 다시 벌떡 일어섰다. 그리고 나를 지키려는 듯 앞을 가로막았다.

"세라―라 · 세라라라―라, 그렇지 않아. 레나찡은 그저 자기가 하고 싶은 일을 하고 있을 뿐이라고. 누군가한테 비난을 당할 만한 짓은 하지 않았어."

"보보보처럼 부르지 마!"

세라라 짱은 혀를 힘껏 내밀면서 메롱을 했다.

"헹~ 됐다고요~! 스테이지 위에서 승부를 내줄 테니까요! 뭐가 오우즈카 마이야! 내가 훨씬 더 귀여우니까요~!"

세라라 짱은 쿵쿵 발소리를 내면서 자기 로커로 걸어갔다.

이야, 심장이 벌렁거렸네, 진짜……. 이런 곳에서 아는 사람이랑 마주칠 줄이야, 이 무슨 우연…….

옆에 서 있던 카호 짱이 작은 소리로 중얼거렸다.

"지금 마지막 대사는 굉장히 중간 보스 같았다냥……."

"……그건 그래."

나도 동감하며 고개를 끄덕였다.

아니 그보다 세라라 짱이랑 페어를 맺은 애는 대체 누굴까…….

설마 싶기는 하지만…… 정말 설마라고 생각하지만 하루나는 아니겠지?! 그건 제발 봐줬으면 하는데!


의상도 다 갈아입었고 준비를 마친 우리는 장소를 바꿔 스테이지 뒤편으로 이동했다.

그러는 동안 카호 짱과 세라라 짱이 나누는 이야기를 들었다. 아무래도 전에 팀코를 같이 했던 사이인가 보다. 거기서 뭔가 말

썽이 있었고 그 이후부터 카호 짱을 적대시하고 있다나.

카호 짱은 사람들의 화를 돋우기는커녕 어지간해선 불쾌하게 만드는 일조차 없다. 친화력이 가히 아지사이 양에 필적할 정도지. 그래서 일부러 도발한 게 아닌 이상, 설마 카호 짱을 미워하는 사람이 나타날 거라곤 생각 못 해봤는데…….

카호 짱은 "뭐, 코스플레이어 끼리는 이런 저런 게 있으니까냥…… 질투라든가, 원한이라든가……"라며 말끝을 흐렸다. 그런 일이 있고 나서부턴 팀코를 할 때는 되도록 친구들한테 권유하게 됐다나.

"고등학교 생활보다 험난한 세계구나……."

나로선 도저히 살아갈 수 없을 것 같다.

"그래도 역시 좋아하니까. 이 업계에서 해나가겠다고 결심했으니 성가신 일에 얽히더라도 굳건히 버틸 수밖에 없는 거지. 인싸의 갑옷을 입고서."

"힘들지 않아?"

"그렇게 느낄 때도 있어. 애초에 싸움을 좋아하지도 않으니까."

진짜로요? 짱돌로 나를 때리려고 하셨는데요…….

"그래도 이게 내가 하고 싶은 일이야. 하고 싶은 일조차 제대로 마주할 수 없다면 그야말로 나에겐 아무것도 남지 않게 돼."

스테이지 너머를 가만히 응시하면서 말했다.

"그래서 겁 많은 영혼에 채찍질을 하면서 투쟁심을 이글이글 불태우며 노력하고 있어. 눈엣가시 취급을 받더라도 가장 주목을 받는 건 바로 나. 여차하면 우승을 목표로 노력할 테니까!"

손을 척 치켜들고서 하늘을 향해 검지를 세우는 카호 짱.

나는 이미 카호 짱의 진짜 속내를 들었기 때문에 그게 허세에 불과하다는 사실을 알고 있다. 아니, 그렇다고 저게 거짓말은 아니겠지. 분명 양쪽 다 카호 짱의 본심이다.

자기가 무대에 서기에 어울리지 않다고 생각하는 카호 짱과, 모든 라이벌을 해치우고 우승을 거머쥐겠다는 카호 짱. 어느 쪽 카호 짱이 겉으로 드러나 있냐는 문제일 뿐. 여기까지 온 이상 내가 할 수 있는 건 카호 짱의 발목을 붙잡지 않도록 최선을 다하는 정도다.

어슴푸레한 무대 뒤에서 참가자들에게 설명해 주는 내용을 들었다. 페어 콘테스트에서 입상하면 우승 상금에다가 특전까지 받을 수 있다고 한다.

카호 짱이 귀를 쫑긋 세웠다.

"이번 이벤트는 동영상 사이트에서 방송되는 건 물론이고, 여기서 지명도를 쌓으면 팔로워도 한층 늘어서 촬영비 단가를 끌어올릴 수 있고, 거기다 기업 의뢰가 들어오게 될지도 몰라."

"그렇구나……."

그게 얼마나 대단한 일인지 감이 오지 않은 채로 대답했다.

그러고 보니 세라라 짱의 파트너는 잘 왔을까. 주변을 둘러봤지만 그게 누구인지 알 수 없었다. 집중력이 흐트러진 사이에 설명이 전부 끝나버렸다.

"그러니까, 요약해 보면…… 처음에는 다 함께 나가서 좌우로 쭉 선 다음에 다시 무대 뒤로 빠지고, 그다음 한 팀씩 무대에 나가서 퍼포먼스를 선보인다는 거지."

"맞아! 드디어 무대에 설 때가 다가오니 설렘이 멎질 않네!"

나는 아직까지도 현실감이 느껴지지 않았다.

현실이라고 느껴보고 싶어도 여기저기 눈에 들어오는 코스플레이어들은 다들 당당하고 눈호강이 될 정도로 멋진 애들인데 그런 애들이랑 내가 경쟁하게 된다는 사실이 너무 거짓말 같으니까……

하지만 계속 덜덜 떨고 있을 여유도 없이 우리는 무대 위로 이끌려 올라갔다.

그곳은 모든 소리가 지워진 빛의 세계였다──.


『네── 그러면 참가자분들의 등장입니다. 순서대로 인사말을 들어 보도록 하죠. 여러분들은 이름과 이번에 코스프레하는 캐릭터, 그리고 중점적으로 어필하는 부분 등을 소개해 주시면──.』


스테이지에서 내려다보니 아래를 가득 메우고 있는 관객들이 있었다.

셀 수 없이 많은 시선. 시선, 시선, 시선.

**모두가 나를 보고 있다.**

뭐야, 이거.

눈앞이 깜깜해.

나는 단숨에 깨달았다.

아, 이거 무리다.

눈이 부실 정도로 멋진 사람들이 순서대로 자기소개를 했다.
눈앞이 어질어질하고 시야가 일그러진다.
이건 『재능 있는』 사람만이 설 수 있는 스테이지였다.
나처럼 어쩌다 보니 끌려온 일개 여고생이 아무렇게나 들어올 만
한 곳이 아니다. 마이나, 아니면 지금까지 꾸준히 활동해 온 코스
플레이어 여러분, 카호 짱 같은 애들만이 존재할 수 있는 곳이다.
지금 당장 무대 뒤편으로 도망쳐 들어가고 싶은데 다리가 움직
이질 않아서 그조차도 불가능했다.
시간은 멈춰주지 않았고, 카호 짱이 꽁꽁 얼어버린 나한테 마
이크를 건네줬다.
『저는 레나코알라라고 합니다──.』
연습을 통해 몇 십, 몇 백 번이나 연습했던 말들이 미리 녹음해
둔 기계음처럼 흘러나왔다.
대체 무슨 소리를 하고 있는지도 모른 채로 내 차례가 끝났다.
마이크를 다음 사람한테 넘기자 본보기로 이곳에 끌려 나온 기
분이다.
고개를 숙였다.
아아.
이런 곳에 와서 대체 뭘 할 생각이었던 걸까.
스테이지에 서면 카호 짱의 힘이 될 수 있을 거라고 자신만만
했을까.

마이나 아지사이 양에게 한 걸음이라도 가까워졌다고 생각했을까.

조금이라도 스스로를 좋아할 수 있게 될 거라고 생각했던 걸까.

압도적인 스포트라이트의 빛을 쬐자 마음속의 결의는 순식간에 녹아버렸다.

이렇게 내 마음은.

덧없고, 맥없이, 아주 쉽사리도 허무하게.

뚝 꺾여버렸다.


좋아······. 나는 스테이지 위에서 가만히 주먹을 쥐고 결심했다.

이 스테이지가 끝나면 사람들한테 미안하다고 사과하자. 자기가 얼마나 왜소하고 음울한 사람이고, 사람들을 지금까지 속이고 있었다는 사실을 털어놓고 성심성의껏 사과하자.

그리고 오스트레일리아로 돌아가자. 유칼립투스 이파리나 씹으면서 하루에 20시간 이상 자면서 살아가자······. 안녕, 인간 사회······. 그래도 스마트폰은 들고 갈게.

심한 충격으로 공황상태에 빠져 있는 동안에도 시간은 흐른다.

마지막 페어다. 세라라 짱이 인사했다. 중학생인데도 자신의 매력 포인트를 확실하게 아는 것처럼 귀여움을 뽐냈다. 단상 위에 올라와 있는 16명 중 아무런 재능도 없는 사람은 나뿐이다.

아, 그러고 보니 세라라 짱의 파트너는 결국 누구였던 걸까──.

커다란 박수갈채가 터졌다. 엄청 인기 있는 사람인가 보다.

내가 아직 인간으로 남아 있는 동안 그 존안을 뵙도록 하자.

그런데 거기 서 있는 사람은——.

"MOON입니다. 이번에는 PEAK의 팬텀을 연기하도록 하겠습니다."

검고 긴 생머리를 묶어 올리고서 총을 들고 있는 아름다운 기동병 차림이었다.

튀어나오려는 목소리를 막으려고 입을 누르면서 마음속으로 외쳤다.

**사츠키 양이잖아!**


"어째서?!"

무대 뒤로 돌아온 다음 우리는 세라라 짱한테 따져 물었다.

"아하하하! 적장 나기쁘, 해치웠다!"

세라라 짱은 마치 사츠키 양은 자기 것이라고 주장하는 것처럼 허리에 팔을 두르고서 당당히 가슴을 내밀고 있었다.

"전에 코스 사진이 나오자마자 바로 말을 걸어서 빼내온 거라고요~. 이걸로 무승부네요. 당신도 페어 파트너를 전적으로 의지하고 있잖아요?!"

"크으으윽! 어째서 사 짱?! 우리들 서로 사랑하는 사이 아니었어?! 그런데 어째서!"

남들이 들으면 한없이 오해할 만한 발언을 외치는 카호 짱.

MOON 씨는 무표정이었다.

"나는 돈만 받을 수 있으면 뭐든 상관없어. 먼저 제안한 사람 편에 붙을 뿐이야."

"으앙—! 사 짱은 바보!"

"프로 용병이잖아……."

카호 짱이 어디론가 달려갔다. 눈썹 하나 까딱하지 않는 MOON 씨를 보며 나는 전율했다.

방금 전까지는 심각한 탈력감에 시달리고 있었을 텐데 사츠키 양의 등장이 너무나도 충격적이라 어디론가 날아가 버렸네…….

아니 그보다 주변 참가자들과 비교해 봐도 MOON 씨의 미모는 차원이 달랐다. 『저 사람 뭐야?』『보나마나 사무소에 소속된 프로겠지……』『진짜 프로 모델분이 왜 여기 왔대……』같은 시선으로 보고 있다. 그야 그렇겠죠!

그런데 MOON 씨는 팔짱을 끼고서 불쾌하다는 시선으로 나를 보고 있다. 엇?!

"그나저나 당신, 나를 다른 사람이랑 착각하고 있는 건 아닐까. 우리는 처음 보는 사이잖아. 나는 방랑하는 코스플레이어, MOON 이야. 그밖에 다른 이름은 없어."

다 들통난 상황에서도 시치미를 뚝 떼고 있다…….

"신분증에도 MOON이라고 적혀 있습니까……."

"맞아. 주민등록증에도 도서관 회원증에도 그렇게 적혀 있어."

"아, 그러세요……."

그러시냐는 말밖에 할 말이 없어서 나는 그러시냐는 표정을 지었다.

세라라 짱이 MOON 씨의 팔에 꼭 달라붙어서 애교 섞인 목소리를 냈다.

"그러면 우리의 퍼포먼스 타임이 슬슬 시작될 때라서 다녀올게요오—. 우후후, 자, 가요, MOON 언니~♡ 아앗, MOON 언니, 빨라요, 걸음이 너무 빨라요! 두고 가지 마세요!"

멀어져 가는 두 사람의 뒷모습을 어처구니없는 시선으로 바라보았다.

하지만 뭔가…… 응. MOON 씨는 자기가 얼마나 미인인지 잘알고서 그걸 돈벌이에 써먹고 있다는 점이 안심이다. 앞으로도자신의 미모를 이용해서 쭉쭉 행복해졌으면 좋겠다.

스테이지에서 와아— 하는 함성이 들려서 정신을 차렸다. 한순간 저 멀리 날아갔던 감정이 다시 저 빛에 세계에 이끌려 다가온다.

그렇다. 나는 스테이지 위에서 정신적으로 흠씬 두들겨 맞았고, 온몸이 위축될 정도로 무서워서 더 이상은 못하겠다고 카호짱한테 말하려고 했는데…….

어두운 무대 뒤에서 카호 짱의 모습을 찾아 둘러봤다.

암담한 마음이 복부를 꿰뚫은 상처에서 나오는 피처럼 천천히온몸으로 번진다.

찾아서 어쩌겠다는 걸까. 카호 짱의 기대를 배신해서 미안, 이라고 사과한다고 해서 용서해 줄 리가 없다. 나한테 실망하고 떠날 게 분명하겠지.

심장 소리가 아프다.

하지만 어쩔 수 없잖아…….

인간한테는 한계가 있다고.

나는 하늘을 날 수 없단 말이야. 그러니까…….

구석에서 쭈그려 앉아있는 카호 짱을 찾아냈다. 그 옆에서 스태프 언니도 같이 몸을 숙여 웅크리고 있다.

……? 뭘까.

나는 아무 생각 없이 그냥 다가갔다.

스태프 언니가 몇 번이나 카호 짱을 향해 거듭 사과하며 고개를 숙이고 있었다.

"죄송합니다, 죄송합니다, 제가 부딪혀 버려서……."

엇.

"카호 짱, 괜찮아?"

나도 모르게 본명으로 불러버려서, 아차 싶었다.

하지만 카호 짱은 천천히 피스 사인을 보내면서 뭔가 딱딱해 보이는 미소를 지었다.

"괘, 괜찮아─ 괜찮아─……괜찮아요, 이벤트 도중이라 바쁘실 테니까요. 저도 멍하니 서 있었으니."

언니는 그러고서도 몇 번이나 카호 짱이 괜찮은지 이리저리 살펴본 다음, 코스프레 의상도 망가진 곳이 없는지 체크해 주셨다. 다행히 괜찮아 보여서 나는 가슴을 쓸어내렸다.

언니는 다시 한번 크게 고개 숙여 사과한 다음 다시 업무로 복귀했다.

별 일 없어서 다행이다. 아니 다행은 아니지만……. 그래도 카호 짱이 부상을 입었으면 좋았을 거라는 생각은 결코 안 했다. 내 안의 겁쟁이는 내가 직접 책임을 져야 하는 부분이다.

"있잖아, 카호 짱……. 있잖아, 그게, 나……."

마치 자기를 좋아하는 상대방의 고백을 거절해야 할 때처럼 마음이 무거웠다.

나한텐 불가능해. 무리입니다. 그런 말은 될 수 있으면 평생 하고 싶지 않다.

하지만 무리인 건 무리인 거다.

적어도 아까 그 언니한테 말해서 카호 짱만이라도 출장할 수 있도록 부탁해 보자…… 그런 생각을 하고 있었을 때.

카호 짱이 오한이 밀려오는 것처럼 자기 몸을 감싸 안았다.

"……나기뽀 짱?"

"아니…….."

카호 짱이 주저앉은 채로 중얼거렸다.


"고쳐 끼는 사이에…… 부딪혀서…… **콘택트렌즈를, 떨어트려서**……."


어.

나는 잠시 딱딱하게 굳어 있었다.

뒤를 돌아 달려가려고 했다.

그런 내 손을 카호 짱이 붙잡았다.

"라커룸에 가면 여분의 콘택트렌즈가."

"시간에 맞출 수 없어. 지금 회장은 몹시 붐비고 있는 상태야. 가면 되돌아올 수 없게 돼."

그러면, 어디 보자, 그러면.

"떨어진 콘택트렌즈를!"

"응…… 아, 하지만 의상이 더러워지니까!"

바로 엎드려서 찾아보려고 하는 나를 만류했다.

나는 전철에서 갑자기 급한 복통이 찾아온 듯한 기분으로 카호 짱의 얼굴을 들여다보았다.

하지만 이대로라면 카호 짱이.

"카호 짱이, 괴롭잖아……."

인싸 코스프레라니, 남들이 보면 어리둥절해 할 암시겠지만 카호 짱한테는 그 무엇보다도 믿음직스러운 주문이니까.

카호 짱은 주저앉은 채로 코웃음 쳤다.

"괜찮아— 괜찮아—. ……한 쪽은 끼고 있어서 한 쪽 눈은 보이니까……."

"아, 그러면…… 한 쪽만 있어도 괜찮은 거야?"

"아니, 안 되겠는데……."

"안 되는 거잖아!"

나도 모르게 외쳤다. 카호 짱은 힘없이 고개를 떨궜다.

"맞아……. 나 같은 건 정말 못 써먹을 애고, 이젠 다 끝이야……."

"카호 짱?! 잠깐, 거짓말이지! 카호 짱?!"

"왜 내가 이런 곳까지 와버린 걸까……. 나 같은 건 적당히 경력이 있을 뿐인 3류 코스어인데, 너무 나댄 거지……. 이제 방송에선 악플이 한가득 달리게 되겠네…… 이젠 싫어, 울고 싶어……."

"심정은 아는데!"

뭐냐고 이 상황…….

우리 차례가 시시각각 다가오고 있는데 카호 짱은 자신감이 무너져서 아싸 모드다.

세라라 짱과 MOON 씨 콤비가 등장한 순간부터 우승은 절망적…… 인 건 그렇다 쳐도 내 마음까지 우지끈 부러진 상태.

이보다 최악은 없다. 이젠 속도 메슥거린다. 당장 쓰러지고 싶어.

그러면 이제 둘이서 나란히 기권하면 되잖아. 카호 짱도 지금 이런 꼴이니까. 도망치고 싶으면 도망치면 그만이야. 억지로 하기 싫은 일을 할 필요는 없어.

마음속으로는 그렇게 생각하고 있을 텐데.

"카호 짱의 마음은 솔직히 나도 내 일처럼 아주 잘 알지만! 아니 그래도 그런 소릴 하면 카호 짱의 제안을 따라 여기까지 온 나는 어떻게 되는데?! 나야말로 완전 무명인 데다 악플에 시달릴 거거든?!"

입에서 튀어나오는 말만 보면 전혀 포기한 기색이 아니었다.

그건, 왜냐하면, 분명.

코스프레에 대한 애정을 토로하던 카호 짱의 본심도 누구보다 잘 알고 있으니까.

"내가 만든 옷도 도무지 볼품이라곤 없고, 잘하지도 못하면서 좋아하는 마음만 앞선다고 할까…… 남들한테 보여줄 만한 수준이 아니라고 해야 하나…… 이걸 입는 사람이 하다못해 레나찡이라면 모를까 나 같은 추녀가 입고 나가봤자 기분 나쁠 뿐이니……."

"진심으로 하는 소리야?!"

나는 저도 모르게 카호 짱의 어깨에 손을 올렸다.

"그야 뭐, 응…….”

시선을 피하면서 대답하는 카호 쨩.

카호 쨩을 몰아세워도 사태가 나아지지 않는다는 건 알고 있다.

하지만 그래도 말이지!

그렇게나 열심히 노력해 온 자기 자신을 그런 식으로 깎아내리지 말아 줘……!

갑갑한 심정에 애가 타는 내 눈앞에서 마치 지금까지 계속 무리해왔던 반동이 터져 나오는 것처럼.


카호 쨩 입에서 나이아가라 폭포마냥 우는 소리가 마구 쏟아졌다.


"애초에 나는 음침하고, 개인 촬영회만 열어서는 사람들을 모을 수 없어서 사 쨩이나 레나찡의 도움을 받아야 할 정도인데도……. 그런데 착각도 이만저만이 아니었다고 할까…… 사실은 내 실력이 어느 정도인지 잘 알고 있었으면서 말이야…….”

"코스플레이어들 사이에도 급이라는 게 있다고……. 커다란 이벤트에 출연하거나 기업한테 의뢰를 받는 사람들이 천상계고, 나는 거기엔 발끝에도 못 미쳐……. 비유하자면 교실에서 인기 있는 애 옆에서 어슬렁거리는 피라미…….”

"따지고 보면 나 같은 애를 초대하는 운영 측이 나쁜 거야……. 남한테 분수에 넘치는 꿈을 꾸게 만들면 진짜 그런 줄 알잖아……. 그런데 나갈까 말까 어쩌지, 하면서 일주일이나 질질 끌며 고민했다니…… 똑바로 현실을 직시했으면 좋았을 텐데…….”

"사람이 주제를 파악할 줄 알아야 하는 거지……. 야구가 재밌다고 말하는 사람도 만약 야구 명문고에 들어가서 계속 볼보이 취급만 받는다면 있던 정도 다 떨어질 게 분명해……. 사람마다 어울리는 역할이라는 게 있는 거야……."

"인기도, 실력도, 지명도도, 뭐 하나 충족하는 게 없는데 꿈을 꿔봤자 스스로가 상처를 입을 뿐이야…… 음지에서 사는 사람은 자기 분수에 맞게 남들 눈에 띄는 실례를 저지르지 않도록 항상 모퉁이로 걸어 다니며 살아가야만 하는 거라고……."

"착각하지 말고, 자만하지 말고, 우쭐대지 말고, 항상 스스로를 경계하면서…… 아무리 팬분들이 좋아한다고 말해줘도 저 같은 건 어차피 물벼룩이나 마찬가지입니다, 라는 마음가짐을 잊지 않는 나 자신이 되고 싶어……."

"정말 쓰레기 같아서 나 자신이 싫어져…… 죽고 싶어…… 키도 작은 꼬맹이에, 바보고, 아무도 나 같은 건 좋아하지 않고, 꿈도 희망도 없어……. 조용히 모두의 기억 속에서 사라지고 싶어…… 초등학생 때로 돌아가서 다시 시작하고 싶어……."


나는 카호 짱의 어깨에 손을 올린 채로.

"카호 짱……."

투명한 눈빛으로 카호 짱을 물끄러미 응시했다.

"레나찡."

천천히 고개를 드는 카호 짱. 그 눈동자에 깃든 감정은 짙은 슬픔의 색.

나는 그런 카호 짱한테.

"이 자식아!"

"——?!"

정수리에다 **있는 힘껏 박치기를 먹였다.** 아팟!

"뭐, 뭐 하는 거야?!"

머리를 감싸 쥐고서 뒷걸음치는 카호 짱. 눈에는 눈물이 그렁그렁하다. 나도 마찬가지다.

"가만히 듣고 있자니, 계속 심한 소리만 지껄이고 있어! 가슴이 찢어져서 내장이 흘러나오는 줄 알았다고!"

"하지만 전부 사실이라."

"아아아아아아아아아아아아아아!"

나는 귀를 막고 몸부림쳤다.

카호 짱이 자기 몸에 찔러 넣었던 말로 된 가시는.

고슴도치처럼 가시 하나하나가 내 몸까지 푹푹 꿰뚫고 있었다.

눈앞에서 뭔가 나에게 겁을 먹은 것처럼 시선을 피하고 있는 카호 짱은 바로 나 자신이다.

마이랑 아지사이 양한테 고백받고서 계속 망설이며 두려워하고 있었던 나 자신이었다.

"내가 이 세상에서 가장 용서할 수 없는 게 있어……."

"레, 레나찡……?"

**"그건 누가 봐도 명백하게 잘난 녀석이 해대는 자학이야!"**

이를 악물었다. 웅크린 카호 짱과 시선을 맞추고 버럭 화를 냈다.

"누가 추녀냐! 집에 있는 거울이 다 박살 났냐?! 객관적인 시선으로 어딜 봐도 미소녀잖아! 그런 것조차 분간이 안 가?!"

"아니, 그렇지만."

"알겠어. 이제 드디어 알겠어! 카호 짱이 나한테 했던 말들이! 그날 어째서 카호 짱이 펄펄 화를 내며 내 머리에 박치기를 먹였는지 드—디어 알겠어! 그보다 내가 한 짓들을 그대로 돌려받는 느낌이라 죽고 싶어! 살 거지만!"

"대체 무슨 말을."

"잘 들어, 카호 짱. 카호 짱은 나보다 훨씬 귀엽고 나보다 훨씬 머리가 좋고 나보다 학교에서 인기 있는 사람이야. 그런데 그런 카호 짱이 눈앞에서 자학하고 있으면 내가 얼마나 비참해질 거라고 생각해?! 카호 짱이 물벼룩이면 나는 짚신벌레인가?!"

"나는 그럴 생각이."

"그렇겠지! 그럴 생각은 아니었겠지만 그런 말이 되거든?! 음지에서 사는 사람은 자기 분수에 맞게 남들의 눈에 띄는 실례를 저지르지 않도록 항상 모퉁이로 걸어 다니며 살아가야만 하는 거죠?! 네, 알겠습니다! 시끄러워!"

거기까지 말하자 카호 짱이 눈을 치켜뜨며 노려봤다.

"아니 마이마이랑 아 짱한테 동시에 고백받은 여자가 짚신벌레라고 그러면 대통령 영부인쯤 되어야 간신히 인간 대접을 받는 거야?! 사람 바보 취급 하지 말라고!"

"그래그래, 지금 드디어 마음이 아니라 영혼으로 깨달은 기분이야! 아, 한마디로 그런 거였구나! 라고!"

남의 떡이 더 커 보인다는 속담이 딱 맞는 말이다.

누군가의 고민을 똑같은 눈높이에 서서 체험할 수 있게 되면 온 세상의 다툼이 90퍼센트쯤 사라지지 않을까.

나는 적어도 최근 한 달간 마음이 너덜너덜해질 정도로 고민했다.

반짝반짝 눈부신 꿈을 향해 돌진하고 있는 카호 쨩이 부러워서 어쩔 줄 몰랐다. 고민 따위 아무것도 없이 그저 즐겁기만 한 하루 하루를 구가하고 있을 거라 생각했다.

하지만 카호 쨩도 나랑 마찬가지로 나를 부러워하고 있었던 것이다. 내가 자학할 때마다 카호 쨩은 분명 비참한 기분을 맛봤겠지.

나는 카호 쨩의 얼굴을 들여다보았다.

"누가 뭐라고 하든 카호 쨩은 이 무대에 설 자격이 충분해. 지금까지 항상 노력해 왔잖아. 다른 사람은 신경 쓰지 않아도 괜찮아. 실컷 욕 하라 그래. 그럼에도 최고의 순간을 맛보고 싶잖아. 코스프레를 좋아하잖아."

"그런 말을 해도……."

내 말에 질린 표정을 짓는 카호 쨩은 역시 겁먹은 모양새다.

"사실은 스테이지에 올라가고 싶지. 그게 꿈이었잖아. 응? 그렇게 자기 자신한테 하는 변명만 줄줄이 늘어놓지 말고 자기가 하고 싶은 이유를 꼽아보자. 지금이 찬스라는 걸 카호 쨩도 잘 알고 있잖아. 이 기회를 놓쳐서는 안 된다는 사실도 알잖아."

매끄럽게 말이 나왔다.

왜냐하면 이 말들 전부가 나 자신한테 해주고 싶은 말들이니까.

지금을 놓치면 마이나 아지사이 양처럼 멋진 사람이 나를 좋아해 줄 일은 단언컨대 두 번 다시는 없어. 지금 두 사람을 기다리게 만드는 이 시간이 얼마나 미안한 일인지도 알아.

두 사람이 나를 외면하게 되어서 후회할 바에야, 설령 사귀게 된 다음 실패를 겪을지도 모른다 해도 사귀어야 하는 거다. 틀림없다.

이런 나조차도 알고 있다고.

입만 번지르르한 정론. 그런 건 귀에 거슬릴 게 분명하지.

카호 짱은 숨쉬기가 힘들다는 듯이 눈을 깔았다.

"그런 것쯤 알고 있어. 레나찡이 말하지 않더라도 알고 있지만…….. 그래도, 싫다고…….. 누군가의 비웃음거리가 되는 것도, 만신창이가 되는 것도, 그런 건 싫어…….."

어두운 스테이지 뒤에서 서로에게 기대어있는 작은 그림자. 그게 우리.

초침이 시간을 새기듯이 우리 차례가 다가온다.

심장에 한가득 산소를 보내는 것처럼 나는 크게 숨을 들이마셨다.

자신의 한심함을 자각하고 있는 나는 남들한테 미움받는 게 너무나도 싫다.

그래도. 만약 여기서 더 이상 억지로 발을 들이면 카호 짱한테 미움받을지도 모른다고 하더라도.

"……저기, 카호 짱."

나는 결국 말하지 않을 수 없었을 거라고 생각한다.

그건 어째서인가.

왜냐하면 내가 좋아하는 자신의 모습은 이 앞에만 존재하니까.

누구보다도 가까이서, 나를 24시간 내내 지켜봐 주는 사람에게.

**아마오리 레나코**에게.

미움받은 채로 있고 싶지 않으니까.

"가자, 카호 짱. 나도 함께 갈 테니까."

"그야 레나찡은…… 잃을 게 아무것도 없으니까…… 읏."

"그러네."

카호 짱은 지금까지 자기가 열심히 해왔던 일들이 전부 부정당하는 기분을 느끼게 될지도 모른다. 좋아한다는 감정도, 응원해주는 팬들의 목소리도, 지금까지 노력했던 것들 전부.

그건 분명 연인과 이별하는 거랑 비슷할 거라고 생각한다.

줄곧, 계속해서 쌓아왔던 것들이 한순간에 물거품으로 돌아간다. 사라져버린다.

추억은 흉터가 되어 떠올릴 때마다 괴롭고 고통스럽겠지.

"그래도 상상은 할 수 있어."

나는 카호 짱의 뺨을 살짝 어루만졌다.

고개를 들게 만들어 그 눈을 바라본다.

"하지 않았다는 후회는 언제까지고 계속 남아있어. 사실은 나도 할 수 있었구나, 하면 성공했겠구나, 하는 후회가 계속해서 자신의 눈을 속이게 돼. 나는 그런 건 싫어. 아무리 엉망진창으로 실패하더라도 정말로 하고 싶은 일에서 도망치고 싶지 않아."

"어째서."

카호 짱이 나한테 묻는다.

"그런 식으로 생각할 수 있는 거야."

"그건."

내 뇌리에 지난 반년간의 기억이 빠르게 스쳐 지나갔다.

하루하루가 도전의 연속이었다.

나한테 불가능한 일들뿐이라, 분해서, 이불 속에서 눈물샘을 붉혔던 날들도 수도 없이 많다.

도망쳤던 순간들도 마찬가지. 하지만 마지막엔 도망치기를 단념하고 똑바로 마주 보았다.

"좋아하니까."

나는 친구가.

나를 생각해 주는 모든 사람들이.

지금의 나를 만들어준 사람들, 모두 다.

나는 모두를.


"좋아하니까. 그 마음을 배신하고 싶지 않아."


사랑스러운 사람의 얼굴이 떠오른다.

그건 순식간에 사라졌지만, 대신 내 눈앞에는 카호 짱의 커다란 눈동자가 비치고 있었다.

"레나찡……."

카호 짱이 머뭇거리며 손을 뻗었다.

"나, 퍼포먼스를 실패할지도 몰라."

"응."

"연습했던 것들이 거의 다 머릿속을 빠져나가버렸어. 최악이야."

"응."

"말도 못하게 민폐를 끼칠지도."

"응."

나는 힘차게 고개를 끄덕였다.

"그런 것들은 다, 피차 마찬가지야."

카호 짱의 손을 잡으며 말했다.

"있잖아, 나는 카호 짱한테 차마 말할 수 없었지만 남들의 시선이 무서워. 사람들이 어휴 지루해, 빨리 끝내, 라고 생각하는 듯한 느낌이 들어."

"그렇구나."

"잘 해낼 수 있을지 없을지, 지금도 전혀 자신이 없어. 아예 이렇게 손도 떨고 있고, 사실 당장이라도 도망가고 싶었어. 아직도 토할 것 같아."

"……그런데도 도망가지 않아 줘서 고마워."

카호 짱이 내 손을 꽉 잡고 당겼다.

그 손에 이끌려 품에 푹 안겼다.

"같이 실패하자. 그리고 최악이었다면서 같이 웃는 거야. 레나 찡이 같이 있어주면 나는 더 이상 무섭지 않아."

"응."

눈을 감았다.

카호 짱을 느낀다.

지금 빠르게 쿵쿵 뛰는 심장의 고동은 나만 그런 게 아니다.

카호 짱의 고동과 하나가 되었다.

마치 거울 속의 나 자신을 보는 듯한 여자아이는 지금 평소 힘의 절반밖에 못 낼지도 모른다. 그렇기 때문에 남들의 절반밖에 못하는 나와 함께 힘을 합쳐 둘이서 한 사람 몫을 할 수 있게 된다.

"나, 레나찡이랑 함께라서, 다행이야."

귓가에 닿는 목소리는 당당하던 카호 짱과는 다르게, 못 미덥고 불안하게 떨리고 있지만.

그래도 그건 분명 내가 옛날부터 알고 있던 카호 짱의 목소리였다.

나는 무리해서 웃으면서 짐짓 밝은 목소리로 말했다.

"응……. 둘만의 특별한 추억을 만들러 가보자."

스태프 언니가 부르는 소리를 듣고, 우리는 스테이지로 향했다.

빛이 쏟아져 들어오는 저곳이 마치 이 별에서 가장 빛나는 장소처럼 보였다.

学校와는 다르게, 학원에 만화를 들고 오는 게 금지는 아니라고 생각하지만.

옆자리에 앉아있는 그 여자아이는 상당히 푹 빠져서 만화 잡지를 읽고 있었다.

그걸 보는 이쪽이 숨을 죽여 바라보게 될 정도다.

저 두꺼운 만화잡지는 남자애들이 읽을 법한 책이다. 여자애는 페이지를 넘길 때마다 기뻐하기도 하고 울상을 짓기도 하면서 눈이 핑핑 돌 정도로 표정이 이리저리 변했다.

이윽고 여자애가 잡지를 탁 덮었다. 하아, 하고 숨을 내쉰다.

문득 그녀와 눈이 마주쳤다. 표정이 재밌어서 계속 바라보고 있던 걸 들켜버렸다. 어쩐지 켕기는 마음에 안경 너머로 보이는 시선을 피했다.

『아, 저기, 읽을래?』

여자애가 잡지를 내미는 바람에 깜짝 놀라 얼떨결에 건네받았다. 얘는 누구에게나 이렇게 거리낌 없이 말을 걸 수 있는 걸까, 싶은 충격도 있었다.

『……나, 읽어본 적 없어.』

『뭐어—? 그래?! 있지, 그러면 내가 진짜 추천하는 게 있는데…… 아아, 그래도 중간부터 보게 되어버리는구나! 어쩌지, 아, 그러면 다음번에 내가 단행본 가져올 테니까!』

# 미나구치 카호의 이야기

어어……? 하고 그 뜨거운 기세에 위축되어 있었지만 여자애
는 아랑곳하지 않았다.

목차 페이지를 펼치고서 어떤 만화가 얼마나 재미있는지를 떠
들었다.

아니, 자리에 앉아서 수업이 시작할 때까지 기다리는 시간은
지루하니까 괜찮기는 한데…….

『그리고 이 남자애가 특히! 멋있거든……! 봐, 잘생기지 않았
어?! 이러면서도 동료를 생각할 줄 아는 마음과 두터운 우정을 갖
고 있어!』

마치 사랑에 빠진 듯한 눈으로 얘기하고 있어서 나도 모르게 웃
음이 나왔다. 그리고 나도 거기에 빠져버리게 된 것이다.


몹시 안타깝지만 그 아이는 반년쯤 다니고 학원을 그만둬서 만
날 수 없게 됐다. 하지만 그 아이의 영향으로 만화를 읽는 습관이
생겨났다.

매주 월요일을 기대하기도 하고, 좋아하는 캐릭터의 일러스트
를 그려보기도 하고, 그 세계관에 오리지널 캐릭터를 추가한 2차
창작을 써보기도 했다.

어느새 남들 못지않은 오타쿠 소녀가 된 카호가 코스프레라는
문화를 접하게 되는 건 어쩌면 필연적인 일이었을지도 모른다.

원래부터 엄마가 수예가 특기라 집에 재봉틀이 있었다는 점.
그리고 카호 스스로도 어렸을 때부터 펠트 수예나 비즈 공예를
하는 걸 좋아했다는 점도 영향을 끼쳤다.

좋아하는 캐릭터의 의상을 입어보면 어떻게 될까…… 라고 두근거리면서 용기를 내 옷을 만들어 봤던 건 중학교 1학년 때였다.

새엄마가 사준 스마트폰을 써서 몰래 SNS에 셀카를 올리면 사람들이 칭찬을 하기도 했다.

카호는 작품에 대한 애정과 남들에게 받는 인정욕구가 더해져 코스프레 활동에 푹 빠져들었다.

활동은 순조로웠고 좋아하는 마음이 커질수록 팔로워 수도 쭉쭉 늘어나서 이벤트에 참가할 때마다 아는 사람이 늘어났다.


처음 시작할 무렵에는 『즐겁다』와 『좋아한다』가 똑같은 의미를 지니고 있었다.

하지만 참가하는 이벤트가 늘어갈수록, 팔로워가 늘어날수록, 점차 두 가지 의미가 어긋나기 시작했다.

좋아하는 일이 마냥 즐거운 일이 아니게 되었고, 고생이 늘었다. 신경 써야 할 일들이 많아져서 주변 사람들의 눈치를 보게 되었다. 인간관계로 고민하게 됐다.

애초에 성격부터 이쪽에 어울리는 성격은 아니었다고 생각한다. 소심하고 속으로 끙끙 앓는 성격이라 이벤트 참가 신청서를 내는 순간까지 계속 망설이기도 하고, 어떤 옷을 만들어도 나한텐 어울리지 않는 거 아닐까 싶은 고민을 할 때가 많아졌다.

즐거움을 잃어버린 카호는 이대로라면 코스프레 활동을 이어갈 수 없을 정도로 궁지에 몰렸다.

오직 동경하는 히로인이 된 그 순간만큼은 연약한 본모습을 감출 수 있었다.

──그렇다면!

카호는 고민 끝에 떠올렸다. 평소에도 코스프레를 하면 되는 거야.

그건 명안이었다. 코스플레이어가 되기 위한 자신의 모습을 만들어서 그 캐릭터를 연기하기로 결심했다.

명랑하고, 애교가 넘치고, 사소한 일들에 고민하지 않고, 어떤 때라도 밝게 웃는다. 하지만 살짝 얼빠진 구석이 있고 남들의 험담을 입에 올리지 않는 모두에게 사랑받을 수 있는 애가 되자.

그래.

그 애가 되자.

반년 동안 매일 만났던 그 애.

그 애처럼 되자.


이리하여 카호는 아이디어를 떠올렸던 그날부터 노력을 시작했다. 이때 카호는 자신이 동경하던 히로인과 고등학교에서 재회하게 될 거라곤 전혀 예상하지 못했다.

나랑 카호 쨩은 옷을 갈아입고 이벤트 회장 내에 있는 식사용 공간에 앉아있었다.

　다시 콘택트렌즈를 낀 카호 쨩은 스마트폰을 들고 있다. 나는 찌푸린 얼굴로 카호 쨩의 스마트폰을 들여다보는 중이다.

　『어쩔 수 없지. 왜냐하면 나는 귀여운걸!』

　춤추면서 등장하는 리나뽕을 연기하는 여자애가 있다. 잔뜩 굳은 미소를 짓고 있는 아이는 한쪽 손을 귀처럼 머리에 대고서 이리저리 폴짝거리며 뛰어다녔다.

　이미 그것만으로도 나는 숨이 넘어가기 직전이다. 괴로워괴로워괴로워.

　"저기, 카호 쨩."

　"우와, 장난 아냐. 악플 엄청 달려 있어, 이거. 웃겨."

　"대체 왜 그런 짓을!"

　"어―? 그래도 댓글이 궁금하지 않아?"

　인터넷으로 중계된 방송 녹화본이다. 기세 좋게 흘러가는 댓글들을 전혀 눈으로 따라잡을 수가 없었다. 카호 쨩은 동체시력이 좋은 모양이다.

　이윽고 고양이 귀 메이드 나기뽀 쨩이 나타났다. 두 사람은 사이가 좋고, 일을 하면서도 계속 놀고 있다. 매일이 시끌벅적 대소동이라 즐거운 일들이 잔뜩.

나도 인싸가 되면 이런 일상을 손에 넣을 수 있을 거라고 생각했었지…….

하지만 그렇지 않다. 실제로는 즐거운 일들만큼이나 괴로움도 물밀듯이 밀려온다.

어쩌면 『애니멀메이드!』도 무대의 뒷면을 보여주지 않았을 뿐일지도 모른다. 응, 그런 거였다면 조금 더 리나뽕한테 공감할 수 있었을지도…….

"아, 이거!"

"응? 어, 퍼맨 씨?"

잠깐 관객석이 비췄을 때 낯익은 여성을 발견했다. 저번에 카호 짱 개인 촬영회에 귀한 손님으로서 와줬던 언니.

"보니까 미하루 씨랑 에마 씨도 와주셨구나."

"전혀 눈치 못 챘어…… 역시 카호 짱의 빅 팬이네……."

그렇구나……. 나는 그때보다는 조금 더 똑바로 된 모습을 보여줄 수 있었을까.

그렇게 생각하자 스테이지 위에서 애니메이션 캐릭터에 몰입하고 있는 토끼 귀 여자애가 어쩐지 기특하게 느껴졌다.

우리의 퍼포먼스가 끝나자 영상 안에서 인터넷 투표가 시작됐다. 15분 휴식을 가진 다음 인터넷 투표와 심사위원 투표의 득표수를 합해서 바로 우승자가 결정된다. 카호 짱이 손가락으로 화면을 터치해서 중간 과정을 스킵했다.

『자, 그러면 이번 이벤트 영예의 그랑프리는——.』

우승자는 우리도 아니고, 세라라 짱도 아니었다. 분명 유명한 사람일 거라 짐작되는 사람들의 이름이 호명됐다.

카호 쨩의 표정을 살폈다.

"순위는 아쉬웠네, 카호 쨩."

"아니, 그다지? 8팀 중에서 7위였지만 내 지명도를 고려하면 대충 이 정도 아닐까—. 게다가 내가 얻지 못한 표보다는 내가 1등이라고 생각하고 표를 던져준 854명에게 감사드려야겠지!"

카호 쨩은 씨익 웃으면서 화면에 나타난 득표수 854표를 손가락으로 가리켰다. 아싸는 결코 떠올릴 수 없는 저 사고방식이 굉장히 멋지다. 멋지기는 한데…….

"단순히 『애니멀메이드!』를 좋아해서 찍었을 가능성도……."

"왜 그런 부분에서 삐딱한 거야?! 괜찮잖아, 우리 입맛대로 해석하더라도!"

카호 쨩의 핀잔에 설득당했다. 젠장, 방금 전까지는 내가 우위에 서 있었는데……!

아무래도 인싸 코스프레를 한 카호 쨩한테는 평생 못 이길 것 같다.

그건 그렇고, 우리는 스테이지가 다 끝나고 난 다음에도 아직 회장 안에 머물고 있었다.

카호 쨩은 이번 행사 막바지에 열리는 메인이벤트가 목적인 모양이다. 나도 계속 긴장한 상태라 이벤트를 순수하게 즐기지 못했기 때문에 마지막 정도는 즐거운 추억을 만들고 싶다.

"왠지 코스프레를 한 상태로 차를 마시고 있으려니 굉장한 위화감이 들어……."

"이야, 이렇게 거리낌 없이 내키는 대로 코스프레를 할 수 있다니 천국이잖아. 학교에서도 코스프레를 허용해 줬으면 좋겠다냥……."

"오우즈카 마이가 무쌍을 찍게 될 뿐이야."

"오히려 더 좋지 않아?! 코스플레이어는 자기가 코스프레 하는 것도 좋아하지만! 최고의 코스프레를 보는 것도 최고 중의 최고라고!"

하트를 뿅뿅 날리며 눈동자를 반짝이는 카호 쨩과 다르게 나는 그럴 각오가 되어 있지 않았기 때문에 바니걸 메이드 모습으로 테이블에 앉아 있는 것만으로도 무지막지한 위화감에 시달리고 있었다.

주변을 이리저리 두리번거리며 살폈다. 뭐, 주변에도 코스프레를 한 사람들이 제법 많이 있긴 하네. 예를 들면 저기 대각선 자리에 앉아있는 여자애들도…….

"어, 사츠키 양이잖아?!"

방금 전에 스테이지에 섰던 차림 그대로 코스프레를 하고 있는 사츠키 양이 그곳에 있었다.

"누구를 말하는 건지 전혀 모르겠는걸. 나는 MOON이라고 하는데."

"앗, 그랬었죠, 죄송합니다! 그런데 어째서 이런 곳에!"

MOON 씨는 길게 뻗은 다리를 꼬고 앉아서 책을 펼치고 있다. 그런데 맞은편에 앉아 있는 여자애는 세라라 쨩이 아닌 것 같은데.

"세라라가 먼저 돌아가 버렸거든. 갈아입을 옷까지 들고서."

"뭐?!"

미간에 주름을 잡고 있는 모습이 누구보다 잘 어울리는 MOON 씨.

"캐리어 하나에 함께 넣어왔던 게 실수였네. 연락을 해봐도 받지를 않으니까 어쩔 수 없이 이 세상의 덧없음을 한탄하고 있었어."

"참 존재감 넘치는 덧없음이네."

카호 쨩이 물었다.

"세라라 • 라라랜드 녀석은 왜 그런 덜렁이 산타클로스 같은 짓을 한 거야."

"잘은 모르겠지만 우승하지 못했다는 사실이 상당히 충격이었던 모양이네. 망연자실한 상태로 훌쩍이고 있었어."

"아아……."

카호 쨩은 뭔가 짐작이 간다는 것처럼 팔짱을 끼고서 *끄응* 신음했다.

"걔는 상─당히 개인 활동에만 치중했으니까냥. 순위를 매기는 이벤트는 거의 참가해 본 적이 없지 않았을까."

"아, 역시 꽤 교류가 있었구나."

"응. 뭘 숨기랴. 처음으로 이벤트에 참가했던 세라라 쨩한테 이것저것 가르쳐줬던 게 나였거든. 그 시절엔 『선배, 선배♪』라면서 강아지처럼 졸졸 따라오곤 했던 참 귀여운 미소녀였다냥."

"어, 그랬어?!"

카호 쨩은 애니메이션 콜라보 파인애플 주스를 찻잔을 들듯이 양손으로 쥐고서, 옛날 일을 떠올리는 것처럼 말했다.

"차차 태도가 건방져지기 시작해서…… 이 업계는 역시 젊음과 비주얼이 강점이 되거든. 물론 꼭 그것만 있는 건 아니지만 『아내가 얘보다 인기가 좋구나』라는 생각을 하게 되자 갑자기 손바닥 뒤집듯 태도를 바꿨어."

"무셔……."

내가 모르는 여자의 세계다. 나는 아시가야 고등학교라 다행이다. 퀸텟 안에 소속되어 있는 한, 우리 리더가 누군가한테 패배해서 하극상이 일어날 일은 절대로 없다.

"그래도 코스프레에 진지하게 임했고, 장래에는 모델이 되겠다는 꿈도 가지고 있는 모양이었으니까 나는 그리 싫지 않았어. 서로 으르렁거리고 있는 지금도 마찬가지야. 뭐, 애니메이션 감상이나 해석에서 의견이 맞지 않을 때가 수두룩하지만!"

카호 짱이 선배다운 연륜이 느껴지는 미소를 지었다.

온몸에서 『여유』가 느껴지는 오오라가 솟구치고 있어서 나는 굉장하다고 감탄했지만, 분명 세라라 짱은 카호 선배의 이런 부분도 마음에 들지 않았던 게 아닐까. 자기를 한 수 아래로 보고 있다고 해야 하나, 어린애 취급 당하는 것처럼 느꼈을지도.

"나도 그다지 싫어하는 건 아니지만 갈아입을 옷은 돌려줬으면 좋겠어."

"그나저나 그거 어떻게 할 거야, MOON 씨. 그 차림으로 전철을 타고 집에 갈 수도 없는 노릇이지. 아, 내가 갈아입고 나가서 적당히 셔츠라도 사올까?"

기동병 차림을 하고 있는 MOON 씨는 테이블에 기대놓은 어설트 라이플을 고쳐 세우고 나서 표정을 찌푸렸다.

"그건…… 굳이 한 벌 사는 것도 돈이 아깝네."

으……. 근검절약이 몸에 배어있는 MOON 씨가 그렇게 말하니, 내가 사줄게, 라고 제안하는 것도 뭔가 아니라는 느낌이 들어서 난감해졌다.

"됐어, 신경 쓰지 않아도 돼. 어디 빌릴 곳이 있으니까. 지금은 그쪽 스테이지가 끝날 때까지 여기서 시간을 죽이고 있었을 뿐이야."

"어, 그렇구나, 다행이다. 코스플레이어 지인이 있는 건가?"

"……코스플레이어 지인은 아니겠네."

MOON 씨가 미묘한 어조로 말했다.

고개를 갸우뚱했다. 그나저나 깨닫고 보니 MOON 씨를 둘러싼 채로 얘기를 나누고 있었다. 나는 "앗, 죄송합니다" 하고 맞은편에 앉아있는 사람한테 고개를 숙였는데.

"아, 아뇨아뇨……."

그 아이는 이쪽을 바라보지 않으면서, 몸 둘 바를 몰라 하며 어깨를 움츠리고 있었다.

……응?

평소에 똑바로 일을 하는 법이 없는 내 안의 어떤 센서가 반응했다. 이 애……. 황급히 MOON 씨 뒤쪽으로 돌아 들어갔다.

그녀의 복장은 어레인지가 가미된 예쁜 차이나풍 복장이다. 상당히 대담한 디자인의 옷을 입고 있는데도 그게 아주 잘 어울렸다.

"엇, 앗."

그 여자애는 외면하듯 고개를 휙 돌렸다. 귀가 새빨개져 있다.

"으응……?"

나는 여자애가 고개를 돌린 방향으로 이동해서 얼굴을 자세히 들여다봤다. 그 애는 몸까지 돌려 방향을 바꿔가며 얼굴을 가린다. 그런 식으로 서로 주거니 받거니 계속 빙글빙글 돌았다.

"뭐 하는 거야, 레나찡……."

카호 짱이 어처구니없어하는 기색이다. 아니, 나도 평소에는 이렇게 집요한 짓은 안 하는데, 그치만…….

불쑥 한 마디 중얼거렸다.

**"아지사이 양……?"**

"!"

여자애가 과장되게 어깨를 움찔했다.

"엥? 아 짱이 이런 곳에 있을 리가."

──라고 말하려 했던 카호 짱의 말을 끊는 것처럼 여자애가 얼굴을 들었다.

단념한 듯이 한쪽 손을 살짝 들어 올린다.

"……네, 세나 아지사이입니다."

"──뭐?!"

카호 짱의 눈이 휘둥그레졌다.

"어째서 아 짱이?! 필사적으로 인싸인 척 하는 진정한 아싸들이 모여드는 이런 재팬 애니메이션 이벤트에 순수배양 인싸가?!"

"그러다 혼난다?!"

회장 안에서 대체 무슨 소리를 외치는 거야……. 하지만 주변 사람들은 뭔가 찔리는 구석이 있는 것처럼 침통한 표정을 짓고 있었다. 아니, 아싸는 아니잖아요, 아싸는!

"그런데 진짜 왜 여기에."

"그게, 있잖아. 친구의 권유, 때문인데."

MOON 씨가 아지사이 양한테『코스프레를 하니까 보러 와』라고 메시지를 보내는 모습은 도저히 상상이 가지 않네. 오히려『오면 죽일 거야』라고 말할 타입이잖아.

"그런 소린 안 할 건데."

"자꾸 사람 마음을 읽잖아!"

"네가 속이 빤히 들여다보일 뿐이야. 그리고 권유한 건 내가 아니야. 세나랑은 우연히 회장 안에서 마주쳤을 뿐."

MOON 씨가 마쿠하리 코스프레 서밋 팸플릿을 어디선가 꺼냈다.

"오늘 메인이벤트는 스페셜 게스트가 등장한다고 쓰여 있지."

"스페셜 게스트 아지사이 양?!"

그거라면 납득이 간다. 아지사이 양의 상냥함과 아름다움은 도쿄 내 고등학생들을 전부 모아 내림차순으로 정렬하면 열 손가락 안에 들어갈 실력…… 아니, 1등일지도 몰라. 그러니 스페셜 게스트로 초청받아도 이상할 게 없다. 내가 혼자 납득하고 있었더니 아지사이 양이 "그게 아니라!"라고 외쳤다.

"그게, 내가 아니야. 내가 아니라, 있잖아……."

아지사이 양이 난처한 기색으로 손가락을 꼼지락거렸다. 귀여움의 결정체다.

"사츠키 짱, 어쩌지……."

도움을 요청하듯이 간절한 시선으로 MOON 씨를 보는 아지사이 양. 그런데 갑자기 뭔가 깨달은 것처럼 절실한 눈빛을 거뒀다.

"앗, 미안, 사츠키 짱…… 이 아니라 그, MOON 씨? 지금은 이름으로 부르면 안 되는 거였지."

"……그다지 상관없어."

MOON 씨는 평소의 얄미운 웃음은 어디 가고, 쑥스러운 표정을 짓고 있었다.

"너는, 그게, 그냥 이름으로 불러줘도 돼."

"그런 거야? 그럼, 사츠키 짱……?"

"그래."

주저하면서 머뭇머뭇 이름을 부르는 아지사이 양의 목소리에 MOON 씨가 살짝 고개를 끄덕였다. 아지사이 양이 "에헤헤" 하고 웃는다. MOON 씨는 쑥스러움을 감추려는 것처럼 책으로 시선을 떨어트렸다.

카호 짱과 얼굴을 마주 봤다.

……뭔가 우리들을 대하던 태두랑은 안전 딴판 아니야?

카호 짱이 MOON 씨를 손가락질 하면서 바로 이의를 제기했다.

"무 짱 어째서?! 아 짱만 편애하잖아―!"

"안 했어."

"그러면 우리도 사츠키 양이라고 불러도 되는 거겠죠, 사츠키 양?! 나는 코스프레에 대해 잘 모르는 사람이라서요! 네? 사츠키 양, 저기요, 사츠키 언니―?!"

찰싹 찰싹! 우리들은 문고본 모서리로 한 대씩 머리를 맞았다.

"입 다물도록, 바보 1호, 2호."

『너무해―!』

아픈 이마를 손으로 누르면서 입을 모아 소리쳤다.

사츠키 양은 어쩔 수 없이 같은 팀이 된 짐덩어리들을 바라보는 듯한 눈빛으로 말했다.

"너희들의 저속한 어휘력으로는 **편애**라는 단어밖에 말할 줄 모르겠지만 이건 달라. 한마디로 말해서 이건 구별이야. 언어의 가치라는 건 무슨 말을 하느냐가 아니라 누가 말하느냐에 따라 달라지는 법이야. 나는 세나가 하는 말이니까 받아들였어. 단지 그뿐이야."

"그것도 역시 편애잖아⋯⋯."

"그러니까 다르다고 말했잖아. 오우즈카 마이가 자기 분수를 아는 것만큼이나 말도 안 되는 일이겠지만 만약에 네가 세나 정도 되는 선한 마음씨를 보유하고 있는데 내가 어느 한 쪽을 우대한다면야 그건 편애일지도 몰라. 하지만 그렇지 않잖아?"

"으, 응."

아무리 그래도 아시가야의 천사랑 비교하는데 『나도 지지 않거든!』 같은 소리를 지껄일 수 있는 호모 사피엔스는 존재하지 않는다.

MOON 씨가 입꼬리를 말아올리며 냉소했다.

"드디어 이해해 주는 모양이라 기뻐. 알겠어? 아마오리. 너 요즘 우쭐해져 있는 것 같은데 착각하지 말도록 해. 나는 너를 딱히, 한 명의 인간으로서 좋아하는 것도 뭣도 아니니까."

"사츠키 짱."

아지사이 양이 살짝 미간을 찌푸리면서 사츠키 양을 가만히 바라보았다.

"미안해. 나를 소중히 생각해 주는 건 고마워. 하지만 아무리 그래도 그 말은…… 레나 짱한테 말이 좀 심하지 않을까."

"그러네."

MOON 씨는 즉각적으로 고개를 숙였다. MOON 씨가 고개를 숙였어?!

"미안해. 나도 모르게 심한 말을 해서 너에게 상처를 주고 말았어. 아마오리는 나에게 아주 소중한 친구야. 앞으로도 잘 부탁해."

"마마 걸이냐?!"

아지사이 양의 말을 순순히 받아들여 사과하는 사츠키 양의 모습이 너무 충격적이라서 상처받을 틈도 없었어……. 뭐야, 어, 뭔데, 어떻게 된 거야. 둘이 사귀는 거야? 아지사츠의 가능성이 있는 거야?

게다가 아지사이 양이 "사과했네, 참 잘했어"라며 사츠키 양한테 따뜻한 미소를 보내고 있다. 사츠키 양은 또 눈을 피하면서 "딱히……"라며 뺨을 붉게 물들인다.

"사 짱이 아 짱을 상당히 인정하고 있다는 사실이야 예전부터 깨닫고 있었지만…… 뭔가 석연치 않다냥……."

카호 짱이 중얼거렸다. 록 페스티벌의 과격한 헤드뱅잉처럼 고개를 끄덕이고 싶은 심정이었다.

그나저나…….

"MOON 씨가 아니라면 아지사이 양은 누구한테 초대를 받고 여기 온 거야?"

이야기를 되돌렸다. 일단 하던 얘기로 돌아감으로써 방금 전

대화에서 받았던 동요를 상쇄시키고, 정신의 안정을 꾀하려는 고급 테크닉이었다.

한순간 아지사이 양이 숨을 삼키는 듯한…… 느낌이 들었다.

그러더니 뭔가 결심한 표정으로 입을 열었다.

"응, 있잖아."

그때, 갑자기 조명이 꺼지고 어두워졌다.

어라……. 하고 주변을 둘러봤다. 그러자 천장 중앙에 달린 스크린에서 예고 영상이 흘러나왔다. 출연자들이 몇 명쯤 등장한 다음에 스페셜 게스트를 알리는 방송이 나온다.

영상에 비치는 곳은 대기실일까. 라이브로 지금 메이크업을 받고 있는 여자애의 모습을 보여준다.

긴 금발머리. 여기저기서 빛을 내는 별들 속에서도 변하지 않는 단 하나뿐인 빛을 내뿜는 항성.

태양과도 같은 여자.

『오늘은 부디 잘 부탁해.』

윙크를 하자 회장 곳곳에서 『꺄아—!』하고 환호성이 터져 나왔다.

나는 쩌억 입을 벌린 채로 스크린을 보며 말했다.

"오, 오우즈카 마이……."

"마이마이다—!"

카호 짱이 스크린을 보자마자 외치더니 열광적인 분위기에 동참했다.

"으, 응. 맞아."

아지사이 양이 끄덕였다. 그렇구나. 아지사이 양은 마이의 초대를 받고…… 어? 아지사이 양이 마이한테 초대를 받아? 어쩌서지. 무슨 접점이 있어서. 아니, 두 사람은 친구니까 그야 같이 놀러 갈 때도 있긴 하겠지만…… 그런데 단둘이서?

"뭐, 그렇게 된 거지."

사츠키 양이 여기 있는 이유를 알았다. 마이라면 갈아입을 옷을 많이 가지고 있을 테니까, 아지사이 양한테서 마이가 여기 왔다는 말을 들은 사츠키 양은 그럼 같이 돌아가면 되겠다고 생각했겠지. 두 사람은 의외로 집도 가까운 편이니까.

하지만 그런 내 사소한 의문은 회장 내의 들뜬 열기에 묻혀버렸다.

카호 짱이 흥분한 기색으로 번쩍 주먹을 치켜들었다.

"있지있지! 빨리 스테이지로 가보자! 마이마이가 나오는 거잖아?! 엄청 보고 싶어! 맨 앞으로 가자!"

"어, 아, 응."

다른 테이블에 있던 사람들도 차례차례 메인 스테이지로 향하고 있다. 카호 짱의 닦달에 나도 허둥지둥 자리에서 일어났다.

"그럼 그게, 아! 아지사이 양도 같이 가자!"

"엇, 엇, 응. 그러네."

이럴 때 분위기에 잘 맞춰주는 아지사이 양도 의자에서 일어났다. 그리고서 사츠키 양을 향해 손을 내민다.

"꼭 가봐야지. 자, 사츠키 짱도 어서."

"나, 나도? 나는 딱히, 그 녀석이 일하는 거야 옛날부터 질릴 정도로 봐서."

하지만 아지사이 양한테는 한없이 무른 사츠키 양이 자기한테 내민 손을 뿌리칠 수 있을 리가 없었다.

"아, 알겠어. 갈게, 갈 테니까."

"응!"

이렇게 우리 네 사람은 허둥지둥 메인 스테이지로 향했다.

"굉장하네! 퀸텟이 이런 장소에서 다 모일 줄은 몰랐다냥!"

"으응! 이런 멋진 우연이 다 있네!"

"별로. 학교에서도 항상 얼굴을 마주하는 사이니까 쉬는 날까지 다 모일 필요는 없잖아……."

"무슨 소리를 하는 거야, 사츠키 양!"

나도 얼굴에 희색을 띄면서 마음을 담아 노래하듯이 큰 소리로 말했다.


"──즐겁잖아!"


밀고 밀리고 하다 보니 운 좋게 메인 스테이지 가장 앞줄에 자리를 잡을 수 있었다. 우리들은 설레는 가슴을 안고 이벤트가 시작되기를 기다렸다.

카호 짱과 나와 아지사이 양과 사츠키 양. 생각해 보면 쉬는 날 다 함께 외출한 적은 없었네. 꼭 한 명이 바쁘거나 해서 좀처럼 일정이 맞지 않았다.

반년이 지나 비로소 우리들의 사이가 더욱 가까워진 걸까.

주변을 꽉 채운 관객들. 하나같이 눈을 반짝이면서 마이가 등장하기를 기다리고 있다.

와아— 함성이 터졌다.

스테이지 위에 스포트라이트가 쏟아지고 당당히 등장하는 어패럴 브랜드 • 퀸 로즈의 스타 모델. 그녀가 코스프레를 하고 있다. 두말할 것도 없이 누구보다도 찬란하게 빛난다.

화려한 중화풍 드레스다. 여름방학 때 봤던 마이의 패션쇼가 떠오른다. 길게 뻗은 다리도, 곧게 편 허리도, 그야말로 수준이 다르다. 세상에서 제일가는 미녀 아닐까.

『안녕, 모두들. 오늘은 마쿠하리 코스프레 서밋을 재미있게 즐기고 있을까.』

마이크를 손에 든 오우즈카 마이는 이만큼이나 많은 사람들의 주목을 받으면서도 당당하게 행동했다.

하긴 TV에도 출연하고 있는 애다. 게다가 여기보다 훨씬 더 커다란 회장에서 사람들의 시선을 독점한 저도 있다. 한 마디로 인생은 경험치다. RPG랑 일맥상통하네요.

『나는 어떤 캐릭터에 몰입해서 코스프레를 할 기회가 지금까지 없었는데 이거 재미있네. 패션을 즐기는 것과 본질적으로 아주 닮았다는 느낌이야.』

관객들한테 자기가 입은 의상을 보여주면서 마이가 미소를 지었다.

『어릴 때. 아주 근사한 옷을 선물로 받아서 그걸 입으면 세상 모든 게 빛나는 것처럼 보였던 추억이 떠올랐어. 평소보다 당당하고, 자랑스러운 기분이 들어. 분명 코스프레라는 건 이런 거겠지.』

평온하면서도 상냥한 목소리가 스테이지 위에서 퍼져나가 모두의 몸에 스며든다.

옆을 보니 멍한 표정을 짓고 있는 카호 짱이 동경이 가득 담긴 눈빛을 마이에게 향하고 있었다.

나 같은 애랑 비교하면 안 되겠지만 역시 마이는 대단하다.

한 가지를 배울 때마다 마이가 지금 어느 위치에 있는지 어렴풋이 메아리처럼 전해져 온다. 지금 얼마만큼이나 나보다 앞서 걸어가고 있는지 알 수 있다.

열심히 공부를 해보기도 하고, 스테이지 위에 서보기도 하고, 혹은 누군가한테 『좋아한다』는 마음을 부딪쳐보려고도 했다. 그 어떤 것들도 마이처럼 잘 할 수는 없었다. 하지만 마이도 처음부터 뭐든 잘했던 건 아닐지도 모른다.

"마이 짱."

문득 아지사이 양이 중얼거리듯 말했다. 그 목소리엔 어딘가 절실한 울림이 담겨 있었다.

가만히 시선을 던졌다.

아지사이 양은 커다란 눈동자에 눈물을 달고서 마이를 올려다보고 있었다. 가슴이 철렁했다. 여름날, 역으로 돌아가던 때 갑자기 울음을 터트렸던 아지사이 양이 떠오른다.

"아, 아지사이 양······?"

"어?"

아지사이 양의 뺨이 빨갛게 물들었다.

"아, 으으응, 아무것도 아니야. 그냥 마이 짱이 굉장히 예쁘구나 싶어서."

"그, 그러네."

그때 나는 『아지사이 양은 감동을 잘 느끼는구나』 정도로만 생각하고 그다지 마음에 두지 않았다.

눈이 어지러울 정도로 눈부신 마이의 스테이지를 봐서 머리가 제대로 돌아가지 않았던 것일지도 모른다.

『자, 그럼 이제부터 오늘 하루 있었던 이벤트를 다시 되돌아볼 텐데, 사실은 또 다른 게스트가 있어. 말 그대로 스테이지를 꽃처럼 장식해줄 내 소중한 친구야. 모두에게 소개하지.』

그러면서 마이가 이쪽을 봤다. 사실은 우리가 여기서 보고 있는 걸 처음부터 알고 있었겠지. 맨 앞줄이기도 하고.

마이는 마이크를 입에서 떼고서 우리에게 손짓했다.

"자, 어서 올라와, 아지사이."

"응."

어?

아지사이 양이 자리를 떠나 스테이지로 발걸음을 옮겼다.

설마 아지사이 양이 코스프레를 하고 있던 이유가 바로 이거였어?

앞을 향해 걸어가는 아지사이 양. 내가 시선으로 그 등을 배웅하고 있었을 때였다.

**사츠키 양이 내 손목을 덥석 붙잡았다.** 그리고서 힘껏 잡아당겼다.

"우엑?"

앞으로 푹 고꾸라져서 사츠키 양의 가슴팍에 매달렸다. 코스프레 의상의 옷감이 뻣뻣해서 오히려 딱딱하다.

"뭐, 뭐야?"

시선을 올렸다. 사츠키 양은 한순간 자기 행동에 당황한 표정이었다. 하지만 바로 입술을 꾹 깨물었다.

"너도 다녀오도록 해."

"뭐어?!"

인생에서 이보다 더 가혹한 요구는 없었다.

"사츠키 양 지금 무슨 소리를 하는 거야?!"

영문도 모르겠고, 애초에 나보고 올라오라고 부르지도 않았다. 마이는 지금 저 스테이지 위에 업무차 서 있는 거니까 내가 가봤자 스테이지 뒤에서 제지당한 다음 경비실로 끌려갈게 분명하다.

그런 말들을 쏟아내려고 했지만 사츠키 양은 그런 내 불평을 눈빛 하나로 잠재웠다.

"됐으니까, 빨리."

"아뇨, 아뇨아뇨아뇨, 아뇨아뇨⋯⋯."

아뇨, 무리라고요, 그건⋯⋯. 나는 당장 내 자리로 돌아가려고 했지만 사츠키 양은 아무리 해도 손을 놔주질 않았다. 어째서.

사츠키 양의 목소리가 들렸던 건지, 아지사이 양이 멈춰 서서 이쪽을 돌아봤다.

"앗, 미안 아지사이 양. 우리는 신경 쓰지 말고 어서⋯⋯."

꼭 쥔 손을 가슴 앞에 모은 아지사이 양이 말했다.

"레나 짱⋯⋯ 나, 레나 짱도 같이 와줬으면 해."

"뭐어⋯⋯?"

나는 곤혹스러웠다. 어, 어째서……?

아지사이 양이 나에게 손을 내밀었다.

"부탁이야."

도무지 영문을 알 수 없었다.

"마이 짱을 위해서."

아니 반대겠지! 마이한테 폐가 될 뿐이잖아?!

"──레나 짱이 아니면 안 돼."

아지사이 양의 다급한 목소리가 내 머릿속을 뒤흔들었다.

"마이를 위해서…… 라니…….''

사츠키 양과 아지사이 양한테 둘러싸인 상태로 뭐가 뭔지 하나도 모르겠다. 애초에 마이는 나 같은 애가 없어도 혼자서 이렇게나 훌륭하고, 당당하게──.

혼란에 빠져 스테이지 위로 고개를 올려다보았다.

마이와 눈이 마주친다.

그때 목소리가 들리는 것 같았다.


──제대로 생각한 결과가 이거라면.

──나는 너를 좋아해.


마이는 언제나 야무지고, 강하니까, 그러니까──.

그러니까 나 같은 건.

"안 보이잖아!"

"우왓."

카호 짱이 내 등을 툭 밀었다. 통로 쪽, 아지사이 양 쪽으로.

"나도 뭐가 뭔지는 모르겠지만 갈 거면 빨리 가! 그럼 열심히 해!"

"그런 억지가……!"

나도 모르게 아지사이 양의 손을 잡았다. 그리고.

아지사이 양이 튕겨 오르듯이 외쳤다.

"마이 짱이 기다리고 있어. 그 누구보다도, 레나 짱의 대답을!"

마이의 힘없는 미소가 내 눈앞에서 어른거리다가 흩어졌다.

——어휴 정말이지!

"그렇다고 이런, 이런 식으로! 가기야 하겠지만!"

아지사이 양의 손을 꼭 잡아당겼다.

아지사이 양의 눈동자에서 애틋한 한 방울의 슬픔이 떠올랐다가 금방 사라졌다. 미소를 지은 아지사이 양이 크게 고개를 끄덕였다.

"응."

안 그래도 꼭 전해야 할 말이 있었다. 그러면 늦든 빠르든 나는 반드시 가야만 한다. 마이를 만나러.

그렇다고 그게 스테이지라니, 나는 완전 처음 듣는 소리인데!


알겠어, 좋다고, 갈게, 어디 한번 가보자고!

마이가 기다리는 스테이지로!

영원한 거짓이란, 진실이 가진 또 하나의 이름이다.
이제부터 그려질 이야기는 한 소녀의 사랑 이야기다.


그녀는 강하고, 아름답다.
그녀는 총명하고 자신감이 넘쳤다.
그녀는 남들에게 사랑받고, 주변 사람들을 화목하게 만들었다.
어떤 고난이 닥쳐도 그녀는 결코 굴하는 법이 없었다.
앞을 가로막는 벽을 스스로의 힘으로 뛰어넘어서 언제나 고결한 자세로 앞만 바라본다. 그게 오우즈카 마이. 아시가야의 슈퍼 달링. 유일무이한 빛나는 태양.


하지만 정말로 그랬던 걸까.
레나코는 이미 알고 있었을 터다. 누구나 크고 작은 고민을 품고 있고, 괴로워하면서도 앞을 향해 나아간다는 사실을.
입장이나 성격이 어떠하든, 살아간다는 건 고민하고, 발버둥치고, 갈등하고, 눈물을 흘리면서도 앞으로 나아가야만 하는 것이라는 사실을.


어쩌면 78억 명이나 되는 인간이 다들 그렇다고 해도── 오우즈카 마이는 예외다. 그런 착각을 하고 있었을지도 모른다.

이 너머에 있는 이야기는 아마오리 레나코가 결코 알게 될 일 없는 이야기.

지금까지도, 그리고 분명 앞으로도, 언제까지나.

왜냐하면 사랑에 빠진 소녀가 **그러길 원했던 이야기**니까.

『왜 그런 짓을 한 거야?』

그날은 일본으로 돌아온 어머니와 레스토랑에서 단둘이 회식을 했다.

호텔 회장을 대절해서 파티를 열었다는 소식은 바로 어머니의 귀에도 들어간 모양이다. 마이는 태연한 표정으로 애피타이저를 입에 옮겼다. 올리브 마리네는 신맛이 강해서 눈이 번쩍 뜨이는 맛이었다. 솔직히 말해서 그다지 좋아하지 않는다.

『저도 그럴 나이가 됐다는 뜻입니다.』

한 해의 대부분을 프랑스에서 보내는 어머니와 대화할 때는 거의 항상 프랑스어로 말을 주고받는다. 어머니는 혼혈인데도 일본어를 잘 못한다는 점을 신경 쓰고 있다. 스케줄 상담도, 업무 지시도 전부 프랑스어다.

『너무 도가 지나치지 않도록 해. 너는 아직 학생이기도 하니.』

『알고 있습니다. 퀸 로즈의 프로모션을 담당하는 모델로서 자각을 가지고 있어요. 다음부터 터무니없는 짓은 좀 더 삼가도록 하겠습니다.』

『그렇게만 해주면 나도 도쿄에서 벌어진 뜻밖의 사건 때문에 파리에 있는 사무실에서 두통을 느낄 일이 없겠네.』

잠시 동안 말없이 달그락거리며 식기가 부딪히는 소리만이 울렸다.

『그래서 말이지만 이미 얘기했던 대로 올해 여름부터는 당분간 바빠질 거야. 자세한 스케줄은 하나토리에게 전달해뒀으니까.』

『네. 어떤가요? 올해 상품은.』

『그러네. 실적은 그럭저럭 나쁘지 않아. 하지만 디자인은 어떨까나. 최고 걸작에는 한참 못 미치네. 기존에 있던 아이디어를 가져다 썼을 뿐.』

어머니, 오우즈카 르네는 퀸 로즈의 톱 디자이너다. 그녀의 머리와 손가락 끝이 곧 회사의 실적 그래프다. 매년 회사가 성장함에 따라 어머니가 받는 압박의 강도도 늘어가고 있다.

딸한테 회사 얘기를 하게 된 것도 최근 몇 년 사이에 시작된 일이다. 그녀 혼자서는 짊어질 수 없게 된 걸지도 모른다. 그렇다고는 해도 마이가 할 수 있는 일이라곤 기껏해야 이렇게 어머니의 푸념에 귀를 기울이는 정도지만.

『요 근래 가장 큰 영감을 느끼는 건 바로 너의 성장이야. 딸이 내 손을 떠나 모르는 누군가의 얼굴로 점점 변해간다는 건 신선한 체험이야.』

『저와 마마는 원래부터 다른 인간이지만요.』

『그걸 분명하게 자각했던 건 네가 나한테 반역을 꾀했던 10살 때 일이었어.』

『반역이라니 과장이 심해요.』

마이는 쓴웃음을 지었다.

어머니는 마음을 전하는 방식이 서투르다. 그래서 디자이너가 된 게 아닐까 싶을 정도로.

본심이 어디에 있는지 알 수 없는 사람과 대화하는 건 싫어하는 재료가 섞인 샐러드를 먹는 것과 비슷하다. 언제 떫은 맛을 느끼게 될지 모르는 상태로 머뭇머뭇 씹어 삼키는 걸 반복해야 한다.

『그러니까 이런 거지.』

On n'a qu'une vie라고 말했다.

『인생은 한 번뿐. 나는 후회하지 않아. 또한 네가 후회하길 바라지도 않아. 행동은 신중하게 하도록 해. 마 셰리.』<sup>Ma Chérie</sup>

『……네.』

그건 어머니의 말버릇이다. 나를 위해서 해주는 말. 하지만 거기에 담긴 진짜 뜻은──.

(당신이 바라는『후회 없는 삶의 방식』이라는 건 요컨대 당신의 삶의 방식을 따라 하라는 뜻 아닌가요?)

마이는 마음속으로 물었다.

키 167센티인 마이는 일본에서는 그렇다 쳐도, 프랑스 톱모델에서 따져보면 왜소하고, 눈에 띄지 않는 편이다. 밝은 금발머리도 외국에 나가면 흔하게 볼 수 있다.

애초에 해외 톱 레벨에서 통용될만한 재능조차 아니다. 그런데 자신이 중용되고 있는 건 어디까지나 자기가 그녀의 잘 만들어진 딸이니까.

고작 그런 이유로 마이는 재능 있는 수많은 새싹을 짓밟고서 일본 톱클래스에 들어가 있다. 많은 사람들이 마이에게 패배를 맛보고 꿈을 포기했다.

그래서 더더욱 마이는 부서져간 사람들을 위해서라도 굳세게 버텨야만 하는 것이다.

피라미드의 정상에서 발을 헛디디는 건 용납되지 않는다.

하지만 마이 입장에선 자신이 모델이라는 사실은 다시 말해 르네의 딸로서 묶여있다는 소리나 마찬가지였다. 마이의 인생 설계도는 자기 손안에 없었다. 그조차도 어머니의 창작물이었다.

거기서 단 하나, 어머니가 말했던『반역』만이 마이 손으로 그린 한 줄기 선이었다.

『만약 네가 빨리 결혼해서 가정을 이루고 싶다면 말만 해. 그때는 내가 나서서 준비를 해줄 테니까. 사양할 필요 없어. 왜냐하면 너는 내 소중한 딸이니까.』

『……고마워요, 마마.』

그렇게 밤이 깊어간다. 누구보다도 가장 자신을 잘 이해해 주는 사람과 식사를 하고 있는데도 배 속에 허무감만이 쌓여가는 밤이 있다.

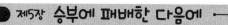

"졌다, 후후, 졌어…… 나는 패배자야……."

레나코랑 사츠키가 돌아간 뒤에도 마이는 잠시 의자에 축 늘어져 있었다. 입 밖으로 혼이 삐져나와 있다.

진검승부였다. 레나코와의 결혼을 걸고 사츠키까지 셋이서 승부를 가렸다. 그 결과 마이는 패배했다. 참패다. 이렇게까지 시원하게 져본 적은 옛날 일까지 기억을 더듬어 봐도 드문 일이었다. 지금의 마이는 두말할 것 없는 패배자였다.

그런 패배자의 모습을 동정을 담아 지켜봐 주는 사람…… 하나토리다.

"아가씨, 뭔가 따뜻한 음료라도 가져올 테니까요……."

"후후, 고마워, 하나토리 씨."

먼 산을 바라보는 마이. 이런 때조차도 감사의 인사를 잊지 않는 마이의 인간성에 진심으로 탄복하면서 향을 바꾼 라벤더 허브티를 끓여왔다. 마이한테 어울리는 기품 있는 향이라, 이걸로 조금이라도 기분 전환이 됐으면 좋겠다고 생각하면서.

달그락 소리와 함께 컵을 내려놓았다. 평소라면 여기서 조용히 자리를 떠났겠지만, 너무나 힘없이 늘어져 있는 마이의 모습을 보자 뭐라도 한 마디 위로를 해주고 싶었다.

"저기, 외람된 말씀이지만, 아가씨……. 아마오리 님은 옛날부터 이 게임을 열심히 해왔던 거잖아요. 그러면 너무 마음에 두지 않으셔도…….”

“아니, 하나토리 씨. 그건 아냐.”

마이가 고개를 저었다.

“어떤 승부든 간에 도전을 받아들인 이상 나는 전력을 다해 임했어. 그러니 그런 말을 지고 나서 스스로를 위로하기 위한 변명으로 삼는 건 불가능해.”

“저, 저는…… 정말 죄송합니다, 아가씨……!”

하나토리는 얼굴이 창백해져서 입을 막았다.

“아가씨의 고결한 순백의 정신을 얼룩지게 만드는 말을 해버리다니…… 어, 어떤 벌이든 달게 받겠습니다. 명령을 내려주세요, 아가씨!”

하나토리가 그 자리에 무릎을 꿇었지만 마이는 그저 부드러운 웃음을 건넸다.

“괜찮아, 하나토리 씨. 당신은 나를 위로해 주려고 했을 뿐이겠지. 항상 그 상냥한 마음에 구원을 얻고 있어. 그렇지. 그러니까 앞으로도 나를 도와줘. 그게 내가 내리는 명령이야.”

“아가씨…… 읏!”

하나토리는 마이를 끌어안으려고 했지만 그건 불경한 짓이었기 때문에 그저 공손히 고개를 숙였다.

“그래, 잠깐 레나코 얘기를 해볼까.”

“……네에, 경청하겠습니다.”

“후후, 그런 언짢은 표정 짓지 말아 줘, 하나토리 씨. 내가 마마의 권유에 따라 프랑스의 학교에 다닐지, 아니면 일본의 고등학교를 선택할지 고민했던 적이 있었잖아?"

중학교 때 마이를 떠올리며 하나토리는 살포시 미소 지었다.

"그랬었죠. 저에게도 고민을 털어놔 주셨습니다."

"그립네. 내 이름도 머리카락도 일본에선 너무 눈에 띈다는 이유로 하나토리 씨는 프랑스의 학교를 추천해 줬어."

"네. 그렇게 하면 가족이 함께 지낼 수 있으니까요."

그때 일은 똑똑히 기억하고 있다. 평소에 항상 명랑한 마이가 어느 시기부터 계속 골똘히 생각에 잠긴 표정을 짓고 있었다. 하나토리는 걱정 탓에 몸무게가 3킬로나 줄어들었다.

하나토리는 자기도 함께 프랑스로 이주하겠다는 각오를 하고 마이를 위한 마음으로 조언했다.

마이가 컵을 입에 가져갔다.

"하지만 나는 일본 고등학교를 선택했어."

그건 어머니를 향한 소소한 반항이었을지도 모른다. 하지만 하나토리는 지금 와선 마이의 선택이 옳았다고 느꼈다. 왜냐하면.

(**코토 님**이 같은 반 친구가 되어 주셨으니까요.)

방금 전에 마이가 패배를 맛봤던 시합 중에 사츠키와 나눈 옛날얘기를 듣고 하나토리는 감동했다. 혼자였다면 펑펑 눈물을 흘리며 울었겠지.

코토 사츠키 님이 아가씨의 친구로 계시는 한, 앞으로도 마이는 결코 고독하지 않을 것이다. 그렇게 믿을 수 있게 돼서, 그 진실한 사랑에 하나토리는 안도했다.

그렇기는 한데…….

(두 사람은 원래 타인을 필요로 하지 않는 분들. 일상을 함께하는 관계는 아니었을지도 모르겠네요.)

마이와 사츠키의 거리는 멀면서도 가깝다. 동시에 가까우면서도 멀었다. 마이가 필요로 하는 상대는 서로를 라이벌로 인정하고 함께 심신을 고취하는 관계가 아니다.

설령 평범하더라도 마음을 털어놓을 수 있는…….

"거기서 나는 레나코와 만날 수 있었어."

마이의 말에 하나토리는 마치 식칼에 손가락을 베인 듯한 기분이었다.

"……그분이."

하필이면, 이라는 말을 꾹 참을 수 있었던 건 전적으로 주인을 향한 충성심 덕분이었다.

아마오리 레나코. 외모도 인품도 평범한 소녀 그 자체라, 딱히 특이한 점은 찾아낼 수 없었다. 고등학교든 대학교든 저런 소녀는 얼마든지 널려있다.

하지만 결코 마이가 하나토리에 비해서 인생 경험이 떨어진다고 생각하진 않는다. 고등학교 입학처럼 인생의 기로에 서게 되는 경험 자체야 둘째치고서라도, 마이는 어렸을 때부터 매력적인 사람들과 셀 수 없을 정도로 만나고 사귀었다. 사람을 보는 안목은 충분할 정도로 길러났을 게 분명하다.

그런데 어째서 마이가 저 정도로 레나코를 사랑하게 됐는가.

"새로운 생활을 맞이해 가슴이 두근거렸어. 새로운 학교에서 익숙해질 수 있을지 어떨지. 그래, 남들처럼 불안했던 거야. 무엇보다도 마마의 권유를 거절하면서까지 일본에 남은 거라서 괜히 더 불안했지. 잘못된 선택지를 골랐다는 생각은 오기로라도 하고 싶지 않았으니까."

"그건…… 저도 그 마음을 이해합니다."

르네는 좋은 고용주지만 뭐든지 독단적으로 결정한다. 하나토리도 진짜 뜻을 파악할 수 없다. 애초에 딸과 대화하는 걸 반기지 않는 것처럼 느껴졌다. 서로가 하나뿐인 가족인데도.

"반 애들이 먼발치에서만 바라보면서 다루기 힘든 종기처럼 취급하는 데에는 익숙해졌어. 그럼에도 남들처럼 고등학생으로서 학창시절의 즐거움을 맛보고 싶다는 마음도 있었지. 아주 약간의 기대와 어차피 그렇게 될 리가 없을 거라는 커다란 불안감에 흔들리고 있었어."

"그랬, 습니까……."

마이는 하나토리에게조차 자신의 불안을 보여주려고 하지 않는다. 모든 게 다 끝난 다음에 이런 식으로 털어놓을 때는 있지만. 이럴 때마다 느끼는 안타까움은 시간이 지나도 익숙해지지 않았다.

"하지만 그런 불안을 그녀가 단번에 해소해 줬어."

"……그 소녀가?"

마이는 눈이 녹으면 싹을 틔우는 꽃봉오리처럼 맑게 웃었다.

"──『친구가 되지 않을래요』라며, 나에게 손을 내밀어 줬어."

"그건."

누구보다도 빠르게 솔선해서 마이한테 말을 걸 수 있는 사람은 그리 많지 않다. 호기심이나 흥미 본위로 말을 거는 게 아니라면 더더욱. 하나토리도 저 말에는 놀라 숨을 삼켰다.

"돌이켜 보면 어쩌면 나는 그때 이미 사랑에 빠졌던 걸지도 몰라."

"아가씨……."

"하나토리 씨, 나는 반드시 그녀에게 어울리는 여자가 되겠어."

마이는 하나토리 앞에서 선언했다.

"……그렇습니까, 아가씨."

눈에 넣어도 아프지 않을 정도로 자신이 온 힘을 다해 헌신하는 마이가 그렇게까지 말하는 여자다. 일단 마이의 말을 전면적으로 믿고서, 두 사람의 사랑을 순순히 응원하겠다고 하나토리는——.

(정말 눈곱만큼도 생각하지 않습니다만…….)

일단 열심히 일하면서 틈틈이 모아둔 돈을 써서 흥신소에 의뢰를 넣어야겠다고 결심했다. 그 아마오리 레나코라는 여자의 정체에 대해서 낱낱이 파헤쳐야겠어. 대체 무슨 속셈으로 아가씨한테 접근한 걸까. 만약 꽃에 꼬이는 독충이라면 그때는…….

그래도 입학 직후에 마이가 느낀 불안을 빠르게 해소해 줬다는 공적만큼은 뭐, 인정해 주지 못할 것도 없겠다고 생각하는 하나토리였다.

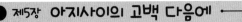

그건 여름방학 막바지, 2학기가 시작되기까지 얼마 남지 않았을 때였다.

"다녀왔습니다."

사츠키가 아르바이트를 마치고 돌아온 그날, 현관에 **낯선 신발**이 보였다.

눈썹 하나 까딱하지 않고 그 신발을 내려다보았다. 낯선 여성용 신발이 현관에 놓여있는 광경은 왠지 어렸을 때부터 묘하게 눈에 익은 광경이었다.

드르륵 장지문을 열었다. 그곳에는 벽을 향해 쪼그려 앉아있는 여자가 있었다. 형광등 불빛을 반사하는 황금빛 머리카락만이 변함없이 반짝이며 빛을 내고 있었다.

"덩치만 큰 어린이가 있네."

"……."

한숨을 쉬면서 가방을 내려놨다. 그러면서 내일을 대비해 미리 준비물을 가방에 넣었다. 졸음이 오기 시작하면 전부 다 귀찮아지기 때문에 그전에 미리 할 일을 정리해두고 있다.

그러는 동안에도 오우즈카 마이는 별다른 움직임 없이 장식물처럼 놓여 있었다.

말을 걸 때까지 계속 저러고 있겠지. 진심으로 귀찮았다.

옛날얘기를 들먹이며 『이제 나한테는 의지하지 않는 거 아니었어?』라고 말해주는 선택지도 머릿속에 잠깐 떠올랐지만 사츠키는 아무리 그래도 그런 소리를 할 정도로 박정하지는 않았다.

"그래서 뭔데. 오늘 밤은 무슨 일이야."

자기가 마실 인스턴트커피를 한 잔 타왔다. 말을 걸어도 반응이 없기에 교과서를 펼쳤다. 그러고 나서 잠시 후.

마이가 입을 열었다.

"……나는 어쩌면 전 세계 사람들한테 사랑받는 게 아니었을지도 몰라."

"………………."

당장 내쫓아버릴까 싶은 생각이 저절로 솟구쳤지만 아직은 괜찮다. 참을 수 있어. 그렇게 성질이 급해서야 오우즈카 마이의 소꿉친구는 못 해 먹는다.

"그래서?"

"아니 분명 나를 좋아해 주고는 있겠지. 그건 그래. 나는 아무 짓 안 해도 누구에게나 사랑받게 되니까 말이야……."

"……."

역시 즉시 내쫓자. 그다지 대단한 고민도 아닌 모양이다. 그렇게 마음먹은 직후.

"그저 내가 **첫 번째는 아니었을** 뿐이야."

마이의 목소리가 쓸쓸하게 울렸다. 어깨너머로 뒤를 돌아보았다.

고개를 든 마이의 눈은 꾸중을 들은 어린아이처럼 흐려져 있었다. 어떤 누구에게도 보여주는 일 없이 오직 사츠키 앞에서만 드러나는 오우즈카 마이의 모습이다.

"……무슨 일이 있었던 거야. 털어놔 봐."

이 정도로 낙담하는 건 요즘 들어선 좀처럼 없었던 일이다. 고등학교에 들어간 뒤부터 마이가 사츠키에게 기대지 않게 된 건 아니다. 그저 정신적으로 안정되었을 뿐이다.

어쩔 수 없이 펜을 내려놓고 마이를 향해 몸을 돌렸다.

마이는 잠시 동안 말을 꺼내기 힘들어하긴 했지만 우리 집까지 찾아와 놓고 뭘 새삼.

"사실은……."

떠듬떠듬 털어놓는 마이.

역시 깜짝 놀랐다.

"세나가 아마오리한테 고백? 뭐어……?"

확실히 아지사이는 레나코를 마음에 들어 하는 기색이긴 했다. 그렇다고는 해도 그건 단순히 우정의 연장선이지, 특별히 어떤 행동에 나서지는 않을 거라고 생각했다.

사츠키는 옛날부터 타인의 일을 곧잘 파악하는 소녀였다. 저 사람이 지금 뭘 생각하고 있는가, 때로는 마치 독심술처럼 그 자리의 분위기를 예민하게 파악할 수 있었다.

그다지 인정하고 싶지는 않지만, 사람과 사귀는 것 하나만으로 세상을 능숙하게 헤쳐나가는 어머니에게서 물려받은 능력이 분명하다.

다만 분위기를 읽는 능력이 탁월하다는 것과 그걸로 그 순간 그 자리에서 요구하는 역할을 수행할 수 있느냐는 전혀 다른 문제였다.

사츠키는 전자의 능력을 주체하지 못한 결과 엄선해서 친구를 사귀고, 쉬는 시간에는 독서에 몰두하는 학교생활을 선택했다. 눈이 지나치게 좋은 사람이 일부러 도심의 좁다란 골목에서 살아가는 거나 마찬가지다. 억지로 사람들이랑 접해봤자 피곤한 일들밖에 없다. 사츠키가 바라는 건 평온한 일상이었다.

지금 소속된 그룹 멤버는 비교적 안정감이 있어서 나름대로 마음에 든 상태다.

앞으로도 계속 친구로서 사귀고 싶다고 느끼는 상대도 있다.

세나는 두말할 것 없이 그중 한 명이다. 아마오리는…… 아마오리는 뭐 일단 미뤄두기로 하고.

"……그렇구나, 사정은 알겠어."

아마오리의 악행이 만천하에 까발려졌다는 뜻인데.

"그래서 마이의 고백도, 아지사이의 고백도 보류했다는 거야? 뭐라고 해야 하나, 아마오리는…… 정말 몹쓸 애네. 내가 그 자리에 있었으면 누늘겨 팼을지노 모르겠어."

마이가 말을 꺼내기 힘들어했던 이유도 알겠다. 어떤 설명을 가져다 붙여도 사실대로 얘기하는 순간 사츠키는 레나코한테 화를 낼 게 분명하니까.

"그래도 그건 괜찮아. 서로 합의 하에 기다리겠다고 결심한 건 나니까."

마이는 조용히 고개를 좌우로 저었다.

"단지 뭐라고 해야 하나…… 아지사이한테 좋아한다는 말을 들었을 때 레나코의 표정이, 계속해서 눈앞에서 지워지지 않아서."

"……표정?"

"응."

마이는 흐릿한 미소를 지었다. 사츠키는 그 미소가 마치 어디에서나 찾아볼 수 있는 평범한 여자아이처럼 힘없는 미소라고 느꼈다.

"그건 그야말로── **사람이 사랑에 빠지는 순간**이지 않았을까."

마이는 대체 어떠한 마음으로 그 말을 입 밖으로 꺼냈을까.

"그건."

사츠키는 아무 말도 할 수 없었다.

지금 이 상황에서 그게 사실인지 아닌지는 중요하지 않다.

그보다 문제는.

(그걸 네가 말해버리면…… 네가 그렇게 생각해버리면…… 그건 이미 **사실로 굳어지는 거** 아니야?)

가슴이 옥죄어든다.

지금 저 말은 사실상 패배 선언 아닌가.

사츠키는 어째서 자신이 이렇게까지 동요하는지 알 수 없었다.

단지 누군가에게 졌다는 사실을 선뜻 인정하는 마이를 보고 싶지 않았다.

"너는…… 어떻게 하고 싶어?"

"모르겠어."

(모르겠다니, 뭐냐고. 손쓸 도리가 전부 없어진 것도 아닌데.)

원래 마이라면, 『반드시 나를 돌아보도록 만들겠어』라고 당당히 선언했을 거잖아?

너는 일에서 실패하거나, 어머니랑 말다툼을 할 때면 우리 집을 찾아와서 주절주절 고민을 털어놓지. 하지만 전부 털어놓고 나면 개운해진 얼굴로 내일부터 다시 힘을 내겠다고 말해주잖아.

(그런데 고작 사랑 따위에……)

오우즈카 마이가 이런 것에 휘둘릴 리가 없어.

사랑 따위, 반에서 달리 오락거리가 없는 소년 소녀가 몰두하는 정크푸드 같은 거다.

만약 사랑의 맛을 깨닫게 된 마이가 그 감미로운 자극 없이는 혼자서 서는 것조차 못하겠다면…….

그렇다면 여기서 『그런 여자는 잊어버리게 해 주겠어』 같은 소리를 하면서 그 입술을 빼앗는다면 마이는 마음이 풀릴까? 아니면 내 안에 있는 짜증이 해소될까?

(그런 문제가 아니겠지…….)

기묘한 생각들을 머릿속에서 털어냈다. 그런 짓은 친구의 범주를 넘어섰다.

그런 짓을 해서 마이가 회복된다면 몰라도 마이는 내 키스에 아무런 가치도 두고 있지 않으니까. 나만 손해 보는 거래는 배알이 뒤틀린다.

마이가 핑크빛 입술을 살짝 열었다. 그러면서 시선을 피한다.

"그저 지금은 레나코가 행복해졌으면 좋겠다고 생각해."

"……뭐야 그게. 너는 언제부터 그런 성모 같은 여자가 된 거야."

마이는 아무 말도 없다. 나도 모르게 혀를 찼다.

마이한테 해주고 싶은 말들이 산더미처럼 있다. 레나코한테도,

여차하면 아지사이한테도. 하지만 마음속에 있는 말들을 마구 쏟아내 봤자 속이 시원해지는 건 사츠키뿐. 그런 짓을 할 거였으면 아예 처음부터 얌전히 마이의 상담을 받지 말았어야 했다.

그래서 사츠키는 말할 수 없다. 마이한테, 한 마디도.

마이의 곁에 고쳐 앉아서 그 등에 손을 올렸다. 있는 힘을 다해, 쥐어짜듯이 물었다.

"정말로 괜찮아?"

"나는."

"그 자리에 네가 없어도 괜찮아?"

사츠키의 질문에 마이는 대답하지 못했다.

그건 가장 사랑하는 사람 바로 곁에 서서, 마음을 눌러 죽인 채 그 사람이 행복해지는 모습을 인형처럼 웃으며 지켜보는 짓이나 마찬가지다.

멍청한 생각이다. 진심으로 그렇게 생각한다.

바라는 것들을 뭐든지 손에 넣을 수 있는 여자가 그런 소망을 품다니.

(하지만 너는 항상 그랬지. 마이…… 언제나 누군가의 기대에 부응하는 것만을 생각하고서…… 정말로 바보 같은 사람…….)

사츠키는 잠시 동안 아무 말 없이 마이의 등을 쓸어줬다. 어째서 자신이 그러고 싶었는지조차 알지 못한 채, 잠시 동안.

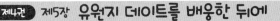 

마쿠하리 코스프레 서밋, 마지막 메인이벤트.

아지사이는 레나코와 함께 마이가 기다리는 스테이지 위로 향했다. 그리고——.

——시간은 얼마 전으로 거슬러 올라간다.

"마이 짱."

아지사이는 복도에서 마이를 불러 세웠다.

유원지 데이트 이튿날인 월요일 학교. 지금은 쉬는 시간이다.

"아지사이인가."

마이는 숨바꼭질 도중에 숨긴 장소를 들킨 아이처럼 웃었다. 그 석연치 못한 태도에 아지사이는 말문이 막혔지만 그럼에도 한 걸음 더 다가가 입을 열었다.

"있잖아, 어제 일 말인데."

둘이서 서서 대화하고 있었더니 지나치는 학생들이 손을 흔들었다. 마이는 바로 자연스러운 미소를 지으면서 마주 손을 흔들어줬다.

"아아, 그래. 나도 너에게는 꼭 말해야겠다고 생각했어. 너무 오랫동안 미뤄뒀다는 느낌이 드는걸."

아지사이가 어지간히도 결심이 서린 표정을 짓고 있었겠지.

"어디 차분하게 대화할 장소는 없을까. 수족관처럼……. 하지

337

만 학교에선 힘들겠네."

"안성맞춤인 장소가 있어."

그러면서 마이가 아지사이를 데려간 곳은 인기척이 없는 층계참 꼭대기.

옥상이었다.

철문을 열자 바람이 강하게 불었다. 아지사이의 머리카락이 바람에 흔들렸다.

"와, 옥상은 출입 금지 구역이 아니었구나."

실내화로 콘크리트 바닥을 밟고 있자 신기하게도 가슴이 들떴다.

지표부터 고도를 따져보면 지면과 그리 큰 차이는 없을 텐데도 맑고 푸른 하늘이 손을 뻗으면 닿을 정도로 가깝게 느껴졌다.

아지사이 뒤에 선 마이가 웃으면서 말했다.

"물론 출입 금지 구역이야. 그러니까 우리끼리의 비밀이지."

"후훗, 그렇구나. 우리들 이거 안 되겠네."

몇 길음 걷자마자 모퉁이에 도착. 펜스가 허리 높이밖에 안 된다. 마음만 먹으면 바로 뛰어넘을 수 있을 정도로 싱거운 경계선이다.

"어쩐지 조금 무섭네."

"너무 가까이 다가가지 않도록 해."

마이는 먼 곳을 바라보면서 작게 중얼거렸다.

"지금의 나로선 분명 하늘을 날 수 없을 테니까."

그 말이 어떤 의미인지는 알 수 없었다. 하지만 아지사이가 느끼는 마이는 하늘을 날 수 있을 정도로 경쾌한 이미지를 가지고 있었다. 지금은…… 잘 모르겠다.

"이리 와."

마이의 손짓에 아지사이는 펜스에서 조금 떨어진 위치에 멈춰
섰다.

"있지, 마이 짱."

"왜 그러지?"

"유원지에 갔던 날, 사실은 처음부터 일 같은 건 들어오지 않았
던 거 아니야?"

올려다본 하늘은 청명하게 개어 있었고, 거기에 붓으로 그린
것처럼 흰 구름 한 줄기가 흐르고 있다.

"나랑 레나 짱한테 권유한 건 우리 둘만 있게 해주려고?"

"어째서 그렇게 생각했어?"

"음…… 그냥 감."

그냥 왠지 모르게, 데이트 날 마이가 걸었던 전화에서 위화감
을 느꼈다. 오늘 갑자기 못 가게 됐다고 말하는 마이한테서 마치
전부터 이렇게 될 줄 알고 있었다는 것처럼 침착한 기색이 느껴
졌기 때문일까.

그래서 의문을 떨쳐버릴 수 없었다. 마이는 어째서 이런 짓을
한 걸까.

아지사이가 짐작할 수 있는 이유는 단 한 가지밖에 없었다.

마이는 뚝뚝 끊어지는 어조로 말하며 자조하는 듯한 미소를 지
었다.

"그 대답은………… 말하고 싶지 않아."

마이답지 않은 완고한 거절에 아지사이의 눈동자가 흔들렸다.

"마이 짱……."

"나는 가능하면 너에게 거짓말을 하고 싶지 않아. 너는 내가 대등한 관계로 사귀고 싶다고 생각한 몇 안 되는 친구 중 한 명이야."

"그건, 나도 마찬가지야."

아지사이가 마이의 팔을 가만히 쓸었다. 착각하려 해도 할 수 없는 가녀린 여자아이의 팔이다.

예전의 아지사이였다면 한번 거절당한 상대한테 물고 늘어지는 짓은 하지 않았을 것이다.

하지만 아지사이한테 강한 마음을 선물해 준 건 바로 마이였다.

"마이 짱이 내 등을 밀어줬으니까, 그래서 지금의 내가 있는 거야. 나는 마이 짱에게 깊이 감사하고 있어. 저기, 마이 짱, 왜 우리 둘만 있도록 했어?"

"……."

이래도 마이는 대답해 주지 않아서.

아지사이는 가슴에 손을 대고 고개를 숙이고.

비겁한 말을 입에 담았다.

"있잖아, 나, 레나 짱이랑 키스했어."

마이의 마음 안쪽 연약한 부분에 손톱을 세우는 짓을 했다.

"두근거렸어, 굉장히 두근두근했어. 돌아올 땐 레나 짱과 둘이서 손을 잡았어. 그때, 말했었지, 마이 짱은 나보고 걱정하지 말라고…… 그런데."

고개를 들어 마이의 표정을 살폈다.

"이대로 내가 이기게 되는 거야……?"

이러면 마이의 부전패다.

"레나 짱이 내 것이 될 거야. 마이 짱은…… 그래도 괜찮아?"

괜찮을 리가 없다.

그런데도 마이는.

**"레나코가 행복하다면야."**

"마이 짱!"

아지사이가 마이의 손을 잡았다.

맥없이, 아지사이가 힘을 주는 대로 휘둘렸다.

"어째서 그런 말을 하는 거야! 역시 내가 레나 짱한테 고백한 탓에——."

"아니야, 아지사이. 너는 아무런 잘못도 없어. 모두 내 탓이야."

아지사이의 기세가 수그러들었다.

"마이 짱 탓이라니……?"

마이는 고개를 숙인 채 이를 악물었다.

"계속 잘못 생각하고 있었어. 나는 제멋대로였어. 내가 나답게 행동하면 모든 것들이 수용될 거라고 생각했었어. 나는 어렸지. 하지만 세상은 내가 생각했던 것보다 조금 더 복잡했던 거야."

데이트 때 했던 일을 넘어, 마이는 더욱 깊이 담아뒀던 이야기를 꺼내고 있었다.

아지사이는 마이의 감정을 하나도 놓치지 않기 위해 마이의 단정한 얼굴을 들여다보았다.

"……계속 들려줘."

"나는 자신이 없어."

마이는 그렇게 말했다.

"언제나 나는 마마가 바라는 『오우즈카 마이』라는 인물을 연기하고 있어. 그건 퀸 로즈의 스타 모델에 어울리는 여성이야. 그 여성은 강하고, 총명하고, 전교생한테 사랑받아. 스스로도 훌륭한 인물이라고 생각해."

마치 다른 사람의 업적이라도 읊는 듯한 말투다.

"오우즈카 마이로 존재하는 한, 나는 뭐든지 완벽하게 해냈어. 바람직한 인간으로 있을 수 있었어. 아지사이. 네 등을 밀어줬던 사람은, 그건 오우즈카 마이야. 진짜 나 자신이라곤 말할 수 없어."

"하지만……. 어느 쪽이든 나에게는 마이 짱이야. 있지, 나도 자기가 그저 착한 아이가 아니라 비겁한 부분도 있고, 어리광부리는 면도 있다는 사실을 인정할 수 있었으니까…… 내가 할 수 있었다면 마이 짱도 분명히."

아지사이는 작게 고개를 저었다.

"……처음으로 사랑에 빠졌어."

마이가 가슴에 손을 댔다.

"몸을 태우는 듯한 정열적인 흥분에 취했어. 그녀의 모든 점들에 빠졌어. 강한 충동에 몸을 내맡기는 건 몹시 즐거웠어. 이게 자유라는 거구나 싶었어. 하지만."

시선을 떨구는 마이.

"그 결과 나는 그 아이한테 상처를 주고 말았어."

"마이 짱……."

"알고 있었어. 내 사랑의 형태는 레나코가 원하는 바가 아니라는 것을. 내가 **그저 나로서** 남아 있으면 아무리 시간이 지나도 레나코한테 사랑받을 일은 없을 거라는 것을."

"그렇지는."

"그러면 하다못해 온 힘을 다해 상냥하게 마음을 베풀자고 생각했어. 사츠키 때도, 너 때도. 하지만 그러고 나니 이번엔 거리를 좁히는 법을 알 수 없었어. 왜냐하면 모두의 오우즈카 마이는 결코 단 한 사람만을 선택하지 않을 테니까."

마이의 말은 차갑고 무거워서 마치 두꺼운 얼음 장벽 같았다.

사람은 누구든 그 자리에 어울리는 가면을 뒤집어쓴다. 아지사이도 마찬가지다. 집에 있을 때의 자신과 학교에서의 자신과 레나코 앞에서의 자신은 각각 다르다. 친구 한 명 한 명을 대할 때조차도 조금씩 다르다. 그런 건 당연한 일이다.

하지만 마이의 가면은 너무나 견고했다. 저주, 혹은 숙명이라고 부를 수 있을지도 모른다.

"하지만 그래도 나는 레나코를 좋아해. 사실은 포기하고 싶지 않아. 하지만, 그렇지만……."

마이가 크게 숨을 들이마시고 말했다.

"나는 미움받는 게 무서워."

어떤 누구에게 미움받아도 괜찮다. 원망을 사게 되더라도 어쩔 수 없다. 그런 생각으로 살아왔다.

하지만, 레나코에게, 너희들에게는 미움받고 싶지 않아.

"어떻게 해야 좋을지 알 수 없어진 거야."

──그 말과 함께 고개를 떨어뜨리는 마이에게 아지사이는 잠시 동안 아무 말도 할 수 없어서.

분명 지금까지 많은 일들이 있었겠지. 모델 업계에서 승승장구를 거듭해 온 마이에겐 아지사이로선 상상도 할 수 없는 많은 일들이 있었을 것이다. 남들에게 상처를 입히면서도 그대로 살아갈 수밖에 없었겠지.

안이한 마음으로『괜찮아』같은 소리는 할 수 없었다.

그럼에도 그녀에게 뭐라도 해주고 싶어서. 아지사이는 마이의 몸을 상냥하게 안아줬다.

"……마이 짱."

마이는 고개를 숙인 채 조용히 말했다.

"어째서 네가 우는 거야, 아지사이."

"미안해……. 나는 마이 짱과 다르게 마음이 약하니까……."

"아니야. 그건 분명 연약함이 아닌 상냥함이야. 나는 줄곧 깨닫지 못했어."

마이가 아지사이의 등에 팔을 둘렀다.

"네가 레나코를 행복하게 해준다면야…… 아지사이, 나는 더 이상."

"안 돼, 그런 건. 절대로 안 돼. 그런 걸로 사랑을 포기해 버리면 안 된다고. 그런 건 내가 용납할 수 없으니까."

아지사이가 마이의 몸을 살짝 부드럽게 밀쳤다.

눈물로 젖은 눈동자가 마이를 노려본다.

"그거야말로 내가 마이 짱을 미워하게 될 짓이니까."

마이는 슬픈 듯 시선을 떨궜다.

"그건…… 괴롭네."

나오려는 말을 삼키면서 아지사이는 고개를 저었다.

"거짓말이야. 그렇지 않아. 마이 짱을 미워하게 되지 않아. 앞으로도 마이 짱을 좋아해. 언제까지나 쭈욱 좋아할 거야. 그러니까 내가 마이 짱을 미워하게 만들지 마."

가만히 자기 앞에 내민 아지사이의 손을.

화해라도 하는 것처럼 맞잡았다.

손수건으로 눈꼬리에 맺힌 눈물을 훔친 아지사이가 마이를 바라봤다.

그 눈동자에 비치는 마이는 아무리 기다려도 데리러 오지 않는 부모님을 하염없이 기다리는 유치원생처럼 보였다.

아지사이는 힘주어 미소를 지었다.

"있잖아, 마이 짱. 다음엔 나랑 데이트하자."

"……너와?"

"응. 이번엔 레나 짱을 초대하지 않고서 단둘이서. 마이 짱한테 얘기하고 싶은 게 잔뜩 있어. 나는 나를 구해준 마이 짱을 위해서 할 수 있는 일을 하고 싶으니까. 아니, 내가 할 수 있는 일을 하게 해줘."

"……네가 그런 말까지 하게 만들다니 면목이 없는걸."

"내가 고집 세고 어리광쟁이라는 걸 마이 짱한테도 들켜버렸네."

아지사이는 작게 혀를 내밀며 웃었다.

마이의 마음을 가볍게 만들어주기 위해 최선을 다한 장난스러운 몸짓. 하지만 그런 아지사이를 보는 마이의 눈에는 역시나 쓸쓸함이 감돌았다.

그래도 좋았다. 마이가 솔직하게 사정을 얘기해 줬으니까. 아직 자기한테도 할 수 있는 게 있다고 믿을 수 있다.

"응, 아지사이…… 마침 잘 된 걸까."

아지사이가 물론이라고 대답하는 것처럼 끄덕이자 마이는 손을 놓고서 스마트폰을 꺼냈다. 스케줄을 확인하는 표정에선 안타까움이 배어 나온다.

"당분간은…… 안 되겠어. 시간이 비질 않아."

"그렇구나……. 정말 많이 바쁘네, 마이 짱……."

하지만 그렇다고 이런 기분으로 한 달이고 두 달이고 마냥 기다리는 건 괴로운 일이다. 어쩔 수 없다고 포기하는 거야 쉽지만 아지사이는 여기서 한 가지 더 어리광을 부려보기로 했다.

"그러면 여름방학 때처럼 일이 끝날 때까지 기다린다는 건 어떨까?"

"그래서는 내가 너무 미안해."

"미안하다고 생각하면…… 하루라도 빨리 나랑 어울려 줬으면 좋겠는데~"

횡포를 부리는 여자친구 같은 대사를 말하면서 아지사이는 자기가 이런 대사도 말할 수 있었구나, 하고 신선한 충격을 느꼈다.

"그렇다면…… 그렇지, 어디 보자, 이번 휴일은 오후에 스테이지 위에 한 번 오르면 바로 끝나는 일이 있어. 그러니까 시작 전이나, 아니면 일이 끝난 뒤라면 시간이 비어. 이벤트 회장에서 조금 기다려야 하겠지만."

"괜찮아, 마이 짱이 일하는 모습 보는 거 좋아하니까."

손가락으로 조그맣게 동그라미를 만들면서 미소 지었다.

"그런가, 그러면."

"응."

아지사이는 방긋 웃으며 고개를 끄덕였다.

다만──.

마음속 한구석에선 자기가 생각해도 이상한 짓을 하고 있다는 생각은 있었다.

마이가 레나코를 포기한다면 자신의 사랑이 이루어진다는 뜻인데.

행복해지고 싶다고 바랐고, 어설픈 마음으로 고백했던 것도 아닌데.

──하지만 역시 그건 결코『내가 원하는 어리광』이 아니니까.

남들이 행복해졌으면 좋겠어. 자기 자신의 행복도 움켜쥐고 싶어.

그러면서 그걸 움켜쥐는 방법조차 하나하나 따지고 있다니.

마이와 함께 옥상을 나와 등 뒤로 철문을 닫으면서 내심 생각했다.

(나는 내가 생각했던 것보다 훨씬 더 어리광쟁이일지도…….)

어쩌면 그건 자신을 구원해 줬던 마이를 흉내 내는 짓일지도 모르지만── 그렇다면 그걸로 충분하다. 그날 마이는 누구보다도 아름답고 멋있었으니까.

\* \* \*

이벤트 당일에 회장을 찾아온 아지사이를 기다리고 있던 건 고개를 숙인 마이였다.

"미안해, 아지사이."

"어어~ ……괜찮긴 한데……."

설마하니 『마침 한 명 모자라서』를 실제로 경험하게 될 줄은 몰랐다.

사정은 이랬다. 마이랑 함께 이벤트에 참가할 예정이었던 모델이 감기에 걸려서 나올 수 없게 된 것이다.

이런 트러블이 있어도 보통 마이라면 혼자서 스테이지를 감당할 수 있다. 하지만 이번에 마이가 입고 있는 코스튬은 페어 유닛중 한 명이라, 꼭 두 사람이 있어야만 성립된다고 한다.

그리하여 아무 생각 없이 현장에 나타난 아지사이가 『이 애는 오우즈카 씨 친구? 아주 좋잖아요!』라며 운영 측 눈에 띄게 되었고, 인생 첫 코스프레를 하기에 이르렀다.

"너무 창피해…… 나는 마이 짱처럼 미인도 아닌데……."

"하하, 아주 잘 어울려, 아지사이. 진심으로 사랑스러워."

"그렇다면야 다행이지만……?"

슬쩍 올려다보는 시선을 던졌더니 마이는 싱글벙글 웃고 있다.

"그런데 마이 짱이 하는 일 중엔 이런 것들도 있구나."

"이번 일은 어쩌다 보니 그런 거야. 퀸 로즈가 일부 협찬하는 이벤트거든. 그런 연유로 나도 출연하게 되었어. 애니메이션은 잘 모르지만 받은 자료는 꼼꼼히 읽어봤고, 원작도 감상했어. 팬분들에게 실례가 없도록 할 생각이야."

"오오……."

아지사이는 짝짝 손뼉을 쳤다. 역시 모델로 일하는 마이는 한층 더 멋있다.

"그러면 나도 최대한 공부해 볼게!"

"그래? 갑자기 도와주기까지 하는데 미안하네……."

"아니야. 벼락치기라도 아예 손 놓고 있는 것보단 낫잖아?"

마이와 아지사이는 회장 대기실에 있었다. 스태프들이 바쁘게 들락거리기 때문에 단둘이서만 있는 건 아니다.

하지만 둘이 옹기종기 몸을 맞대고서 스마트폰의 작은 화면을 들여다보고 있으면 왠지 이 세상에 단둘뿐인 듯한 기분이 든다.

땅울림처럼 회장의 열띤 분위기가 전해져오는 가운데, 마이가 문득 입을 열었다.

"아지사이는 착한 아이네."

"무슨 일이야. 갑자기 그렇게 칭찬해도 쑥스러울 뿐인데."

곁눈질로 살핀 마이의 얼굴은 스테이지를 앞두고 빈틈없이 메이크업을 마친 상태라서 그런지 평소보다도 훨씬 더 현실감이 느껴지지 않는 미모였다. 저절로 가슴이 두근거린다. 그 마음을 가벼운 어조에 실어 입 밖으로 꺼냈다.

"아이참, 저번부터 칭찬만 한가득이야……. 자꾸 그러면 마이 짱을 좋아하게 되어 버리거든."

"나는 아지사이를 좋아해."

"그러니까 그런……."

무의식적으로 교태 어린 어투가 나와서 아지사이는 입을 우물거렸다. 마이 때문이다.

"때때로 생각해. 만약 레나코가 없고 아지사이한테 고백을 받았다면 나는 그 마음을 받아들였을까 어떨까, 하고."

"뭐어~? ……그래서, 어땠어?"

뜬금없이 튀어나온 얘기지만 내용이 내용이니만큼 어떨지 신경이 쓰인다.

"분명 안 좋게 느끼진 않았겠지. 타이밍에 따라선 받아들일 가능성도 충분히 있어. 하지만 너에게 키스를 할지 어떨지는 다른 얘기겠네."

"미이 짱이랑 키스, 라니……."

아지사이는 저절로 마이의 입술에 시선이 갔다가 황급히 스마트폰으로 고개를 돌렸다. 양손을 무릎 위에 곱게 모은 채로.

"왜, 왠지 그거 내가 진짜로 고백한 것도 아닌데 마치 차인 기분인데."

"하하, 미안. 하지만 신기해서 그래. 레나코만이 특별하다면…… 대체 『좋아한다』는 마음은 어떤 걸까."

마이의 눈동자는 스마트폰이 아니라 눈앞에 어른거리는 레나코의 모습을 바라보는 것 같았다.

조그맣게 고개를 끄덕여 수긍했다. 마이가 무슨 말을 하는지 알겠다. 알기 때문에 알 수 없다.

"응⋯⋯. 좋아한다는 건 대체 뭘까⋯⋯. 어째서 다른 사람과는 다른 걸까⋯⋯."

"레마 프렌드."

마이가 입술을 움직였다.

그건 전에 들었던 마이와 레나코 둘만의 특별한 관계성을 가리키는 단어다.

"어쩌면 내가 아지사이를 좋아하는 것처럼 레나코도 나를 좋아해 줬던 걸지도 모르겠어. 만약 그렇다면 역시 미안한 짓을 했네⋯⋯."

"⋯⋯마이 짱."

"요즘 들어, 응원해 주는 사람들 앞에 얼굴을 내미는 게 조금 무서워."

마이가 손바닥을 들어 올렸다. 그리고서 다른 손을 들어 손바닥을 받쳤다.

"내 몸은 역시 퀸 로즈를 위해 존재하는 거야. 그런데 거기에 불순물이 섞이면 지금까지 나를 봐온 사람들은 어떻게 생각할까. 나는 레나코를 진심으로 좋아하게 되었으니 그 마음이 밖으로 새어 나오지는 않을까 싶어서 불안한 거야."

"⋯⋯그건 불순물 같은 게 아니야."

게다가 사랑이 일에 미치는 영향이 꼭 나쁜 것들만 있는 건 아닐 것이다. 왜냐하면 사랑에 빠진 마이는 같은 여자인 자기가 봐도 가슴앓이를 할 정도로 이렇게나 사랑스러우니까.

"모두들 마이 짱을 좋아하니까 괜찮아. 봐, 모델은 아이돌처럼 연애 금지가 걸려 있는 것도 아니잖아?"

"그러네. 하지만 그것 때문에 내 퍼포먼스가 떨어지게 된다면 다들 실망하겠지."

"그러면 그렇게 되지 않도록 노력할 수밖에……."

아지사이는 핫, 하고 뭔가를 깨닫고 마이의 손을 쥐었다.

"하지만 그게 레나 짱을 포기하라는 뜻이 되는 건 결코 아니니까. 알겠지?"

"응, 고마워, 아지사이……. 아아, 정말 싫은걸……."

마이는 스스로의 몸을 감싸 안았다.

"너에게 이런 격려를 받는 연약한 내가 싫어. 당당하게 가슴을 펴고 스테이지에 올라가지 못하는 자신이 싫어. 모두의 기대에 부응하지 못할지도 모른다는 사실을 견딜 수 없어. 이런 기분을 맛보는 건 난생처음이야."

어금니를 꽉 깨문 마이의 굳은 표정은 지금까지 아지사이가 한 번도 본 적 없는 표정이었다.

저 오우즈카 마이가 이렇게나 가냘파 보일 줄이야.

"레나코를 사랑하게 된 뒤부터 나는 스스로의 싫은 면들만 깨닫고 있어. 공포도, 두려움도, 한심함도, 모두 사랑이 가르쳐줬어……. 나는 사랑이 이 정도로 마음을 짓누르는 것일 줄은 몰랐어. 나만큼은 무슨 일이 있어도 괜찮을 거라고, 그렇게 생각했는데……."

아무리 괴로운 마음을 품고 있더라도 웃으면서 이벤트에 출연해야만 하는 마이의 사정을 생각하자 아지사이는 가슴이 아팠다.

"저기, 마이 짱, 혹시 괜찮다면 잠깐 바깥공기라도."

말이 끝나기도 전에 마이가 갑자기 덥석 안겨서 깜짝 놀랐다.

"와, 앗…… 마이 짱, 화장 지워져……."

"마음이 약해져 있을 때 상냥하게 대해주면 절로 좋아하게 된다는 말은 진짜였구나. 아지사이, 몇 번이고 말할게. 고마워. 네가 내 친구라서 다행이야."

턱을 든 채 짧은 포옹을 마쳤다. 마이는 아지사이의 양어깨를 잡고서 몸을 뗐다.

"잠시 혼자 있게 해줄 수 있을까. 괜찮아. 행사 시작 전까지는 마음을 정리할 테니까. 너는 나중에 스테이지로 와주면 돼."

"하지만, 마이 짱……."

"걱정할 것 없어, 나는 프로니까."

그렇게 말하며 미소를 짓는 마이는 명백하게 무리하는 게 보였지만 아지사이는 도무지 어쩔 도리가 없었다.

너는 프로이기 이전에 한 명의 여자아이야.

마이한테 받았던 소중한 말.

하지만 그 말만큼은 도저히 말할 수 없었다. 자기가 그 말을 한들 분명 마이는 슬픈 미소를 지을 뿐일 테니까.

(아아, 모든 게 다 내가 용기를 냈기 때문에……)

자리에서 일어나 가슴에 손을 올렸다.

레나코를 좋아한다. 하지만 마이는 둘도 없는 소중한 친구다. 두 사람 모두 정말 좋아한다.

그리고 아지사이에게 친구란──.

(즐거운 일만을 선물해 주고 싶어. 슬픈 생각도, 괴로운 마음도 맛보게 하고 싶지 않아. 전부 내가 떠맡아주고 싶어.)

대기실 문 손잡이에 손을 얹으며 뒤를 돌아봤다.

역시나 마이의 뒷모습이 작아 보였다. 마치 어두운 호수 아래로 가라앉고 있는 것처럼.

(미안해요, 하느님.)

소원을 빌었다.

(앞으로는 제가 행복해지고 싶다는 말은 하지 않겠어요. 그러니까.)

눈동자에 번지는 물기를 꾹 참으면서 울지 않으려고 견뎠다.

지금, 그녀를 행복하게 해줄 수 있는 사람은 자신이 아니다. 세상에 단 한 사람뿐이다.

(내가 좋아하는 마이 짱을 행복하게 만들어줘. ······부탁이야, 레나 짱.)


그리고 회장을 산책하던 아지사이는 사츠키와 만났다. 그리고. 마이가 기다리는 스테이지로 향하게 된다.

(부탁이야.)

──아마오리 레나코의 손을 잡고서.

## 제6장 내가 연인이 될 수 있을 리 없잖아, 무리무리!
(※무리가 아니었다!)

스테이지로 향하면서 생각했다.

만약 정말로, 누구에게도 미움받지 않을 수 있는 방법이 있다면 그건 하나뿐이다.

『평범』해 지는 것이다.

좋아하는 것들도 똑같고, 싫어하는 것들도 똑같다. 모든 사람들과 뭐든지 똑같아지면 주변 사람들한테 공격받을 일도 없어진다. 무적의 배리어 완성이다.

나는 모두와 똑같아지고 싶었다. 전부 다 주변 사람들한테 맞춰서 『평범』해지고 싶었다. 참된 사람이 되고 싶었다. 양산형 여자가 되고 싶었다.

그걸 위해서 밖에선 게임을 좋아한다는 말을 하지 않으려고 했다. FPS를 죽어라 즐기는 여고생은 평범하지 않으니까.

평범한 애들은 어떤 것들에 흥미를 갖고 있는지 조사해서 나도 평범한 것들을 좋아하려고 노력했다.

세간의 범주에서 벗어나지 않도록, 매일 주의를 기울여 행동했다. 뭐, 그래봤자 결국은 나니까 잘 안될 때도 많았지만…… 그래도 항상 마음에 새기고 있었다.

『어디에나 있는 평범한 여자애』라는 말은 나에게 있어서 더 이상 없을 칭찬이었다.

반의 인기인이 되지 않아도 좋아. 단지 누구에게나 미움받지 않는 평범한 애가 되고 싶었다.

입학식 날 말을 걸었던 오우즈카 마이는 『특별』한 여자애였다. 특별이라는 건 평범의 상위에 있는 존재다.

특별한 사람은 특출난 장점을 가지고 있거나, 빛나는 외모를 가지고 있기 때문에 누구에게도 미움받지 않는다. 혹은 사람들에게 미움을 사더라도 개의치 않는다. 오히려 그 사람을 미워하는 쪽이 보잘것없어 보일 정도로 찬란하게 빛나는 존재가 특별한 사람이다.

넘버 원. 또는 온리 원. 나는 오우즈카 마이의 뒤를 졸졸 따라다니는 평범한 여자애로서 무난한 학교생활을 보냈다. 그럴 생각이었다.

그런데 나는 실수했다.

6월의 청명한 이느 날, 옥상으로 도망쳤다.

완전히 평범해질 수 없었다.

특별이 평범의 상위 존재라면 평범조차 되지 못하는 녀석은?

말할 것도 없다. 떨거지다.

그런데 마이는 그런 내 진짜 모습을 보고서도 나를 특별하다고 여겨줬다.

우리 둘만의 비밀스러운 관계가 시작됐다. 나는 기분이 좋았다.

마이한테 특별 취급을 받고 있으면 자기가 아무런 성장도 이루지 못했는데도 보답받는 느낌이 들었다. 실제론 평범해지는 것조차 못하는 떨거지 주제에.

『친구』라는 단어를 방패 삼아서 지독한 본래 모습(진짜 나)을 감추는 데 급급했다.

왜냐하면 여자끼리 사귄다니, 그런 건 평범하지 않아. 여자친구가 연예인이라니 평범하지 않아. 내가 그런 대단한 사람한테 대시를 받다니, 평범하지 않아. 말도 안 되는 일이야.

물속에서 허우적거리며 손에 잡힌 『평범』이라는 이름의 지푸라기를 손에서 놓을 수가 없었다.

나는 약하고, 혼자서는 헤엄치지 못하니까.

마이 그룹 멤버는 다들 특별한 여자애들이다. 나한테는 없는 반짝임을 품고서 지금 이곳이 아니라 다른 어딘가를 목표로 삼고 있다. 사츠키 양도, 아지사이 양도 카호 짱도, 다들 굉장해.

남한테 미움받고 싶지 않아서 벌벌 떨고 있는 건 오직 나 혼자뿐. 비참한 심정을 안고서 비굴한 웃음을 짓고 있었다.

지금까지 줄곧.


하지만 있지.

만약 다시 시작할 수 있다면.

그날 내가 어두운 방 안에서 스마트폰 화면에 비친 인싸의 모습에 동경을 품고 빛을 지향했던 것처럼.

언제가 됐든, 오늘 지금 이날부터, 새로운 자신을 향해 손을 뻗는 게 허용된다면.

이번에는——.

마이한테 꼭 해야 하는 말이 있어.
나는 천천히 단상을 향해 올라갔다.
가자, 마이 곁으로.

이 스테이지가 나의 스테이지다.

* * *

"마이."
무대 뒤편을 통해 돌아서 들어온 이벤트 스테이지. 스포트라이트의 빛이 내 몸에 꽂히는 것처럼 예리하다. 메인 스테이지이니만큼 관객들의 수도 훨씬 많았다.
나란히 선 고스플레이어 세 사람. 제일 앞에 오우즈카 마이. 맨 뒤에는 아지사이 양이 있고, 나는 두 사람 사이에 끼어있는 형태로 황송하게도 센터에 섰다.
『소개하지. 두 사람은 내 친구인 아지사이와 레나코야.』
마이가 관객들한테 뭔가 말하자 성대한 박수 소리가 울렸다. 스테이지 위에서 들으니, 마치 지면이 흔들리는 듯한 진동이 느껴진다. 솔직히 엄청 쫄았다.
하지만 아무래도 지금 나는 생각보다 멀쩡한 모양이다.
아마 이미 머릿속에 아무런 생각도 없기 때문이겠지. (당당히

할 소리가 아님)

오직 마이만을 뚫어지게 응시했다.

『그러면 바로 첫 번째 코너야. 게스트한테 질문을 하는 코너인데, 그렇지. 두 사람이 먼저 나한테 혹시 질문하고 싶은 게 있으면.』

마이가 무슨 말을 하는지 반쯤 귀에 들어오지 않은 상태로 입을 열었다.

"어째서 유원지에 오지 않았어?"

마이크를 나한테 건네려고 했던 마이의 손이 멈췄다.

마이는 살짝 망설인 후, 마이크를 쓰지 않고 육성으로 대답했다.

"말했잖아. 그날은 갑자기 일이 들어오는 바람에."

"내가 아지사이 양의 고백에 대답해 버렸기 때문이야?"

"벌써 두 번째 질문인 건가? 페이스가 빠른걸."

"하지만 말했었지. 그게 아니라고. 그런데 어째서 마이가 멋대로 결정짓는 거야……."

관객들이 술렁거렸다.

우리 목소리는 거의 들리지 않겠지. 이것도 어떤 연출인 걸까, 하고 고개를 갸웃거리는 사람들 앞에서 나는 마이한테 한층 더 따져 물었다.

"나는 진지하게 잘 생각해 보겠다고 말했어. 그야 이런 한심한 나니까 마이를 몹시 불안하게 만들었을지도 모르지만…… 하지만……."

"나는 불안 같은 건 느끼지 않았어. 오우즈카 마이가 그런 감정을 품을 리가 없잖아."

덤덤하게 미소를 짓는 마이.

그럴 때 뒤에서 아지사이 양이 말을 보탰다.

"맞아, 레나 짱도 잘못했으니까."

"엇?"

"마이 짱은 굉장히 불안해했어. 그래서 좋지 못한 생각들을 가득 품고 있었다고. 마이 짱도 많이 고민했으니까."

"그랬, 구나."

가슴에 따끔한 통증을 느꼈다.

그렇다, 사실은 알고 있었을 텐데. 마이도 상처 입을 땐 입는다는 걸.

내가 계속 머릿속에 자기 생각밖에 없었기 때문에.

마이는 여전히 미소를 짓고 있다. 하지만 점차 눈동자에 진지한 빛이 감돌기 시작했다.

"아지사이. 꼭 이런 자리에서 그런 대화를 할 필요는 없잖아. 지금은 일하는 도중이야. 그건 나중에."

확실히 지금은 스테이지 도중이었다. 마이는 이벤트를 반드시 성공시켜야 한다. 조금만 더 시간을 뺏어도 되겠냐는 건 아마 무리한 부탁이겠지.

하지만 어째서일까. 지금 이 순간을 놓치면 마이는 앞으로 나와 말을 섞어주지 않을 거라는 예감이 들었다. 그래서 나는 망설였다.

그 직후 **관객석에서 커다란 목소리가 들렸다.**

"보아하니 지금! 마이크 불량인 모양이라! 잠시만 더! 기다려달라고! 오우즈카 마이 씨가! 말하고 있습니다!"

마치 회장 전체에 들으라는 듯이 울려 퍼진 커다란 목소리에 깜짝 놀랐다.

거기다 한층 더 놀라운 점은 그걸 외친 게 다른 사람도 아닌 사츠키 양이었다는 점이다.

어, 어째서 사츠키 양이……? 그런 행동을 해주는 거야?

"사츠키……."

마이의 표정이 무너졌다. 미간을 찌푸리는 마이. 거기에 더해 이번엔 카호 짱이 "그렇다는 모양이에요—!"라며 있는 힘껏 소리치고서 콜록거리고 있었다.

사츠키 양과 눈이 마주쳤다. 그 눈은 이제 자기는 할 만큼 했으니까 뒷일은 좋을 대로 하라고 말하는 것 같았다. 나는 주먹 쥔 손에 힘을 넣었다.

마이는 마치 궁지에 몰린 것처럼 고통스럽게 중얼거렸다.

"대체 어째서 이런 짓을."

"다들 마이 짱의 행복을 바라고 있어. 우리만 그런 게 아니야. 회장에 있는 마이 짱의 팬분들도 전부 마찬가지야. 그러니까 그걸 꼭 알아줬으면 해."

아지사이 양의 말을 거부하는 것처럼 마이가 고개를 저었다.

"아무리 그래도 이건 쓸데없는 참견이야. 아지사이, 네가 이렇게나 지나치게 참견하고 나설 줄은 몰랐어."

"지금은 무슨 소리를 해도 좋아. 하지만 나는 마이 짱이 도망치지 않기를 원해."

"내가 도망친다니."

나는.

한 걸음, 마이를 향해 내디뎠다.

"마이는 **내가 아지사이 양과 사귀는 편이 좋아?**"

그 순간 마이의 얼굴이 와락 일그러졌다.

철옹성 같던 마이의 얼굴에 균열이 가게 만드는 말.

"그건…… 그래, 물론이야. 아지사이는 나보다 훨씬 상냥하고 멋진 여자야. 분명 너를 행복하게 해주겠지. 너희 두 사람이 사귀어야 해."

"**마이 짱!**"

나는 마이를 향해 달려가려고 하는 아지사이 양을 손으로 제지했다.

조용히 눈을 감았다.

아, 두근거린다.

누군가와 사귄다는 건 그 사람의 인생을 짊어진다는 것.

마이도, 아지사이 양도, 두 사람의 1분 1초가 더할 나위 없이 귀중한 값어치를 지니고 있다.

그런 귀한 시간을 나 같은 애를 위해 써서는 안 된다고 생각해왔다.

도망쳤던 거다. 나한테는 그런 가치가 없다면서.

하지만 그렇지 않은 거지.

나를 위해 애써준 상냥한 두 사람에게 저는 사귀지 않겠어요, 라고 말한다면 말이야. 내가 그런 말로 거절해서 두 사람이 슬픈 표정을 짓게 만들 바에야 그냥 간단한 거잖아.

두 사람을 위해 뭘 할 수 있을까. 그건──.

**나는 두 사람한테 어울리는 사람이 되어야 했던 거야.**

고백이라는 건, 그러기 위한 결의의 의식이야.

"나도 아지사이 양을 좋아해. 고백을 받고서 확실히 깨달았어. 아지사이 양은 나에게는 아까운 사람이지만…… 하지만 아지사이 양과 함께 있으면 굉장히 즐거웠고 아지사이 양과 대화할 때면 두근거렸어."

내 말에 어째서일까, 아지사이 양은 입을 억누르면서 슬픈 표정을 지었다.

"그런가, 그렇다면!"

"응, 그래서."

숨을 크게 들이마셨다.

예전에 마이의 손을 잡아끌고서 수영장에 뛰어들었던 적이 있었다.

그때 나는 내 인생을 통틀어서 상당히 큰 용기를 쥐어짜냈다. 아마오리 레나코의 3년 치 용기를 단숨에 소비한 걸지도 모른다.

그렇다면.

나는 분명 앞으로 남은 인생의 모든 용기를 지금 이 순간에 쏟아붓게 되겠지.

마이를 똑바로 응시하면서 말했다.

그 여름날의 대답을.

"나는 아지사이 양이랑 사귈게."

용기를.

아지사이 양이 작은 목소리로 "어째서……"라고 중얼거렸다.

그런데 마이는 어쩐지 구원받은 표정을 지었다.

"그래, 그런가."

그야말로 정반대의 반응인 두 사람. 빛과 어둠. 엉망진창인 콜라주처럼 마이와 아지사이 양이 지어야 할 표정이 어긋나 있었다.

"다행이야. 이걸로 나는 오우즈카 마이인 채로 있을 수 있어."

"저기, 레나 짱, 어째서."

아지사이 양이 내 팔을 잡았다.

이렇듯 너무나 상냥한 성격이라서 그래, 아지사이 양.

자신의 사랑이 이루어지는 것보다 마이가 상처 입게 되는 사실에 슬퍼한다. 그런 아지사이 양이 있어 준 덕분에 나는 학교생활이 즐거웠다.

하지만 그건 마이도 마찬가지다.

미소를 띤 마이를 물끄러미 바라보았다.

항상 나를 위해 마음을 쏟아준 마이. 태양처럼 나를 비춰줬어. 나는 발아래 드리운 자신의 짙은 그림자만을 보고 있어서 지금까지 고마운 줄도 몰랐지.

나는 두 사람을 정말 좋아해.

그래서 나는.

나는———.

"그리고 마이랑도 사귀겠어!"

이제 평범함은 필요 없어!

"·················뭐?"
"어·················?"
아프다.
침묵이 내 피부를 푹푹 찌르는 핀셋처럼 박혀든다.
굉장히, 지금 굉장히 두 사람의 표정을 보고 싶지 않다······. 지금 대사로 이미 평생어치 용기를 다 소모해 버렸다······. 없다면 없는 겁니다······.
하지만 이 말만 하고서 『그러면 저는 이만!』이라며 회장을 나가 학교 옥상에서 투신해 봤자, 이튿날 뉴스에 실릴 뿐이겠지. 나는 이어서 뒷말까지 말해야 한다······. 인간한테 입 같은 게 없었으면 좋았을 텐데······.
"아지사이 양이랑 사귀고, 마이랑도 사귀겠어!"
반복되는 말속에 딱히 추가된 정보는 없었다. 굳이 말하자면 내 두꺼운 낯가죽에 크게 쓰여 있는 『쓰레기!』라는 글씨를 유성펜으로 한 번 더 덧칠한 정도.
환청이면 좋겠지만 관객석에서 사츠키 양의 진심이 담긴 "쓰레기······"라는 말이 귀에 날아들었다. 사면초가다.
아냐, 아직이야. 아직 나한테는 입이 있어. 인류 최고의 지혜는 바로 말이야!

"나는 아지사이 양이 좋아! 아까 말했듯이 계속 아지사이 양을 좋아했습니다! 이게 사랑이라고 생각하지는 않았지만 지금 떠올려 보면 처음부터 사랑이었던 것 같은 느낌도 들고, 아지사이 양을 보고 있으면 거의 무조건 두근거리니까! 좋아합니다! 아지사이 양!"

"으, 응……."

아지사이 양은 내 말에 담긴 의미를 받아들이지 못하고서 당혹스러워했다. 그야 그렇겠지. 질색하지 않는 것만으로도 다행이다. 아니 어쩌면 하고 있을지도 모르지만!

"그리고! 나는 마이도 좋아해! 옥상에서 마이가 구해줬던 순간부터 분명 마이한테 반했던 거라고 생각해! 왜냐하면 마이가 나를 덮쳤을 때도 그리 싫지 않았으니까! 계속 고집을 피워서 미안합니다! 마이를 좋아합니다!"

"그, 그래……."

쏟아져 나오는 말들의 기세에 눌린 것처럼 마이가 고개를 주억거렸다. 마이가 말문이 막혀 있는 귀중한 모습이다.

인류의 가장 오래된 지혜인 언어는 지금까지 수두룩한 전쟁을 일으킨 원흉이기도 하다는 사실을 이날 다시 한번 실감했다.

아냐아냐! 아직 포기하지 않았어!

"보통 이럴 때는 누구 한쪽을 선택하고, 다른 한쪽에게는 미안하다고 말해야 하는 법이라고 생각해. 아니 나도 사실은 그럴 생각이었어. 하지만 그렇게 자기가 차이는 게 당연하다는 표정을 짓고 있는 마이한테, 그럼 나는 아지사이 양이랑 사귈게, 같은 소리는 도저히 하고 싶지 않아서……."

"너는 무슨 말을."

"아지사이 양의 경우도 마찬가지야! 지나치게 상냥하니까 자기가 선택받는 것보다 마이가 차이게 된다는 생각에만 정신이 팔려있지 않습니까?! 아니라면 죄송합니다! 나는 아지사이 양에 대해서 아무것도 몰라서…… 하지만 만약 그런 거라면 그렇다고 말해줘!"

"그건……."

아지사이 양은 입술에 손가락을 대고서 시선을 피했다. 『맞아ㅋㅋ 사실 도중부터 레나 짱 같은 건 아무래도 좋았어ㅋㅋ』라고 말하지는 않았다. 다행이야. 아니 다행이 아니지.

"그래서 나는『평범함』같은 건 필요 없어."

가슴에 손을 대고서 선언했다.

"양쪽 다 선택하지 않는 게 아니야. 확실하게 두 사람 다 선택하겠어. 주제넘은 말이라는 건 알고 있어. 하지만 나는 마이랑 아지사이 양. 두 사람과 한 명 한 명 다 사귀고 싶어."

내 말에 두 사람은──.

"…………마이 짱."

"아지사이……."

두 사람 다 이걸 어쩌지, 라며 의견을 교환하는 것처럼 시선을 나눴다.

어쩐지 우와 만세, 셋이서 다 함께야, 신난다──! 라는 분위기가 아닌데요!

"있지, 레나 쨩."

내 눈을 바라보면서 아지사이 양이 입을 열었다. 숨을 쉴 수 없을 정도로 강한 시선이다.

"레나 쨩이 우리를 배려해주고 있다는 건 잘 알아. 고마워. 하지만 그렇다면 역시 나보다도……."

"기다려줘, 아지사이."

마이가 아지사이 양의 손목을 잡고서 이어지는 말을 막았다.

"그다음 말을 하는 건 내가 용납할 수 없어. 너는 행복해져야 할 여성이야, 아지사이."

"마이 쨩……."

또다시 서로 시선을 교환하는데.

"그러니까! 그런 게 아니라니까!"

나는 예의도 내던지고 두 사람 사이에 끼어들었다.

"내가 하고 싶은 말이 하나도 전해지지 않았어! 아니야! 내가 두 사람이랑 사귀고 싶은 거야! 두 사람의 마음이 어떤지는 관계없어! 내가 바라고, 원해서, 두 사람의 손을 잡고 싶어!"

마이의 손, 그리고 아지사이 손을 덥석 붙잡았다.

압도적인 미모를 자랑하는 두 사람의 얼굴이 바로 코앞에 있어서 나도 모르게 사과할 뻔했다.

나 같은 건 어울리지 않는다면서 이 손을 놓아버리게 될 것 같다. 하지만 그래선 지금까지 했던 짓의 반복이다.

이 자리를 수습하기 위한 적절하고 알맞은 대사가 아니라, 내 각오를 분명하게 드러내야 한다. 나를 믿어줄 수 있도록, 분명하게.

"있지 만약…… 내가 마이랑 사귄다면 아지사이 양은 어떻게 할 거야?"

"엇…… 그, 그건…….."

아지사이 양의 시선이 흔들린다.

"두 사람을 진심으로 응원, 할 거야."

눈에 눈물이 맺혔어!

"싫어! 그런 건 싫어! 나는 아지사이 양과 다 못한 데이트를 이어서 하고 싶은걸!"

"데이트를 이어서라니, 그거…… 엇, 저기, 관람차……?"

아지사이 양의 얼굴이 점점 빨개진다. 나는 고개를 세차게 끄덕였다. 끄덕이면서 나는 무슨 소리를 외친 거지 싶어서 등줄기에 식은땀이 흘렀다. 이러면 그냥 아지사이 양이랑 키스하고 싶습니다, 라고 외치는 거잖아…….

아니, 하고 싶냐 아니냐를 따지면 그야, 뭐…… 그, 그런 거지만요!

"마이는?! 마이는 내가 아지사이 양이랑 사귄다고 그러면?!"

"프랑스로 유학을 가서 머나먼 하늘 아래에서 너희들의 행복을 빌려고."

"무슨 소릴 하는 거야?! 그거야말로 절대로 안 되지! 잠깐 기다려봐, 그런 짓을 하려고 했어?! 엇, 아지사이 양까지 깜짝 놀라고 있잖아!"

"……마이 짱……?"

마이는 농담기라곤 전혀 없는 어조로 작게 수긍했다.

"내가 가까이 있으면 아지사이도 불안하겠지. 언제 레나코가 다시 내 쪽으로 고개를 돌릴지 모르니까. 그러면 거리를 두는 편이 서로한테 이득이야."

"이유는 엄청 마이답기는 한데! 싫다고! 나는 마이랑 헤어지고 싶지 않아!"

인연을 다시 확고하게 다지는 것처럼 이어진 손에 힘을 줬다.

"마이를 좋아하니까……."

"하지만 너는 아지사이가."

"아지사이 양도 좋아하지만!"

나는 아예 정색하고 나왔다.

"두 사람은 지나치게 상냥한 성격이라 그런 식으로 서로를 위해 물러서려고 하지만 그러면 안 된다고. 왜냐하면 나는 이미 동시에 사귀겠다고 마음먹었으니까. 나는 자기 일로도 벅차서 자신의 행복밖에 바라지 않아! 두 사람이 사귀어주지 않으면 나는 슬프다고!"

"레나 쨩…… 뭐야, 그게……."

너무나도 필사적인 내 모습을 보고서 아지사이 양이 바람이 빠지는 것처럼 픽 웃었다.

"하지만 그건 양다리인데……?"

"……그러네요."

나는 오묘한 표정으로 끄덕였다. 그렇다. 사람들은 이런 내 행동을 양다리라고 부른다. 그리고 일반적으로는 아주 저질스러운 행동으로 취급된다. 그런 짓을 하다가 칼빵을 맞는 사람도 있다고 한다. 무셔.

아지사이 양은 빠르게 뛰는 가슴을 진정시키려는 것처럼 가슴 주변을 어루만졌다.

"나는 처음 사귀는 연인인데 양다리를 걸치는 상황으로 시작이라니, 그런 건 당연히 깜짝 놀라지."

"그러네요…………… 기나긴 인생, 때로는 이런 일도 있는 법이라는 걸로…………."

큰일 났네. 말을 하면 할수록 내가 터무니없는 소리를 지껄이고 있다는 느낌이 든다. 아지사이 양을 상대로 양다리? 그딴 자식은 당장 블랙홀에다 던져버리는 편이 낫지 않을까.

꺾이지 마, 내 마음. 냉정해져, 내 머리……. 도덕 관념이 나를 책망해도 이 손에서 느껴지는 온기를 떠올리는 거야.

"있잖아, 하지만 마이한테는 지금까지 입이 닳도록 말해도 한 번도 믿어주지 않았던 말이기는 하지만 나는 마이랑 만나기 전에는 동성끼리 사귄다는 것도 평범한 게 아니었어. 그런데 그게 강제로 변화한 거야."

"그랬던 건가."

마이는 지금 처음 듣는 말이라는 것처럼 놀라고 있다. 어이.

"그러니까, 그러면 어째서 나만 일대일로 사귀어야 한다는 평범함에 얽매이지 않으면 안 되는 건가 싶어서. 이번에는 두 사람이 나한테 맞춰주길 원해."

『…………………….』

생떼나 다름없는 논리에 마이랑 아지사이 양은 또다시 침묵에 잠겼다.

음…… 응.

이상하네……. 고백을 받고 선택권을 쥔 사람은 나였을 텐데 어째서일까. 내가 두 사람한테 『기다려! 나를 버리지 말아 줘!』라고 울며 매달리는 것 같다.

침묵을 깬 사람은 아지사이 양이었다.

"있지."

아지사이 양이 마이한테 난처해하는 웃음을 보냈다.

"어쩌지, 마이 짱…… 이렇게 된 이상 우리 둘이 사귈까?"

"나랑 아지사이 둘이서라……. 과연 그렇군."

"기다려! 버리지 말아 줘!"

나는 울며 매달렸다.

여기서 나만 외로이 남겨지면 더 이상 살아갈 자신이 없어!

"행복하게 해줄 테니까! 두 사람을 반드시 행복하게 만들어줄 테니까!"

그 자리에 무릎을 꿇고서 두 사람의 손을 쥐었다. 카호 짱한테서 거울에 비친 자신을 보고 잘난 듯이 설교하던 여자의 흔적은 손톱만큼도 없었다. 그건 마치 엄청난 바람둥이 기사 같았다.

"그러면 3년! 고등학교 졸업할 때까지 나랑 사귀어 줘! 졸업할 때쯤엔 나랑 사귀길 잘했다고 생각하게 만들 테니까! 두 사람을 내 매력에 푹 빠트릴 테니까!"

마구 외쳤다.

"이제는 어째서 나 같은 애랑, 같은 소리는 안 할게! 두 사람이

좋아한다고 말해준 걸 의심하지 않아! 두 사람이 나를 계속 좋아
할 수 있도록 노력할 테니까! 두 사람한테 어울리는 연인이 될게!
그러니까, 그러니까…………."

갑자기 눈물이 차올라서 목이 메었다.

왜냐하면 내 말에는 아무런 근거도 없다.

내가 두 사람을 좋아한다는 건 사실이고, 두 사람이랑 사귀고
싶다는 말도 사실이다. 하지만 두 사람을 행복하게 해줄 수 있을
지 없을지는 내가 앞으로 하기 나름이다.

보증도 없다. 약속도 할 수 없다. 이런 말을 믿어달라니 뻔뻔스
럽기까지 하다.

그래도 나는 믿어줬으면 했다. 두 사람이 나를 믿어주길 원해.
그러면 분명 가능할 것 같으니까.

"저랑 사귀어주세요, 마이, 아지사이 양…….. 두 사람을 꼭 행
복하게 만들어 줄 테니까……. 그렇지만 나, 두 사람을 정말 좋아
하니까……."

어린애가 떼를 쓰는 것 같은 볼품없는 고백이다.

나는 속에 있는 말을 전부 꺼냈다.

앞으로의 미래. 우리가…… 아니, 적어도 내가 가장 행복해지
는 세상을 제시했다. 이게 바로 내가 가진 **평범하지 않은 좋아함
의 형태**다.

뒷일은 이제 두 사람의 몫.

"짓궂은 말을 해서 미안해, 레나 짱."

아지사이 양이 내 머리를 품에 안았다.

마치 내 눈물을 가리는 것처럼.

"아니야, 미안하다니. 짓궂은 말을 하고 싶어지는 것도 당연하지. 나는 두 사람한테 엄청난 소리를 하고 있는걸⋯⋯."

"⋯⋯있잖아, 나는 역시 아직 당혹스러워. 이런 형태는 전혀 상상도 하지 못했으니까. 정말로 이걸로 모두가 행복해질 수 있을까, 의심하는 마음도 있어. 지금보다 훨씬, 괴롭거나 슬픈 일이 일어나게 되지는 않을까 해서."

"응⋯⋯."

모두가 지켜보는 스테이지 위.

찬란한 빛의 세계 속에서, 아지사이 양이 하지만 있지, 하고 입을 열었다.

"어떻게 될지 알 수 없는 일에 한 걸음을 내디뎠던 건 나니까. 그러면서 레나 짱이 용기를 내서 해준 말을 무조건 부정하고 싶지 않아."

아지사이 양을 올려다보았다.

그곳에는 상냥한 미소가 있었다.

"예전에 레나 짱이 말해줬는걸. 앞으로도 언제나 셋이서 함께 놀고 싶다고."

그런 말을 했던 것 같다.

셋이서 보내는 여름방학이 몹시도 즐거워서.

아지사이 양도 그 말을 기억하고 있었구나.

"어리광쟁이에, 툭하면 화를 내는 이런 나라도 레나 짱을 정말 좋아하니까⋯⋯."

따뜻한 비처럼 나를 적시는 아지사이 양의 목소리.

"아지사이 양……?"

나는 숨을 삼켰다.

"일단은 고등학교 졸업 전까지일까? 후후, 저야말로 잘 부탁드리겠습니다."

"어, 그러면, 그게……."

나는 천천히 일어서서 아지사이 양과 시선을 나눴다. 맞잡은 손을 아지사이 양이 고쳐 준다. 그건 연인 손깍지였다.

반의 인기인이고, 항상 내 동경의 대상이었던 아지사이 양.

아지사이 양은 수줍게 웃었다.

"저번 데이트를 이어서 해보자. 다음에는 꼭."

지금, 이 순간부터.

아지사이 양은 내 연인이 되었다.

머리가 어지러워서 쓰러질 것 같다. 혹은 지금 당장 스테이지 위를 방방 뛰어다니고 싶다.

"고마워, 아지사이 양, 고마워!"

"꺄악."

온 힘을 다해 껴안았더니 아지사이 양의 사랑스러운 비명이 들린다. 엇차, 의상이 더러워지면 안 되지. 나는 얌전히 원래 위치로 돌아왔다.

초조해하지 않아도 돼. 이제부터는 이런 것쯤이야 원하는 만큼 얼마든지 할 수 있어…… 아니, 이런 거라는 게 어떤 거를 말하는 건지는 잘 모르겠지만. 아니 그보다 아직 끝난 게 아니지!

또 한 사람. 나한테 고백했던 여자아이가 있다.

그녀한테서도 확실하게 대답을 들어야지.

눈물을 슥슥 문질러 닦고서 나는 마이를 돌아보았다.

"마이."

누구보다도 잘 어울리는 스테이지 위에 서서, 어디에도 있을 곳이 없어 보이는 표정을 짓고 있는 마이.

사실 꼭 전해야 하는 말들이 아직도 많이 남아있다.

"기다리게 해서 미안. 마이를 계속 이리저리 휘둘리게 만들어서 미안. 언제나 용기도 자신감도 없었어. 하지만 나는 달라지려고 마음먹었어. 달라지고 싶었어. 지금이라면 마이와 이 앞으로 나아갈 수 있을 거라는 느낌이 들었으니까. 그러니까."

만지면 그대로 무너져 내릴 것처럼 애절한 감정을 얼굴 가득 드러내고 있는 마이에게 손가락을 뻗었다.

친구냐 연인이냐를 걸고 시작했던 우리의 승부가 모든 일의 계기였다.

지금 그 승부에 종지부를 찍는 거야.

"……예전에 너는 나를 안고서 수영장에 뛰어들었지."

"……응."

"그건 설령 내가 하늘을 날지 못하게 되더라도 너는 함께 슬픔을 나눠주겠다는 의미라고 받아들였어."

"응."

마이가 아무리 실패하더라도 내가 곁에 있으면서 위로해줄게. 나는 그렇게 말하고 싶었다. 소중한 사람과는 기쁨뿐만 아니라 슬픔까지 함께 나누는 법이니까.

"그 말은 정말로 기뻤어. 그날 이후로 나는 너를 더욱 좋아하게 됐어. 그렇지만…… 만약 나랑 아지사이, 두 사람과 동시에 사귀겠다고 네가 말한다면."

눈시울을 붉히면서 마이가 나에게 물었다.

"그건 분명, 정말 힘든 일일 거야. 상냥한 네가 두 배의 고생을 짊어지게 돼. 이번 일로 깨달았어. 나도 참 어지간히 성가신 여자야. 너는 이제부터 어떻게 할 거지?"

어떻게 할까.

두 사람 몫의 슬픔을 떠안게 됐을 때, 나는 어떻게 할 것인가.

그건.


"노력할게."


내 대답은 조금도 달라지지 않는다.

눈이 살짝 휘둥그레진 마이한테 당당히 우겼다.

"노력할 거야. 어쨌든 무진장 노력해서 지금보다 훨씬 강해질 거야. 그러면 마이를 옆에서 지탱해 줄 수 있을 테니까."

——있잖아, 사실은 요 한 달간 계속 생각하고 있었어.

언제가 됐든, 오늘 지금 이날부터, 새로운 자신을 향해 손을 뻗는 게 허용된다면.

사츠키 양처럼 강하고.

아지사이 양처럼 상냥하고.

카호 짱처럼 자기가 좋아하는 것에 솔직하고.

마이처럼 빛나는 내가 되고 싶어——.

그건 분명 고개가 아플 정도로 아득히 높은 목표겠지만.

내 곁에는 네 사람이 있어. 『특별』한 네 사람이.

그런 특별한 애들과 매일 대화하고 지내는데 동경하지 말라니 무리라고. 게다가 모두가 나를 인정해주기까지 해. 가끔씩은 나도 도움이 된다고 느낄 수 있어. 그래서 자학하고, 또 자학하면서도, 1mm 정도는 우쭐해져서는.

이불 속에서 떠올리는 생각들이 꼭 안 좋은 것들만 있는 게 아니야.

어쩌다 시험에서 좋은 점수를 받아서 사츠키 양이 칭찬해 줬던 일이라든가. 내가 말한 농담에 아지사이 양이 웃어줬던 일. 카호 짱이 코스프레 파트너로 나를 선택해 줬던 일. 마이가 나를 향해 미소를 지어줬던 일. 기쁜 일들도 잔뜩 기억하고 있어.

스스로를 상처 입히는 말들을 그늘에 감추고, 얼마 안 되지만 스스로를 인정하는 말들도 머릿속에 떠올라.

중학교 때는 방에만 틀어박혀 있었던 여자애가 친구들과 스테이지 위에 서다니, 쉬운 일이 아니잖아. 그런데 스스로를 조금도 인정하지 못한다는 건 그야말로 무리야.

왜냐면 나는 노력했는걸.

고등학교에 들어와서부터 굉장히 노력을 거듭해왔으니까.

『아무에게도 미움받고 싶지 않아』라는 목표는 괴롭다고.

아무리 내가 노력하고 노력해도 남들이 내리는 평가로 모든 게 결정된다니, 그런 건 솔직히 싫으니까.

　나는 달라지고 싶어.

　있지, 아마오리 레나코. 실패해서 풀이 죽을 때가 있어도 그때
는 그때야. MP를 충천해서 다시 일어서자. 실패하는 데에는 익
숙해.
　나, 열심히 노력할 거니까.
　너도 조금은 나를 다시 볼 수 있도록 노력할 테니까.
　"앞으로도 노력할 테니까. 마이. 말이 아니라 행동으로 보여줄
거니까."
　"너는."
　마이의 눈이 색채를 담는다.
　"나를 믿어줘, 마이."
　마이의 눈동자에 빛이 반짝였다.
　빛은 물방울이 되어 뺨을 타고 내려간다.
　"나는 마이랑 연인이 되고 싶어. 친구가 아니라, 레마 프렌드가
아니라, 연인이."
　"레나코."
　"좋아해, 마이."
　마이가 그래, 하고 감탄의 목소리를 흘렸다.
　"설마 이런 날이 올 거라곤 생각하지 못했어."
　마이가, 오우즈카 마이가 울고 있다.

나한테 결코 보여주려고 하지 않았던 표정으로, 뚝뚝 눈물을 흘리고 있다.

"싫었어⋯⋯. 레나코를 좋아하니까 아지사이한테도 넘겨주고 싶지 않았어⋯⋯. 하지만, 나는, 볼품없는 모습을 보여주고 싶지 않아서, 내가 레나코를 위해서 할 수 있는 일은, 이제, 이것밖에 없을 거라고, 생각했어⋯⋯."

아지사이 양이 마이의 어깨를 안았다.

"응, 응⋯⋯ 마이 짱, 이제 괜찮아. 혼자서 무리하지 않아도 괜찮아."

이런 마이의 모습은 처음 봤다.

그런 마이가 너무나도 귀여워서, 사랑스러워서.

다시 눈물이 나올 것 같았다.

"그렇다니까. 마이는 고집이 너무 세다고. 그러니까 전에도 혼자서 연인 모집 파티 같은 걸 열고 그러지. 그때도 엄청 큰일이었단 말이야."

나랑 아지사이 양은 웃으면서 마이를 끌어안았다.

스포트라이트 아래에서, 다 함께 눈에 비슷하게 눈물을 달고 있어서, 뭔가 우스웠다.

마이를 좋아하고, 아지사이 양을 좋아해서, 가슴이 벅차올랐다.

좋아한다는 마음이 넘쳐흘렀다.

내 안 어디에 이렇게나 많은 사랑이 묻혀있었던 걸까.

사랑하고 사랑해서 자꾸만 눈물이 나오려고 하다니.

"정말 좋아해, 마이."

"나도 좋아해. 사랑해, 레나코."

머리를 맞대자 머리카락이 엉키면서 마이의 향기가 났다.

드디어 나는 솔직하게 말할 수 있었다.

이걸로 마이와도 연인 사이.

또 새로운 관계다.

"있지, 좋아해, 아지사이 양."

"응. 나도야, 좋아해. 레나 짱을 정말 좋아해."

이마와 이마가 맞닿았다. 아지사이 양의 온기가 전해져 온다.

"나는 반드시 두 사람을 행복하게 해줄 테니까. 두 사람한테 어울리는 연인이 될 수 있도록 노력할 테니까."

그건 명백하게 주제넘은 소리였다.

하지만 『나 같은 게 어딜』이라고 말하는 마음의 소리는 들려오지 않았다.

왜냐하면 이건 약속이 아니다. 계약도 아니다. 단순한 염원이다. 미래를 향한 맹세다.

나는 앞으로 이런 마음가짐으로 살아갈 것이다. 분명 정말 힘든 일들이 얼마든지 있겠지. 불안요소는 다 셀 수 없을 정도다. 무엇보다 마이랑 아지사이 양을 동시에 여자친구로 삼고서 거기에 어울리는 여자라니, 무슨 하이퍼 우먼인가.

게다가 나는 아직 잘 모르겠지만 언젠가는 맞닥뜨리게 될 질투라는 감정은 터무니없이 강력한 감정이라고 한다. 이겨내지 못할지도 모른다.

비록 그렇다 해도, 그때는 또 그때다. 다시 고민하면 된다.

경솔한 결정으로 몇 번을 실패해도 돼. 실패에는 익숙해.

앞으로도 몇 번이고, 몇 번이고, 몇 번이고, 자신의 무력함을 통감해서.

그때마다 죽을 만큼 고민하고, 발버둥 치고, 갈등하면서.

그러면서도 눈물을 흘리며 앞으로 나아가면 된다. 그저 그뿐이 니까.

괜찮아. 멀고 먼 목표지만 분명 무리가 아니야.

왜냐하면 나는 아마오리 레나코니까.

두 사람이 좋아해 준 나 자신이니까.

나는 욱신거리는 이마를 손으로 짚었다.

그 후, 완벽하게 오오즈카 마이를 완수하면서 이벤트를 성공리에 마친 마이를 보며 정말 터무니없는 여자라고 생각했지만 문제는 바로 그러고 나서다.

『셋이서 사귀기로 했습니다!』라는 말은 당연히 스테이지 제일 앞줄에 있던 사츠키 양과 카호 쨩의 귀에도 남김없이 다 들렸던 모양이다.

### 『뭐야 그게!』라고.

카호 쨩한테 깔끔한 박치기 한 방을 얻어맞았다.

마이도 아지사이 양도 어째선지 나를 구해주지 않았다……. 어째서…….

뭐, 사츠키 양한테 추가타를 얻어맞지 않았으니 운이 좋았던 걸지도 모른다……. 사츠키 양, 무시무시한 눈을 하고 있었는걸……. 저는 한 마디도 말을 붙이지 못했습니다.

이리하여, 나는 내 방에서 거울을 보며 이마에 반창고를 붙이는 중이다.

"하아……. 그나저나 진짜로 이번엔 굉장해…… 굉장했어……."

설마 이런 결말을 맞이하게 될 줄은 상상도 못했다.

셋이서 사귄다고? 대체 누가 그딴 소리를 지껄였냐. 인간쓰레기냐?

나는 아주 깊은 한숨을 내쉬었다.

타임머신으로 아지사이 양한테 고백받기 전의 나한테 가서 『여어! 너는 이제부터 마이랑 아지사이 양한테 양다리를 걸칠 거야! 힘내라구!』라고 말해주고 싶다. 어떤 반응을 보일까? 짱돌에 얻어맞을지도 모른다.

그럴 때 똑똑, 하고 힘차게 노크하는 소리가 들렸다. 이 얼빠진 음색은 여동생이다.

"네에에—."

상자를 품에 안은 여동생이 방에 들어왔다.

"언니, 뭔가 소포가 왔어."

"아!"

나는 사샤샤샥 빠른 움직임으로 여동생의 발치에 다가갔다. 요괴를 연상시키는 움직임에 여동생이 "으엑" 하고 신음하며 뒷걸음질 쳤다. 나는 여동생의 팔에서 상자를 뺏어들고 힘주어 꼭 안았다.

"플포 군!"

"뭐어어……?"

"어서 와! 나의 플포 군! 외로웠다고, 역시 네가 없으면 나는 안 되는구나! 사랑해, 플포 군!"

"징그러……."

여동생의 무례한 말조차 나에겐 통하지 않는다. 플포 군과 다시 만난 나는 무적이었다. 겁나 쎈 레나코다. 저런 말 하나하나에 풀이 죽을까 보냐. 열심히 노력하겠다고 결심했거든.

그렇다곤 하나 전사에게는 휴식도 필요한 법이다. 플포 군을 지금 당장 TV에 연결하려고 생각했는데 아직도 여동생이 남아있었다.

"응?"

"아니, 그리고 보니 세이라가 언니한테『다음엔 꼭 지켜봐 주세요』라고 말했는데 무슨 일 있었어?"

"어?! 글쎄, 딱히?! 내가 저번에 한 번도 세이라 씨랑 눈을 마주치지 않아서 그런가?! 다음엔 꼭 제 눈을 보면서 대화하도록 해요, 같은 뜻!"

"그런 뉘앙스랑 목소리 톤은 아니었는데…… 뭐, 됐어. 자."

여동생이 나한테 사진을 내밀었다.

아, 그리고 보니 여동생한테 빌려줬었다. 요즘 하도 많은 일들이 일어나서 까먹고 있었다.

"빌려줘서 고마워. 오우즈카 마이의 실물 사진은 대호평이었어."

"그쪽이었냐고! 그거라면 내 스마트폰에 산더미처럼 있는데!"

"어, 그랬어?! 전부 보내주라, 전부!"

"귀찮기도 하고 싫거든! 나는 게임 할 거니까! 썩 돌아가!"

쫓아냈다. 체엣―, 하고 혀를 차면서도 여동생은 물러났다. 하지만 사진을 노리고 제2, 제3의 여동생이 나타나겠지……. 그 녀석, 이러니저러니 해도 끈질기니까.

자, 드디어 플포 군과 단둘이 남았네…… 후후후…….

그전에 사진을 서랍에 넣어두려고 했다가, 손이 멈췄다.

"…………."

서랍 속에 있던 액자를 꺼내 사진을 담았다.

그리고 그 액자를 책상 위에 장식해 봤다.

……좋은 사진이잖아.

나도 모르게 헤실헤실 웃음이 나온다. 겸사겸사 쓸데없는 참견
도 덧붙였다.

"……야 너, 이제부터 마이랑 아지사이한테 양다리를 걸치게
된다고. 진짜 큰일이라니까. 하지만 뭐, 포기하지 말고 마지막까
지 부디 힘내도록 해."

물론 사진 속의 나한테서는 아무런 대답도 없었다.

톡, 하고 딱밤을 튕겼다.

"그러면…… 전보다는 조금이지만. 자기 자신을 좋아하게 될
테니까."

째깍하는 소리와 함께 시곗바늘이 움직였다. 이 순간도 시곗바
늘은 앞으로 나아간다.

오우즈가 마이와 세나 아지사이와 아마오리 레나코. 셋이서 찍
은 사진은 어쩐지 전보다 아주 약간이지만 균형이 잡힌 것처
럼…… 보이는 것 같았다.

사츠키
있잖아, 아마오리.

사츠키
너, 두 사람이랑 동시에 사귀는 거라면 거기에 한 사람쯤 더 추가되더라도 마찬가지잖아.

사츠키
그러니까

사츠키
나랑도 사귀어 줘, 아마오리.

# 후기

평안하세요, 미카미 테렌입니다.

## 와타나레 계속 할 거야! 아직 끝난 거 아니야! (강조)

자, 제일 중요한 말을 했으니까 이번에는 조금 진지한 이야기입니다. (※4권 스포일러 없음)

4권 집필 당시『이번에는 찬반 논란이 있겠는걸!』싶어서 어떤 결말을 맞이하게 만들까 마지막의 마지막까지 고민했습니다. **왜 3권에서 그런 식으로 마무리를 지었는가. (재밌다고 생각했으니까……)**

많은 책 중에 이 작품을 골라주신 모든 독자 여러분을 위해 보답할 수 있을만한 이야기를 쓰고 싶다며, 매일 밤 시행착오를 거쳤습니다.

다만『와타나레』라는 작품은 여자아이가 여자아이한테 사랑을 하는 걸즈 러브 코미디 작품입니다. 이 이야기를 통해 처음으로 여자끼리 연애하는 작품을 접하는 분들도 많을 거라고 생각합니다. 그래서 적어도 이 작품은 여자끼리이기 때문에 제시할 수 있는 대답을 내놓는 게 필수적이었습니다.

1권 후기에서도 썼듯이, 저는 사랑하는 여자아이를 그려내는 걸 좋아합니다. 그리고 어떠한 제약도 없이 당사자들끼리 세계

최강으로 행복해지기를 바랍니다.

그렇다면! 저는 최종적으로 생각하기를 그만두고 1권부터 3권을 몇 번이고 다시 읽으며, 마음속에 레나코를 만들어내서 그녀의 자주성에 맡기기로 했습니다. **모든 책임은 내가 진다. 라이트노벨은 응당 이래야 한다거나 그런 건 필요 없으니 좋을 대로 해줘 레나코.** 그게 바로 저 결단입니다.

각 캐릭터의 이름에는 모티브가 있습니다. 오우즈카 마이는 여왕. 코토 사츠키는 달. 세나 아지사이는 꽃. 코야나기 카호는 (스포일러라서 가림). 그리고 아마오리 레나코는 여자애입니다.

한 명의 여자애가 사랑을 하는 여자애가 됐고, 그녀에게 있어서 오직 이것뿐이라는 대답을 그려냈다고 지금 저는 생각합니다. 바라건대 독자 여러분들도 조금이라도 그렇게 생각해 주셨으면 기쁘겠네.

4권까지 쫓아와 주신 독자 여러분이라면 조금쯤 진지한 얘기를 해보자 싶어서 이런 후기를 썼습니다. 청취해 주셔서 감사합니다!

일단 각 멤버 당 하나의 에피소드씩 일주했고, 4권에서 당초 예정하고 있었던 와타나레의 이야기는 일단락되었습니다. 5권부터는 시즌 2에 돌입합니다.

모두가 어떤 고등학교 생활을 보내게 되는가, 저도 쓰는 게 기대됩니다.

다음엔 **사츠키 양이 투하한 폭탄** 때문에 레나코가 엉망진창이 되는 장면부터!

그러면 감사 인사입니다. **공간이 부족해! 모두들 고마워!!! 타케시마 씨의 그림 좋아해!**

그래도 선전은 한다! 뭇슈 선생님이 작화를 맡고 계시는 『**와타나레 코미컬라이즈 3권**』이 10월 19일 발매됩니다! 또 하나의 걸즈 러브 코미디 『**백일합락**』도 잘 부탁해!

그러면 다음엔 5권에서 만나도록 하죠! 미카미 테렌이었습니다!

WATASHIGA KOIBITONI NARERUWAKE NAIJAN, MURIMURI!(MURI JA
NAKATTA!?) 4
©2021 by Teren Mikami
All rights reserved.
First published in 2021 by SHUEISHA Inc., Tokyo
Korean translation rights in Korea arranged by SHUEISHA Inc.
through THE SAKAI AGENCY, INC.

**내가 연인이 될 수 있을 리 없잖아, 무리무리!** (※무리가 아니었다?!) **4**

2022년 7월 30일 1판 2쇄 발행

| | | |
|---|---|---|
| 저 자 | 미카미테렌 | |
| 일 러 스 트 | 타케시마 에쿠 | |
| 옮 긴 이 | 정백송 | |
| 발 행 인 | 유재옥 | |
| 본 부 장 | 조병권 | |
| 담 당 편 집 | 정영길 | |
| 편 집 1 팀 | 김준균 김혜연 박소연 | |
| 편 집 2 팀 | 정영길 조찬희 박치우 정지원 | |
| 편 집 3 팀 | 오준영 곽혜민 이해빈 | |
| 미 술 | 김보라 박민솔 | |
| 라이츠담당 | 맹미영 이승희 이윤서 | |
| 디 지 털 | 박상섭 최서윤 김지연 | |
| 발 행 처 | ㈜소미미디어 | |
| 인쇄제작처 | 코리아피앤피 | |
| 등 록 | 제2015-000008호 | |
| 주 소 | 서울 마포구 토정로 222, 403호(신수동, 한국출판콘텐츠센터) | |
| 판 매 | ㈜소미미디어 | |
| 마 케 팅 | 한민지 최정연 박종욱 | |
| 물 류 | 허석용 | |
| 전 화 | 편집부 (070)4164-3962, 3963  기획실 (02)567-3388 | |
| | 판매 및 마케팅 (070)4165-6888, Fax (02)322-7665 | |

ISBN 979-11-384-0729-8 (04830)
ISBN 979-11-6611-240-9 (세트)